中国画报出版社
CHINA PICTORIAL PUBLISHING HOUSE

图书在版编目（CIP）数据

网游之一贱钟情 / 会者定离著. -- 北京：中国画报出版社，2012.5

ISBN 978-7-5146-0434-4

Ⅰ. ①网… Ⅱ. ①会… Ⅲ. ①长篇小说－中国－当代 Ⅳ. ①I247.5

中国版本图书馆CIP数据核字（2012）第066061号

网游之一贱钟情

出 版 人：田　辉
著　　者：会者定离
责任编辑：齐丽华
编辑助理：李　媛
特约编辑：庆　宇　杨思宇
出版发行：中国画报出版社
（中国北京海淀区车公庄西路33号，邮编：100048）
电　　话：010-88417359（总编室兼传真）
010-68469781（发行部）
010-88417417（发行部传真）
网　　址：http://www.zghbcbs.com
电子信箱：cpph1985@126.com
经　　销：新华书店
海外总代理：中国国际图书贸易集团有限公司
印　　刷：北京凯达印务有限公司
监　　印：傅崇桂
开　　本：32开
印　　张：9
版　　次：2012年5月第1版　2012年9月第2次印刷
书　　号：ISBN 978-7-5146-0434-4
定　　价：26.80元

CONTENTS

目录

CONTENTS

CONTENTS

目录

第1章

哪壶不开提哪壶

“逍遥”游戏公测刚刚三个月，就迸发了诸多“奸情”“狗血”以及“血海深仇”。

周六，势力战。

苏笑在“逍遥”这款伪仙侠游戏里的角色是个女医生，在漫山遍野都是红名的打群架时刻，她属于忙得昏天黑地、头晕目眩型的。然而本来就已经忙得手忙脚乱了，小徒弟还一直不停地骚扰她。

落枫：“师傅，我喜欢上了一个女孩子，怎么办？”

此时，两队人马于桥头相聚，撞击出激情的火花。苏笑躲在大部队背后加血，键盘按得啪啪作响，实在腾不出手回信息。

落枫：“师傅，我该怎么表达呢，直接告诉她我喜欢她？”

落枫：“师傅，她好像很喜欢她的师傅，怎么办？”

落枫：“师傅，我们做任务时遇到一个BOSS怪，我打不过，你快来，都死两次了，芯儿都郁闷了。”

系统：你的徒弟落枫召请你到他身边。

此时正是势力战的紧要关头，苏笑自然无法抽身，然而点“拒绝”的话，小徒弟估计会发脾气，所以她任由那个系统提示横在屏幕中央。

苏笑手下不停，在加血的空隙，她随意用快捷键选择当前红名，然后放

了两个瞬发的攻击技能。

系统：王侯将相宁有种乎？浮云阁势力的平民许艾以深弯弓搭箭，将天涯的势力主蓝调斩于马下，一时间飞沙走石，天地变色。

看到这则消息，苏笑想死的心都有了。

同寝室的陈薇冲苏笑嘿嘿一笑，“苏笑，你又杀了你的蓝师兄一次。好一个相爱相杀，虐恋情深！”

苏笑用头撞桌，“哎！苦矣！”若用一个词语来形容她此时的心境，那一定是悲怆。

苏笑暗恋篮球社社长顾墨足有一年时间，然而她鼓不起勇气向他表白。传闻顾墨并没有女朋友，但是热爱网络游戏。苏笑通过多方渠道打听到顾墨现在异常投入的游戏名字以及他的ID，准备通过迂回的方法拿下这根名草。正好“逍遥”这款游戏刚刚公测，苏笑的起步不算太低。

当然，因为网游小说遍布大江南北，打着这个主意的女生不只苏笑一个人。据说，天涯势力至少有一个团的人都是校友，而且姑娘也不少。虽然苏笑不是唯一一个企图通过网游来拉近关系的姑娘，但无疑她是最废的一个。

一开始，苏笑是尽心尽力地想要拉近和顾墨的关系，在搜索栏找到蓝调，好不容易鼓起勇气添加好友，没想到却被对方断然拒绝。

那时候的苏笑只是一个3级的小号。陈薇告诉她，顾墨好歹是游戏里一个大势力的势力主，岂会加一个3级的小号做好友？苏笑需要蛰伏，然后等到等级够高的时候，想尽办法在他面前出现，加势力带副本之类，做一个给力的贤内助，到时候自然水到渠成。

苏笑这么做了，只是事情并没有朝着剧本的方向发展。

“逍遥”比从前的网络游戏玩法更加多样。游戏刚刚公测，运营商走的是神秘路线，很多任务剧情和新鲜玩法都在玩家的摸索之中。因此，她迷上了这个游戏，几乎把玩游戏的初衷给忘了。

“逍遥”这款游戏升级不难，满级之后，游戏才真正开始。所以苏笑一进游戏就好运地被系统分配了两个师傅，轻松长大，并进了势力。

满级之后，苏笑风风火火地参与各种副本刷装备，刷势力声望，每天忙碌奔波。装备稍微好了一点儿之后，就被势力的兄弟们拖出去打架。打着打着，她终于发现，这势力跟顾墨的势力是仇怨很深的敌对，而且两家已经到了水火不容的地步。

游戏地图甚大，苏笑一直很忙碌，甚至从没有和顾墨的游戏角色偶遇过，然而第一次见面，就是她在给师傅加血的时候，并且一时手痒，开了屠戮模式朝着前面的红名丢了个毒。

那人应声倒地，苏笑乐呵呵地看着系统消息。

系统：许艾以深击败了蓝调。

那是苏笑第一次野外开红杀人，她乐滋滋地注视了那条系统消息超过2分钟。2分钟后，她泪流满面。蓝调，不正是顾墨的游戏ID吗？

孽债由此开始……

此时，没有过多的时间给苏笑回忆往昔。尘埃落定，势力众人击掌相庆，唯有苏笑双眼无神，坐在电脑面前唉声叹气，她就是一个大“杯具”啊！

这时，密语再次响起。

落枫：“师傅，你快来啊，打不过！”

势力战已经结束，小徒弟大约等了10分钟。苏笑叹了口气，回了个两字“拉我”。

系统：你的徒弟将你召请到他身边，是否愿意前往？

确认之后，苏笑的地图一转，瞬间传送到了枫叶林。

徒弟的任务是击杀一个2人精英怪，那个怪在几只小怪的中央，说起来徒弟是个刺客，能隐身、能自爆与怪同归于尽，速度快攻击高。而且队伍里还有个小医生，两人联手，打死精英怪并不是难事。

苏笑瞅了瞅，徒弟蹲在路旁目标锁定着精英怪，而那个小医生绿沁儿则骑在马上一动不动。

怪物不过40级，但苏笑是个医生，属于辅助职业，攻击力较弱。她装备一般，所以做不到秒杀。

一直呆在马上的绿沁儿开始说话了。

<队伍>绿沁儿：40级的怪很厉害吗？我师傅打怪都是一下就死呢。

绿沁儿似乎很自豪，继续道。

<队伍>绿沁儿：落枫，我师傅比你师傅厉害。

<队伍>许艾以深：呵呵。

<队伍>落枫：我师傅也是很厉害的，今天我还看到她击杀敌对势力主上电视呢。

苏笑嘴里念叨："你这是哪壶不开提哪壶呢……"

绿沁儿大约有恋师情结，看她说话也就是个小姑娘，苏笑自然不会跟她一般见识。更何况这款游戏的师徒系统让人觉得"奸情"丛生，特别是那个召请，只要一呼唤，就可以传送到身边，多么容易产生暧昧啊，所以徒弟会觉得师傅好，是很自然的事情。

只可惜，当初系统怎么就那么不长眼，没有把她分配给蓝调做徒弟呢？

苏笑摇了摇头，又继续陪着这两个小号清任务。本来已经够尽职尽责了，结果那个绿沁儿一直不下马，还嘲讽苏笑打怪慢。泥人也有三分脾气，苏笑虽然表面上用"呵呵"应付了事，心里却对小徒弟有了怨念。

这家伙眼睛长后脑勺了啊，竟然喜欢上了这种姑娘……

<私聊>落枫：师傅别生气，沁儿就是说话有点儿直。

苏笑喷了一口血。徒弟这话的意思是说，她苏笑确实很菜，沁儿说的没错，她错就错在太直接了吗？

苏笑耐着性子陪他们将枫叶林地图的任务清完之后已经是晚上11点。绿沁儿下线休息之后，小徒弟在队伍里叹气。

<队伍>落枫：我觉得沁儿不怎么喜欢我，我该怎么办？

苏笑挑了挑眉，乐颠颠地回了一句。

<队伍>许艾以深：男人不坏，女人不爱。为师浸淫网游多年，深知里面追妹之道。你对妹子越好，妹子越不会珍惜。你的职业是刺客对吧，正是追妹的首选职业啊。

<队伍>落枫：可是女孩子不都喜欢剑侠和战士吗？

<队伍>许艾以深：胡说，刺客多好啊，你平时就隐身悄悄跟着她，如影

随形。时不时突然抱一下她，又或者开红杀她几次，再直接自爆炸死，坚持不懈，她自然对你咬牙切齿。

<队伍>落枫：师傅，你不是人。

<队伍>许艾以深：等到你杀得够多了，她肯定会惦记你了，她要么死麻木了不反抗了，要么就被激起血性了。总之，你成为了这个游戏里她最在意的人，就成功了第一步。

<队伍>许艾以深：然后，如果有其他人欺负她，你肯定要第一个站出来：这个女人，除了我，谁都不能动。最后，在最关键的时刻，突然现身在她面前……

苏笑手不带停地打了一大段话，小徒弟一直沉默不语。

<队伍>许艾以深：小说里都这么写的，再说呢，女孩子都有征服欲，最好的报复就是情。你杀了她的人，她就伤你的心。

<队伍>落枫：师傅，你不是人。

苏笑不满道："用得着说两遍吗？"

苏笑的追妹之道，当然是说着玩的。网游小说里虽然会那么写，但是对她来说，如果有这么一个阴魂不散的家伙跟着，她恐怕每天都惴惴不安，最后不在沉默中爆发，就在沉默中灭亡。根据小徒弟的反应，他也不应该把这些话当真。于是，这事她转头就忘了。

苏笑在纠结一件大事。

玩这个游戏是因为顾墨。室友陈薇有个号在顾墨的势力，她有时候会被苏笑逼着上顾墨的势力里的歪歪聊天频道，并且要开音响。当然，苏笑肯定不是想偷听里面的机密，她只是想听听顾墨的声音。后来，她发现自己的名字经常从顾墨的口中吐出。

"许艾以深，先杀那个医生！"

顾墨的声音低沉很有味道，但是在喊"许艾以深"这个名字时，则是咬牙切齿、斩钉截铁的。每当这个时候，陈薇都会笑得花枝乱颤，而苏笑则一脸尴尬样。

她是来游戏里追顾墨的，结果却相反。苏笑觉得，她有必要跟势力里的一群流氓划清界限了。

[势力]许艾以深：我要退势力。

[势力主]乱弹琵琶：准备去祸害谁？

[势力元老]花无情：她肯定是想去天涯，我经常看到她偷偷锁定蓝调。

花无情是苏笑的大师傅，也是一个医生，算是引苏笑入门的第一人。

[势力主]乱弹琵琶：难道我们需要使用美人计？可是许许啊，派你去不合适啊。花花去大概比你好。

苏笑默默地叹了口气。大师傅花无情虽然游戏角色是个女医生，但这家伙是个名副其实的人妖。有一次，若不是在歪歪聊天频道听到她粗声粗气的一声吼，苏笑怎么也不会怀疑花无情是一个货真价实的软妹子。而现在，她比不过一个人妖。

[势力主]乱弹琵琶：许许，你说你杀过蓝调多少次啊……

苏笑泪流满面，她真不是故意的。

[势力]半遮面：我觉得许许去加天涯的话肯定被拒绝，赌半根黄瓜。

[势力]夏天：+1

[势力主]乱弹琵琶：咦，那许许你去试试，到时候给我们汇报。

系统：你被势力主乱弹琵琶放逐出势力。

苏笑无语。

此时游戏的语音系统歪歪上，一片吵闹声。

"许许，加了没？"

"没有，我小号挂在天涯势力呢，没看到有人进来。"

问苏笑的是势力元老顾熙白，他在天涯势力里放了个号当007，不过他除了偶尔八卦一下他们势力里谁跟谁有奸情以外，从来没有爆出任何有价值的信息。

苏笑在歪歪群里打字。

许艾以深：申请了，没反应。

半遮面：竟然没有直接拒绝你！太神奇了！

夏天：估计几个元老还在惊讶中吧！

就在这时，系统消息突然闪了出来。

系统：你加入了天涯势力。

苏笑连忙在歪歪上发言。

许艾以深：通过了。

“看到了，你看势力频道！”顾熙白继续嚷嚷。

苏笑切回游戏，她看到满屏的势力信息，顿时泪流满面。

[势力尚书]溪水：哟，哪阵风把你给吹来了。

[势力]清风：人妖，进来干吗？

[势力]落落：欢迎\(^o^)/~

[势力]红色枫叶：浮生阁的狗跑出来干吗？

[势力]落落：呃……我错了。

[势力主]蓝调：告诉乱弹琵琶，我们在流光等你们。

[势力]许艾以深：……

系统：你被势力主蓝调放逐出势力。

“哈哈，许许被踢了！”歪歪上，顾熙白兴奋地实况转播。

苏笑欲哭无泪。她觉得，自己跟顾墨的梁子结得似乎很大，此时她不停地安慰自己，幸好，他憎恨的只是自己的游戏角色，只是许艾以深，而不是她本人。

游戏要玩，课还是得上，特别是大课。

所谓大课，就是两个班级的学生一起上，一般都是不太重要的选修课。至于苏笑为何这么积极上课，原因只有一个，她有20%的机会看到顾墨。

星期三下午，应用文与写作课。

苏笑早早地到了教室，坐在最后一排的角落里。他们同年级，但是不同班。如果顾墨来上课，他肯定也会坐在靠后的位置，他们之间的距离就近了许多。

而这天，福星高照。顾墨真的来上课了，而且径直朝教室最后走去，坐

在了苏笑斜前方的位置。苏笑心里窃喜不已，眼睛默默地注视着顾墨的后脑勺。

没几分钟，苏笑的前后左右都坐了人，而且都是篮球社的成员。上课后，他们开始唠嗑了。开始还谈篮球比赛，后来话题就转移到游戏“逍遥”上。

他们商议，晚上所有的兄弟都必须上线，然后对苏笑他们的势力发动两个小时的帮派追杀令。

苏笑用力地在纸上画线，哗啦一声，书被她用签字笔画出一道口子。同桌的男生扭头看她，忽然嘿嘿一笑，“苏笑玩不玩‘逍遥’？”

苏笑一愣，虽然面前的男生很面善，而且经常一起上大课，可是她还是叫不出他名字。被对方一口叫出名字，苏笑感到惊讶，然后她默默地摇了摇头。

男生继续道：“来玩啊，挺不错的，我们带你。”

苏笑不知如何回话。

“我们都在电信三区蓬莱仙岛，我们势力现在很缺医生啊，你玩个医生我带你练级，保证一个星期满级，很好玩的游戏，人物漂亮，风景也美，最适合女孩子了。”

男生眼神热切，他旁边的人也纷纷附和，引得老教授大喝一声：“不想听课，你睡觉都可以，不要影响其他同学！”

男生不依不饶，压低声音道：“很多同学都在玩，有很多有趣的新鲜玩法，还可以钓鱼织布种田，来试试？”

苏笑眯了眯眼，半晌之后，她点了点头。

男生看似很开心，“我游戏里叫凤栖梧，是个战士，你建号后直接加我好友。我的手机号是这个，要是我没在也可以直接给我来个短信。”

“哦。”苏笑将他的号码存了下来，然后挠了挠头，本想问问他叫什么名字，后来想想算了，直接存“凤栖梧”了事。

“一定要练医生？”许艾以深已经是医生了，再玩个角色的话，她倒是想玩个其他职业，譬如说刺客。

岂料就在这时，前面的顾墨忽然回头嘴角带笑，“我们势力现在很缺医生……”

苏笑被这一个阳光灿烂的笑容晃花了眼，默默地垂下头，表面上不动声色地应了一声，内心则有千军乱马在狂奔。

“哦，我下课回去看看游戏介绍。”

“你准备叫什么名字？”顾墨继续问道。

苏笑想了想，“大概会叫笑语凝然吧。”

“我游戏里叫蓝调，到时候我做你师傅。”顾墨很自然地道。

苏笑再次呆滞了。

“倒数第二排的那个同学，再说话就出教室。”老教授发怒了，整个教室里上百号人齐刷刷地回头，目光汇集到顾墨的身上。

苏笑强忍着滔天笑意，她低下头娇羞无限地看着课本。天啊，她今天到底是不是踩了狗屎？

之后的两节专业课，苏笑一直在走神。下课后，她让陈薇帮忙带饭，然后冲回了寝室，注册了个小号进入游戏。

角色创建完毕，登录游戏进入新手村，看着自己那一脸娇媚的游戏角色，苏笑很是开心。她转动鼠标，让笑语凝然娇吟一声，在新手村的出生点跳起了舞。就在这时，一道系统消息飘了出来。

系统：浮生阁的元老花无情被天涯势力成功击杀。

苏笑一愣，此时她才想起，下午上课的时候，顾墨说要对浮生阁展开2个小时的帮派追杀令。在帮派追杀期间，被追杀势力的人员不能进入副本和安全区。

系统：浮生阁的势力主乱弹琵琶被天涯势力主蓝调斩落马下。

系统：浮生阁的元老顾熙白被天涯势力成功击杀。

……

苏笑微微发愣，虽然浮生阁可能有点儿措手不及，但是帮派追杀有5分钟的准备时间，怎么能出现一边倒的情形？

苏笑最小化游戏窗口，然后登录歪歪聊天频道准备看看情况。结果歪歪一登录，就叮叮当当地响个不停。光是大师傅花无情就发了几十条信息。

花无情：许许！

花无情：快出来，帮派追杀，上线啊，亲！

花无情：死哪里去了！

花无情：今天医生全部没上线，就老子一个奶妈，供奶不足啊！

……

歪歪群也有几百条信息。无非是“没奶妈顶不住”这些信息，就连那些能加血的花草珠子都被拖出来应急，但是还是无法扭转局势。

苏笑汗颜，依依不舍地看着她的1级小号“笑语凝然”，泪眼婆娑地选择重新登录，使用“许艾以深”账号。

许艾以深下线的地方是安全区，她还没站稳就直接被系统传到了野外地图，等到进度条读完，苏笑恨不得骂一声娘，该死的系统竟然将她直接传送到了敌对收割分队的正中央。幸好有30秒保护时间，她来不及多想，直接掉头往传送点跑。

【当前】凤栖梧：许艾以深！许艾以深！

苏笑按了“M”查看自己的位置，离最近的传送点也很远，医生是出了名的腿短，凤栖梧领着一队红名骑着马悠闲地跟在她身后。苏笑眼看自己的保护时间只剩下几秒了，而传送点还远在天边，当下也不再挣扎，索性站在原地等死。岂料就在这时，对方5个坐在小马上一脸得瑟地看着自己的家伙居然全军覆没。

系统：不念情深狂性大发了。

刚刚有个开屠戮模式的刺客，将天涯势力的一小队人员全都炸死了。果然，战斗总是瞬息万变的。

【当前】凤栖梧：不念情深，你什么意思？

就在这时，势力频道闪出一条绿色信息。

【势力通告】天涯势力发起的2小时帮派追杀结束，浮生阁战败，扣除国库资金100金。两天之后，浮生阁可以对天涯势力发起帮派追杀。

苏笑是医生，有复活玩家的技能，当下并不迟疑，将躺在地上的那个不念情深给拉了起来。刺客复活之后，就地坐下回血，根本没有搭理凤栖梧他们的叫嚣声。

不念情深是个满级的刺客，没有势力。苏笑眼睛一亮，当下在势力里嚷嚷给个官员，她要拉人进势力，结果她乐颠颠地邀请不念情深后，却被对方毫不犹豫地拒绝了。

苏笑神情尴尬，想了想，在当前频道打了个“谢谢”。

【当前】许艾以深：谢谢。

不念情深仍旧没有说话，他回满血之后，嗖嗖地给自己上了几个状态，然后在苏笑面前隐身消失了。

苏笑愣了一下准备离开，岂料刚刚走了一步，就被晕在原地。紧接着只听到技能呼啸之声，啪啪几下，她就空血倒地，与天涯势力的五人小队一同躺尸在地，遥遥相望，好不凄凉。杀人凶手从阴影中走出，打了个响指，骑着汗血宝马，很潇洒地离开了案发场地。

片刻之后，浮生阁和天涯势力的救援团同时到达月光森林。

【当前】乱弹琵琶：许许厉害啊，你竟然以一人之力跟对方五人同归于尽。

【势力元老】许艾以深：我们是被同一个人杀的。

【势力主】乱弹琵琶：噗，你刚刚不是说拉人进势力的吗？人呢？

【势力元老】许艾以深：他先杀了天涯的人，然后我加他进势力，他拒绝了，紧接着把我也杀了。

【势力元老】顾熙白：许许，你长了一张嘲讽脸啊……

【势力元老】花无情：凸！

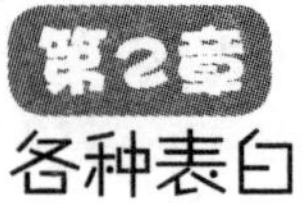

第2章 各种表白

帮派追杀结束，此时大家都是绿名不能随意攻击。双方虽然对峙，但是没有谁先开红。

歪歪上，苏笑在被一群人嘲笑。她决定下了“许艾以深”账号，远离这群没良心的坏人。然而她刚刚点了“退出游戏”，还没点“确定”就看到一条黄澄澄的天下传音飘到了众人头顶。

这个天下传音，相当于世界喊话，5块钱一条。

【天下】惜音：蓝调，我喜欢你。

苏笑的心咯噔一下，是否退出游戏的对话框还浮在屏幕中央，她的手指颤颤巍巍地点了“取消”。

惜音是天涯势力的一个满级医生。此刻当事人都在月光森林，本来沉寂的当前频道忽然就闹腾起来，浮生阁的一群人也跟着起哄。

【当前】溪水：眼瞎啊，怎么看上那家伙？妹子跟我，有肉吃。

【当前】凤栖梧：去你的。

【当前】溪水：啊，我好怕，花花快来替老衲收了那孽障。

【当前】凤栖梧：哼，花无情你个死人妖。

【当前】花无情：……我知道你怨恨我当初没嫁给你。

【当前】凤栖梧：我呸！

就在此时，势力主乱弹琵琶在歪歪里吼了一声：“我突然想起来为什么会跟天涯打起来了，就是花花伤了人家势力里凤栖梧的心啊！”

苏笑没有兴致去关心这些，她只是眼睛一眨不眨地盯着地图中央的那个游戏角色，心里微微有些紧张。她忽然羡慕那个表白的女孩子，不知道她是不是自己的同学，如果是的话，那么如果顾墨答应了，就说明不管游戏还是现实，她都没有任何机会了？

【天下】惜音：我喜欢你我喜欢你我喜欢你……

【天下】惜音：蓝调你从了我吧！

【天下】蓝调：好。

蓝调惜字如金，然而那一个“好”字，则让苏笑如遭雷击，她有些失神，就连陈薇将炒饭放到她桌上也没有发现。

陈薇凑到苏笑的电脑面前，天下传音还没有被新的系统消息给刷下去。

“哟，顾墨要跟这个惜音结婚了？惜音不知道是不是咱们的同学，我以后调查一下。”陈薇戳了戳苏笑的背，“你傻了啊？饭要冷了！”

苏笑微微仰起脸，“我食之无味。”

陈薇一捋袖子，伸手去拿炒饭，“那扔掉，不过钱得给我！”

苏笑连忙按着她的手，“弃之可惜，我要化悲愤为食欲。”

“瞧你那样，你就直接跟顾墨说你喜欢他不就行了，还玩迂回战术！”

苏笑沉默不语，她开始想一些往事，她是如何被顾墨秒杀的往事。

一年前，在一堂公共大课上。他们两个班在一起上课，苏笑经常逃公共课，但是那次，她鬼使神差地去了，然后就坐在教室后面看小说打发时间。

忽然，有个声音在讲台上响起。他用平缓又温柔的语调，在课堂上念诗。

苏笑猛然抬头，就看到台上站着一个身材修长的男人。下午的阳光透过窗户洒进教室，在他的身上投下一束光影，他的脸蛋泛红，嘴唇一张一合，情诗便犹如流水一般涌进了苏笑的心湖。

苏笑觉得就是那一瞬间，她被秒杀了。后来她知道他叫顾墨，是篮球社的社长，喜欢他的姑娘很多，而他拒绝过的姑娘也很多。

苏笑深陷在回忆里不能自拔，正颓废忧伤地扒着饭的时候，被陈薇狠狠地拍了一巴掌。

“快看天下，快看！我也上号了，我先登歪歪！”说完之后，陈薇飞快地回到自己的位置上。

苏笑的视线转移到屏幕上。

【天下】深蓝色的海：我一直默默地注视着你。自从知道你在玩这个游戏，我也立刻建号进了游戏，只是想待在你身边。

【天下】深蓝色的海：师傅，你问我为什么总是79级，我说我懒，不想做任务。其实是我不想出师，每天看着那可以使用三次的召请，自己微笑，自己甜蜜。

天下传音一直在继续，苏笑看得莫名其妙，下意识地将进度条往上拉。没什么特别的消息，无非是天涯势力的人宣布晚上9点蓝调和惜音结婚，恭喜庆贺之类的话。苏笑眼角一抽，莫非这个师傅是蓝调？

【天下】深蓝色的海：顾墨，我爱你。

果然不出所料，苏笑觉得自己的肝都疼了。陈薇已经跑到了天涯的歪歪频道，里面的人七嘴八舌地讨论着。苏笑凑近了听。

“小海，你什么意思啊？”

“算了算了。”

“我爱他，因为他我才来玩这个游戏的。”

“不要闹了。”

“他爱你吗？”

“顾墨……”

“9点，我和惜音结婚。”顾墨的声音，在嘈杂混乱的声音之中，苏笑依旧能够准确地分辨出来。

“顾墨……”这个带着点哭腔的声音应该是那个深蓝色的海吧。

“小蓝早点休息。”

陈薇偏过头，“你说这个深蓝色的海是谁？会不会是宁蓝？他们班班花啊！那个惜音估计也是他同学，只是不知道是谁。音音，难道是席音音？”

苏笑没有回答。她将自己全身的东西整理了一遍，然后将仅有的50多金换成了一张点卡50元宝，买了一个天下传音。

【天下】许艾以深：蓝调，我喜欢你。

势力上下沸腾了。

【天下】凤栖梧：滚，敌对的别起哄捣乱，死人妖。

苏笑：“……”

【天下】花无情：蓝调我喜欢你。

【天下】乱弹琵琶：蓝调，我喜欢你……

【天下】溪水：……的菊花。

苏笑哭笑不得。好吧，暗恋一年，她终于鼓起勇气完成了表白，只是她甚至等不到顾墨的拒绝，就看到他发的信息。

【天下】蓝调：敌对的注意素质。

苏笑扔了鼠标，一手撑着下巴发呆。

陈薇转头过来，“你真是个悲剧。不过话说回来，你到底喜欢顾墨什么？”

这个问题陈薇问过很多遍，苏笑也仔细思考过，但答案让人比较无语。苏笑并不了解顾墨，因为他们俩说过的话加起来也不超过十句。所以，她只能归咎认为自己是一见钟情，这个答案自然让陈薇嗤之以鼻。

“好吧，我换个问题，你到底有多喜欢顾墨？”

苏笑转身，双手撑在椅背上，“你看我无神的双眼和苦逼的脸。”

“心很痛？”

“有点儿，闷闷的。”苏笑的话音刚落，就听到走廊外传来一声嘶吼。

陈薇起身开门出去，片刻之后回来，一脸严肃地说：“墙角有姑娘在哭，是宁蓝。”

苏笑愣了。

宁蓝刚刚在游戏里跟顾墨表白，顾墨游戏里跟惜音将在9点结婚。

苏笑也在游戏里跟顾墨表白，顾墨却说敌对的注意素质。

宁蓝在走廊的角落里哭得撕心裂肺，苏笑撑着下巴坐在椅子上发呆。

你到底有多喜欢他啊，苏笑？苏笑抓狂地扯了扯头发，然后就想起那天的课堂，那天的阳光，那天的人影，那天的诗。

蒹葭苍苍，白露为霜。所谓伊人，在水一方。

她喜欢的是那个秋日午后的瞬间，只是那个瞬间里有顾墨。

“其实你也不是多喜欢顾墨吧，否则怎么可能玩起游戏来就把他忘记了。”陈薇伸手拍了拍苏笑的肩，“我理解你，就是突然思春了，哪个青春期的姑娘没暗恋过英俊潇洒的篮球队队长呢！”

苏笑没有说话。

此时已经8点40分，天涯势力的人都散了，应该是在为9点的婚礼作准备。月光森林里就剩下浮生阁的几个流氓。他们围了一个圈，苏笑的医生号坐在中央。她转了一下鼠标。

【当前】花无情：动了动了。

【势力主】乱弹琵琶：许许你要真喜欢蓝调，咱就一不做二不休，抢亲，把新郎绑过来。

【势力元老】许艾以深：……

【势力主】乱弹琵琶：许许，我是把你当亲闺女，若是你真喜欢那货，我也不介意有个敌对女婿。

【势力元老】许艾以深：滚！

寝室里，苏笑嘎嘎一笑，让陈薇打了个哆嗦，“你干吗呢？”

“反正我们是敌对啊，既然他让我注意素质，那我就去搞破坏，让他们结不成婚！”

【势力元老】许艾以深：抢亲就算了，咱去捣乱吧！

“逍遥”这个游戏是可以抢亲的，不过抢亲的条件太苛刻了，以至于开区到现在，还没遇到过有人抢亲的。但是，捣乱就不一样了。

“逍遥”是古风游戏，结婚的地图叫鹊桥仙。既然叫鹊桥仙，就肯定有一座桥，新郎新娘先是在桥对面的月老庙绑上姻缘线，然后换上喜服。新郎骑马，新娘乘轿，迎亲的队伍敲锣打鼓，走过那一段铺满玫瑰花的鹊桥，才能到喜堂里拜天地。

鹊桥仙是安全区，不能开红PK，但是人民群众的力量是伟大的。

苏笑曾在论坛看到过其他服务器的一个结婚帖。游戏里玩家可以穿过玩家，但是NPC不能，就跟那些用卡怪的方法杀BOSS的道理相似。正好，那些吹喇叭抬轿子的都是NPC。

那个帖子里讲，服务器里的一个大神结婚，因为红包发得多，到场的人将鹊桥围得个水泄不通，结果悲剧来了，迎亲队伍过不了桥，交通堵塞了。

苏笑笑了起来，她还在势力里飞快地部署捣乱计划，给大家解释清楚之后，众人皆在歪歪里大吼。

“许许，你真阴险。”

“许许，你人才啊！”

苏笑笑而不语，她摘下耳麦，喊了一声陈薇。

“陈薇，把你们大号势力里的老少爷们儿都喊到鹊桥，咱去观礼！”

陈薇的大号所在的势力是一个中立副本势力，不参与任何斗争。正因为不参与任何斗争，也吸引了一大批的和平八卦人士。

“观礼？就这么简单？”

“当然！”

晚上8:50。

苏笑势力里活着40多口人，他们全部站到了鹊桥桥头，堵在礼堂的门口，将鹊桥围得严严实实。

鹊桥的两边是很宽敞的观礼台，现在，那里也站了不少人，想来是天涯势力的广告做得不错。

不一会儿，陈薇他们势力的人也到了。

苏笑继续喊：“薇薇来桥头。”

陈薇诧异，“观礼不应该站在观礼台吗？观礼台还有经验送呢！我记得站桥头分不到经验和礼包。”

“是姐妹你就来！等下看好戏。”苏笑头也不回地道。

晚上9:00，一个红艳艳的系统消息蹦了出来：

吉时到！【蓝调】和【惜音】在月老处绑定了姻缘线。

晚上9:03，迎亲队伍敲锣打鼓地踏上了长长的鹊桥。

晚上9:05，队伍卡住了，一片质疑声。

【当前】凤栖梧：搞什么，怎么不动了。

【当前】水月儿：怎么了怎么了？我掉线了？

送亲的玩家队伍只有跟在花轿的后面才能有系统赠送的礼包，天涯势力的想必全部都参加了送亲队伍，所以现在根本看不到前面的情况如何。唯一能够看到的，自然是骑着白马带着红绸花的新郎蓝调。

许艾以深站在桥头，她被势力的人叫到了队伍的最前端。此刻，她与蓝调狭路相逢，形成对峙之势。

苏笑其实很想站到后面去。虽然玩家可以穿过玩家。但有个问题，就是此刻地图上堆满了人，她卡屏了，并且已经卡到了不可救药的地步，差点连鼠标都动不了。

【当前】蓝调：让开。

【当前】乱弹琵琶：我们势力活动桥头赏月关你什么事啊！

【天下】惜音：全服的人都知道你们浮生阁到底有多么垃圾了。

【天下】花无情：╮(╯▽╰)╭，这也是没办法的事。

苏笑向陈薇借了50个元宝，又发了一个天下传音，她索性破罐子破摔了！

【天下】许艾以深：没办法啊，人家喜欢你，不舍得你结婚嘛……

陈薇笑她，“你受刺激了啊？”

苏笑头也不抬，“嗯，反正都这样了。”

她飞快地在当前频道打了一长串的肉麻话，正要按回车键发送，就看到屏幕中间跳出一个对话框。

系统：你已经与服务器断开连接，10秒后将重新登录……

“啊，我卡掉线了！”

陈薇转过头，“我都动不了了！”

10秒过后，苏笑输入账号密码，系统提示为“无法连接服务器”，她愤怒了！

苏笑一直尝试着登录无果，她站起来，在陈薇的屏幕上了解情况。整个鹊桥仙人满为患，人群中不时会闪出一道白光，那意思是有玩家掉线了。

“啊！我也掉了！”陈薇尖叫一声，就看到游戏已经进入重新登录的倒计时状态，校园网在这种时刻，掉线自然是理所当然的事。

几分钟之后，苏笑好不容易挤进游戏。

鹊桥仙的围观群众越聚越多，她只能看到黑压压的人群和那些人头上飞快冒出来的聊天框，连说话的内容都看不清楚，因为刷屏刷得实在是太快了。更恼火的是，好多人都原地放起了烟花。地图都要卡爆了！

就在此时，一条血红的系统消息蹦了出来。

系统：亲爱的玩家，蓬莱仙岛服务器将于9:30分进行临时维护，维护时间为30分钟，给大家造成的不便请见谅。星期三游戏例行更新之后，大家可以到NPC补偿处领取补偿礼包。

“服务器要维护！”歪歪上的吼声此起彼伏，苏笑倒是怔了一下。

鹊桥仙的开放时间是早上8点到晚上10点，主持婚礼的NPC也是要休息的。难不成要让帮派里的兄弟在桥头静坐一个小时？她只是想捣捣乱，在快到点的时候找蓝调他们敲一笔买路钱，并没想让人家真的结不成婚。没承想现在系统维护就要30分钟，10点维护完毕之后，NPC不再主持婚礼，蓝调的婚礼，就这么硬生生地被破坏了。

陈薇也看到了系统消息，她冲苏笑竖了个大拇指，然后飞快地再次进入天涯势力的歪歪，并且很主动地拔掉耳麦打开音响。里面乱哄哄闹成一片，不过大家讨论的都是一个内容。

“真郁闷！”

“浮生阁是一群垃圾！”

“今天结不成了。”这个声音，是顾墨的。

“嗯，明天吧！”这个温柔的女声，应该就是惜音了。

“明天白天有篮球比赛，晚上可能要出去聚餐，应该回来得会很晚，到时候又被堵的话，不好处理。”

“那有空再说。”

……

虽然破坏了婚礼，苏笑并没有多开心。学校虽然不会断电，但是11点会断网，所以她也懒得上游戏了，索性推开房门，准备到外面去转一圈。路过楼梯口的时候，她听到轻微的抽泣声以及两个女孩子的对话声。

“别哭了，顾墨只不过是游戏里结婚而已。”

“我知道是游戏结婚，可是我也受不了。”

“惜音是势力里装备最好的大医生，而且人气又高，我们现在也最缺医生，顾墨他也是不得已。”

“那又怎么样，他在现实里也拒绝我了。”

“可是他没有女朋友啊，还是有机会的。”

苏落站在角落里，直到楼梯下层有脚步声传来，她才回神，快步地下了楼。

现在是夏天，只不过B市的夏天并不算热，特别是他们的校园有上百年历史，大树参天，遮挡了大部分的阳光，而夜里，更是凉风阵阵。走在林荫路上，凉风拂面则让人心安神凝。

苏笑的势力其实也很缺医生，毕竟游戏刚刚公测，医生练级又慢，而且玩医生的大都是姑娘，不会用很多时间去玩命地升级。势力里医生数量虽然不少，但是能够独当一面的人不超过5个。

虽然那只是个游戏，但苏笑不希望维持游戏里的婚姻仅仅是因为医生这个职业。如果刚刚那女生说的是真的，那么现在她真的一点儿也不嫉妒惜音了。

苏笑的脑子里忽然闪出下午公共课上的画面——顾墨转过头微笑着说：“我们需要医生。”

苏笑抿了抿唇，在心里默默告诉自己：其实，你可能并没有想象中的那么喜欢他。

她漫无目的地乱溜达，结果不小心来到了男生宿舍楼下。她知道顾墨的楼层，从这个位置往上看，可以看到他所在宿舍的窗户。

苏笑的神情有些恍惚，她到底有多喜欢他呢？还是仅仅喜欢那一瞬间的感觉？

正在她无比纠结的时候，刺啦一声响动分散了她的注意力。她顺着声音的方向看去，那里站在一个裸着上半身的男生，他在与她对视。

苏笑愣了，然后她看见那个男生面无表情地撇了下嘴，将窗帘缓慢地拉动着，刚刚她听到的就是拉窗帘的声音。那人以极其缓慢的速度拖动窗帘，然后他的身子被遮挡了，渐渐地，所有的灯光都被那窗帘阻隔了。

苏笑觉得那人故意在放慢动作，她猛地捂住脸，她刚刚在这里站了大概十几分钟。虽然开始是仰头看着顾墨的寝室，可后来她应该是走神了，谁知道在对方眼里，她是不是一直瞅着他们。人家肯定以为自己是偷窥男生寝室的女流氓啊！

不念情深

第二天，敌对势力的人大都不在线，所以浮生阁无架可打。

苏笑做完了日常任务，开始练自己的生活技能。她学的都是采集系的技能，挖矿和采药。一个玩家只能学习两个生活技能，所以她不能自产自销，所以采集的物品大部分都贡献给了势力。此时，她很悠闲地蹲在一块正在成长中的矿石面前。

苏笑忽然想起了一个问题，为何她能够如此休闲？仅仅是因为日常任务做完了并且敌对没上线？

【势力元老】花无情：徒儿来15个精铁矿石，我要交师门任务。

这下，苏笑终于明白了，她的徒弟落枫已经很久没有骚扰她了。

苏笑打开师徒列表，落枫的名字是灰色的。

“逍遥”这款游戏，为了帮助小号成长，一个徒弟可以拥有最多3个师傅，而一个师傅只能有一个徒弟，属于典型的三拖一模式。当然，如果互相不满意，可以申请解除师徒关系。

【势力元老】许艾以深：长安。

苏笑的包裹要满了，等这块矿石挖掉之后，就可以回长安城把东西放到仓库。所以，她跟花无情约定了交易地点。

眼看着矿石熟了，苏笑正要动手，忽然发现自己的人物站在原地，头顶上冒出眩晕状态——她被刺客偷袭了！

苏笑点开战斗信息，就看到一条血红的提示。

系统：不念情深狂性大发了！

不念情深的暗器对你造成1080点伤害，你进入了5秒眩晕状态。

既然偷袭者是不念情深，苏笑放弃了抵抗。只可惜战斗状态不能卸下装备，否则她肯定脱得干干净净原地等死，也省下修装备的钱。然而，事情发展与她的想象相差甚远，她的眩晕状态刚刚解除，还未来得及有何动作，就又晕了。

不念情深的暗器对你造成840点伤害，你进入了5秒的眩晕状态。

不念情深的暗器对你造成289点伤害，你进入了5秒的眩晕状态。

……

搞什么啊！要杀就杀，这么一直晕着算什么事啊！

【当前】许艾以深：你有病啊！

被折腾了这么久，苏笑眼睁睁地看着成熟的矿石渐渐衰败。那个不念情深既不杀她也不说话，并且一直隐身。苏笑只是在每次被敲晕的间隙，看到人物角色背后出现一道残影，其余时间根本不知道这个刺客到底身在何方。这气得她恨恨地磨牙，心头也腾地燃烧起一把火。

【势力元老】花无情：徒儿，师傅在长安等得腿都站叉开了……

【势力元老】许艾以深：求弓箭手，求道士，我在荒漠被刺客偷袭了。

系统：花无情邀请你加入队伍。

你加入了花无情的队伍。

片刻之后，势力里的满级弓箭手默默无语加了进来。

<队伍领袖>花无情：坚持住，我们马上过来。

<队伍>许艾以深：崩溃了啊，这个刺客一直晕我，又不杀我又不说话，我被晕在这里十几分钟了。

<队伍领袖>花无情：每隔5秒敲你一下？

<队伍>许艾以深：嗯。

<队伍>默默无语：哈！

<队伍领袖>花无情：……你真悲催。

半分钟不到，苏笑看到自己队伍里花无情和默默无语的头像亮了。她顿时兴奋不已，手上不停给自己上了个状态，作好了战斗准备。等到状态上好，她忽然醒悟，怎么自己能动了？

<队伍>默默无语：附近没有隐身的刺客。

默默无语是满级的弓箭手，因为职业相克，所以即便是满级的刺客在他面前也会被看破踪迹，他说没有，就证明那个刺客是真的走了。苏笑满肚子憋屈也不能发泄，在队伍里将不念情深大骂了一通。

<队伍领袖>花无情：骂完了吧？

<队伍>许艾以深：气啊！

<队伍领袖>花无情：矿石给我。

<队伍>许艾以深：就记得矿石，徒弟被欺负了也不知道帮忙找回面子。

虽然话是这么说，但是苏笑还是把准备好的矿石交易给了花无情，刚刚交易成功就看到花无情异常迅速地退了队伍，骑着小马飞快地朝传送石奔去，就剩下默默无语和她两个人。

<队伍>许艾以深：我回长安整理包裹。

<队伍领袖>默默无语：嗯。

<队伍>许艾以深：谢谢你啊。

默默无语人如其名，平时话不多，天天在战场里泡着，所以苏笑跟他接触很少，算不上特别熟悉。等她骑上小马驹准备跑传送石了，发现默默无语还站在原地一动不动，并且锁定着自己。苏笑停了下来，难不成他还有事？莫非有什么需要帮忙？岂料就在这时，一个消息很欢快地跳了出来。

<队伍领袖>默默无语：出场费。

这次，轮到苏笑默默无语了。

<队伍领袖>默默无语：花无情说你有高级秘银，我缺一块。

高级秘银是80级的矿石，生长慢不说还很难挖，因此这些高级石头市场价很高。苏笑有幸挖到一块，被她放在仓库里当镇宅之宝。那是她唯一可以炫耀的东西，市场价在1000金左右，折合成人民币是100块钱。

<队伍领袖>默默无语：我现在只有800金，但是很需要那块石头做武

器。差价以后补给你。

苏笑想了想，回了个“嗯”。

<队伍领袖>默默无语：以后免费帮你抓刺客。

回到长安之后，苏笑把矿石交易给了默默无语。他一如既往地寡言，在队伍里说了个“谢”字之后跑去排队战场了，苏笑则传送进了势力领地。

每一个三级势力都可以申请一块自己的领地，势力成员可以在里面种田织布，里面有食堂、会议厅、菜地、鱼塘等等，可以通过做领地任务获得势力贡献，从而换取一些声望道具和装备。苏笑是势力里最称职的菜农。

苏笑正在锄地，忽然听到“叮”的一声脆响。

系统：浮生阁的许艾以深，在势力菜地里挖到了一个【神秘的鼻烟壶】。

苏笑一愣，这是什么东西，竟然还能够上系统电视？

【势力元老】花无情：许许你上电视了，什么东西，属性发出来看看？

苏笑打开包袱，找了一圈才在角落里找到一个黑漆漆的东西，鼠标放上去，只有一行字——神秘的鼻烟壶，不可交易，不可丢弃。

苏笑将鼻烟壶的属性发到了势力频道。

【势力元老】花无情：什么都没说嘛，干什么用的？

【势力主】乱弹琵琶：难不成是隐藏任务？

【势力】溪水：又没说是任务物品。

【势力主】乱弹琵琶：隐藏任务，隐藏任务！

“逍遥”这款游戏有很多隐藏任务，官方网站并没有对任务流程进行详细公布，只是提醒玩家多观察，奇迹无所不在。隐藏任务的难度是随机的，有的任务被发现了大家都可以去做，这样的任务奖励就稍微弱一些，而有的隐藏任务则是唯一的，奖励相当丰厚，据说还有极品装备。不过迄今为止，论坛上并没有爆出任何关于唯一性任务的只言片语，因此玩家都没有什么头绪。

歪歪上，众人七嘴八舌地指点。苏笑将那个神秘的鼻烟壶用鼠标左键、右键、滚轮各种方式都点了一遍，按了又按，仍旧没发现任何猫腻。

好吧，既然不能丢，又不知道做什么用，索性放在仓库好了，省得占包裹。结果苏笑走到仓库NPC处，想要将神秘的鼻烟壶放进去的时候，系统提示又出来了。

系统：该物品不能被放进仓库。

“许许，我刚刚去论坛查了一下，青城山服务器也有个人挖到了神秘的鼻烟壶，不过那人是在野外挖宝的时候挖到的，帖子顶了几百页了，还是没有发现那鼻烟壶的用处，也没触发什么隐藏任务。”说话的自然是对隐藏任务有着强烈执念的势力主乱弹琵琶，“太神秘了，你先留着吧。”

“嗯。”苏笑腹诽：我就是想扔也扔不掉啊，这到底是个什么玩意儿！

苏笑把菜地收完之后，传送出了势力领地。

这里是长安城，走出势力区就会看到一个很大的擂台。玩家随时可以在擂台上比武，同时只要花钱，还可以开启擂台活动，譬如说，比武招亲。

蓬莱岛目前最大的势力是碧海弄潮声，每周势力战都能保持两个以上的祭天台。而且他们还建立了一个英雄联盟，由四家势力组成，在游戏初期已经有了很强的实力。

现在，头顶着绿色“潮”字的碧海弄潮声的势力玩家聚集在擂台周围刷屏，具体内容为：下午2点—5点，碧海弄潮声的美女玩家倾城一笑比武招亲，欢迎广大单身男性高手参加！

【天下】碧海青天：今天下午2点—5点，我妹妹倾城一笑比武招亲，来吧英雄，看谁能抱得美人归。

【天下】倾城一笑：谢谢哥哥。

此时，当前频道、地区频道，甚至天下传音频道都被碧海弄潮声的人占据着，长安城到处都是刷屏的玩家，游戏地图的卡屏程度丝毫不逊色前几天的鹊桥仙。

苏笑本来想摆摊卖点草药和石头的，看到这个阵势，只能作罢。

【天下】幕英雄：哈哈，笑笑等我拿第一了，娶你过门！

苏笑的小名是笑笑，于是她看到这个天下一阵毛骨悚然，甩了甩头，她

骑马往长安城的城门传送点跑去。刚走没几步，一个系统提示弹了出来。

系统：不念情深申请将你加为好友，同意OR拒绝？

苏笑一愣，点了同意之后立即发了邮件过去，“你想干什么？”

对方仍旧不回答，许久之后……

不念情深对你说：省下天眼钱。

苏笑一口血喷了出去。

“逍遥”这款游戏可以查看好友的坐标，而天眼一般用于仇杀追踪敌人位置，20元宝使用一次，折合成人民币就是2毛钱。

他是神经病啊！苏笑愤愤地敲着键盘。

你对不念情深说：我抢了你BOSS，还是抢了你妹子？

对方又沉默了，等了许久不见回答。苏笑将不念情深从好友列表里删除。

加好友，那跟在身上绑个定时炸弹有什么区别？总不能让那刺客24小时用天眼来追查她的下落吧。她到底是作了什么孽，会招惹上这么一个混蛋呢？阴魂不散，讨厌！

歪歪里，势力的人也在讨论碧海弄潮声的比武招亲。

“听说倾城一笑漂亮得很呢！”

“论坛上有照片！”

“那是PS过的，什么时候才能有无PS痕迹的纯真妹子啊！”

“听说倾城一笑跟碧海青天有一腿！”

“不是哥哥妹妹吗？”

“就是哥哥妹妹才有一腿啊！”

“碧海青天那么有钱，当他妹夫估计也能混到不少好处吧！再说了，为了掩盖他和妹子的奸情，肯定要收买妹夫啊，对吧，哈哈哈哈！我去报名！”说话的是势力里的下流道士溪水，他话音刚落就遭到了集体鄙视。然而几分钟过后，听到他一声哀嚎：“报名条件80级玩家，装备评价48000以上，这不是坑爹吗！”

“逍遥”游戏里，每一件装备都有自己的分数值，装备越极品分数则越高，而属性炼化和加护都可以提高装备分数。当然，分数越高，需要花的时间和金钱就越多了。这游戏公测不久，装备评价需要48000以上的话，就等于装备排行榜前200的玩家才能报名参加。

苏笑下意识地打开自己的装备看了一眼，上面的装备评价仅有41000分。她一直觉得自己的装备不错，现在看来，连参赛资格都木有啊！

“我们给许许也搞个比武招亲吧！”

“哎呀，不用通过系统啊，我们自己随便找块地方，然后要娶许许的自己上去PK不就行了。”

“太丢人了，好寒酸……”

苏笑正了正耳麦，然后按下了发音键：“你们再吵，我挖的矿石和草药绝对不往势力仓库丢了！”

歪歪里瞬间安静了下来。

苏笑继续挖矿。大约一个小时后，一个系统消息蹦了出来。

系统：恭喜幕英雄、默默无语、战无不胜、不念情深、风语者、流连忘返、凤栖梧、歌逝进入比武招亲前八强，20分钟后循环赛正式开始。

因为有职业相克的原因，系统的比武招亲设计得比较合理。八强之后就是循环赛，胜者拿分，最后积分最高者自然是获胜者。

【势力主】乱弹琵琶：默默无语参加了啊，都不吭声，好好打，拿个第二！

【势力】溪水：为什么不是第一？

【势力主】乱弹琵琶：第一肯定要入赘去碧海弄潮声，再说了，绿帽子不好戴！

【势力】默默无语：嗯，周六晚的系统擂台赛一直没机会参加。

所以，默默无语参加比武招亲仅仅是想跟别人过过招吗？苏笑突然觉得要是这家伙得了第一，然后又不娶人家姑娘，碧海弄潮声的人会不会追杀他？不过一个比武招亲搞得这么盛大委实让人有些无语。

苏笑再次看了一下名单，撇了撇嘴，与默默无语私聊。

你对默默无语说：不念情深是个刺客。

默默无语对你说：嗯。

你对默默无语说：对上了狠狠地揍他！揍得他妈都认不出来！

默默无语对你说：好。

默默无语是弓箭手，正好是与刺客相克的职业。想到不念情深会被默默无语狠狠教训一顿，苏笑心里乐开了花，挖起矿石来也更加卖力。

系统：许艾以深在黑石山脉幸运地挖到了一块高级秘银。

苏笑兴奋得差点蹦了起来，她刚刚将镇宅之宝卖给了默默无语，现在竟然又挖到了一块，完全是踩了狗屎运，100块钱啊，赚大了！看着界面上出现的高级秘银，苏笑眼睛都笑眯了起来，然而点“拾取”却被系统提示“你的包袱已满”。

苏笑纠结地打开包裹，里面堆满了矿石和草药，相同的矿石50个可以叠成一组，草药也是一样。她开始整理包裹，准备腾出一个格子来，就在她整理好包裹准备拾取物品的瞬间，她被晕了。

系统：不念情深狂性大发了！

【当前】许艾以深：不要杀我！

苏笑咆哮，等我把东西拣起来后要杀要剐随便你，等我把东西拣起来啊！

然而不念情深并没有放过她。

苏笑拼命地点鼠标。

系统：战斗中无法进行该动作。

……

一套连招下来，苏笑挂了。屏幕上，拾取秘银的按钮还在，可是她死了。虽然可以选择最近的传送点复活，但是如果你到视线不能看到的范围，包裹就会自动消失。所以即便苏笑现在是个尸体，仍旧点那个拾取按钮，哪怕现在也拣不起来了。

【当前】不念情深：地上有你的包。

此时，地图上躺着一个包袱，写着许艾以深的名字。

“师傅快点来黑石山脉拣我尸体，我秘银还没捡起来就被人杀了，快点啊，要消失了！”

“我在战场哎！”花无情道，“谁买个符去救一下！”

溪水：“我来我来，不过石头分我一半！”

“溪水你个趁火打劫的，快来！”苏笑拍桌道。

系统：不念情深对你使用唤魂符，你是否愿意原地复活？

屏幕上突然弹出这么个消息，让苏笑微微愣神，下一秒她立即点了复活，尸体转着圈妖娆地从地上爬起来。趁着30秒的复活保护时间，苏笑飞快地将秘银拾起，这才松了口气。

一个唤魂符的价值大约是20金币。苏笑想不出这个叫不念情深的家伙脑子到底是何种构造，明明毫不犹豫地杀了她，现在又花钱救她起来，难不成他是神经病？

【当前】许艾以深：说吧，我们有仇吗？还是我们势力的人跟你有仇？

不念情深不吭声。

刚刚因为使用了唤魂符，他的身形已经显现了出来，他又没有急着隐身，而是走到许艾以深的身侧，蹲在了她的旁边，看起来人畜无害，就像是在守护她。刺客的蹲姿很特别，若是对着你的方向，就会让人有一种被他深情凝望的错觉。苏笑往旁边挪了两步，继续在当前频道打字。

【当前】许艾以深：别装死，说话！

突然，蹲在地上的刺客站起来，再次消失了。苏笑飞快地瞄了一眼自己人物头像旁边的保护时间，仅剩下10秒。她不敢上马，迈着短腿异常忧心地往传送点跑去。还没跑到传送点，保护时间就过了。

苏笑的装备是副本装。她的主要功能就是躲在幕后加血，所以她本身其实脆得可怜。除去职业相克的原因，她的装备跟不念情深之间的差距很大；再者是操作，即便在技能被封的间隙，她打不念情深，每次都是系统提示面朝方向不对，无法攻击。如此一来，她对上不念情深，就如同羊对上狼，完全没有反扑的可能。所以，如果不念情深继续出手，她肯定会继续挨打，这一点毫无疑问。然而保护时间过了，她依然很安全，并且她已经看到传送点了。

难道不念情深已经离开了？

就在这时，传送点上白光一闪，一个人影出现，溪水来了。

【当前】溪水：咦，许许你起来了嘛！害我白买了一个唤魂符！

歪歪频道里。

“等下把唤魂符的钱给你。”

“咦，许许你身后有个刺客，还是个大红名！”

溪水是一个道士。在“逍遥”里，只有弓箭手和道士才能看到隐身的刺客。

苏笑连忙转动鼠标。屏幕上，许艾以深回眸一笑。

“看我把他打出来！”溪水得意扬扬，“呔，看你往哪儿跑！”

等他造型摆好，苏笑就看到一条血痕从面前划过，并且瞬间移动到传送点的位置。那是刺客的逃命技能。

“哎，让他传走了！”

“我看到了……”

此时，距离擂台比赛开始还有20分钟。苏笑准备传送到长安城去围观，然而刚刚点开传送石，就听到寝室门被推开，扭头一看，陈薇满头大汗地走了进来。

陈薇是篮球社拉拉队中的一员。此时她穿着队服，上身是迷你小背心，下身是超短裙，露出笔直修长的大腿。陈薇是出了名的美人，个高胸大腰细。此刻，她手撑在桌边喘气，头发被汗湿贴在脸上还拧成一缕一缕的样子，实在是有碍观瞻。

苏笑迫不及待地将新挖的高级秘银展示给陈薇看。

“顾墨扭伤了！伤了骨头呢，在校医院，要不要去看看？”陈薇拍了一下苏笑的肩，“去吧，大好机会。”

苏笑得意的神色瞬间消失，闷着头没吭声。

“不敢去吧？我洗个澡，等下你跟我一起去。”陈薇说完之后将自己的小背心随手给扒了。

苏笑已经习惯了陈薇大大咧咧的行为，一脸讨好地看着她，“薇薇你真好。”

“客气，你包里的秘银归我了。”陈薇说完之后很潇洒地一甩头，苏笑扯了扯嘴角，她真想掀开窗帘，让这个只穿内衣的家伙暴露在阳光下。因为，她们对面是男生宿舍楼。

趁着陈薇洗澡的时间，苏笑换了衣服，把自己简单收拾了一下。然后她左思右想，将校医院的学生卡和病历都拿了出来。

陈薇从洗手间出来，看到苏笑手里的东西顿时笑出了声。

“你该不会是假装自己看病然后偷偷去看吧。”

被揭穿了，苏笑默默地耸了耸肩。

“陷入暗恋深渊中的女人智商都有问题。”

苏笑撇了撇嘴，默不作声地将病历和学生卡又放回了抽屉里，深呼吸了好几下，“我准备好了。”

“等我吹干头发！你准备表白了？”

“没，我不知道自己到底有多喜欢他。”这是一个很复杂的问题，苏笑拉开了寝室门。

身后陈薇在吼：“喂，等等我啊，你一个人敢去吗？”

苏笑已经走到了楼梯口。陈薇顶着湿淋淋的头发跑了出来，冲她举了举拳头，“加油！”

苏笑微微一笑，下了楼梯。

没有表白，她只是去看看他，至于之后会发生什么，她会不会一时冲动做些什么，暂且不在考虑之内。

那日的阳光微醺，她醉了心神。

第4章

天眼恢恢

校医院的位置离寝室有些远，步行至少20分钟。苏笑脚步匆匆低头赶路，不承想，在路上与顾墨的队伍狭路相逢。

这里是一条鹅卵石铺成的小路，仅有两人宽，两旁是草坪和高大的梧桐树。阳光从树叶的缝隙间洒下来，在他们身上投下斑驳的光影。

顾墨被宁蓝小心翼翼地搀扶着，他的脚受了伤，脚踝的位置缠着白色纱布，宁蓝充当着他的拐杖，脸上挂着甜蜜的笑意。他们身后还有一大群篮球社的队员。虽然身后的人在嬉笑打闹，然而最前面的两个人，却静静地像一幅恬静安宁的画。

这情景，有一点儿像游戏里的鹊桥仙。只是那时候，他们在鹊桥相遇，苏笑可以在当前频道肆无忌惮地说我喜欢你，而这时，她却只能侧身，身子后退，后脚踩进了草坪里。

这一群人像慢镜头一样在她眼前缓缓走过，在这期间，苏笑一直微微垂头，她看着地面，看到一双双的球鞋踩在鹅卵石路上，看到那刺目的白色纱布越走越远……

今日阳光依旧，时长一年的暗恋，说不出口。虽不至于撕心裂肺，可到底有些心痛，不是痛不欲生，却幽幽泛凉。

苏笑慢慢走回寝室，寝室里空无一人。打开电脑登录游戏，进度条读完之后，她的人物出现在了长安城。此时时间是下午5点，擂台赛刚刚结束，屏幕上系统消息在一遍一遍地滚动播放。

系统：恭喜玩家不念情深力压群雄，拔得头筹！

那个神经病刺客竟然得了第一名。不过，此时的她没有心情去关注这些。

“逍遥”里的风景极美，墨色烟雨，青山绿水，人面桃花，是许多人心中所向往的那个古风仙侠世界。在所有的游戏地图中，苏笑最喜欢的是青丘的仙踪林。

青丘的地图分外神秘，没有NPC，也没有剧情任务，最重要的是没有传送点。玩家要去的话必须从上一个地图骑马跑到渡口，然后乘木筏从湖中进入，湖面由宽变窄，最后驶入一个狭长的洞口，紧接着是长达两分钟的漆黑。若不是背景音乐里的潺潺水声，偶尔会蹦出水面的银色小鱼，和星星点点的萤火虫之光，玩家会以为自己的电脑黑屏了……

苏笑传送到了江南的寻仙镇，然后骑马跑到了渡口，付了50个铜板租了一个竹筏。从湖中行到漆黑之地需要十来分钟，对于一个网络游戏来说，花这么多时间在路途上委实比较无聊，特别是在公测初期，大家都在努力升级弄装备做任务的情况下。所以，青丘的地图，除了一些风景党会去看看，拍照留念，一般情况下那里人烟罕至。

系统：你进入了无人之境。

紧接着，是长达两分钟的黑暗。那些乍现的亮光，只是把漆黑的环境衬得更加黑暗。苏笑看不到她的游戏人物，看不到木筏，看不到周围的一切。这时的环境，竟和她的心境有些相映。

苏笑苦涩地笑了一下，她将腿蜷缩到椅子上，抱着膝盖，下巴抵着膝盖，眼睛呆呆地注视着屏幕。

喜欢顾墨的时间说长不长，大约也没有别人那样撕心裂肺和惨烈，可那感觉一直盘踞在心中，不曾散去。

两分钟后，前方出现一道亮光。

木筏缓缓向前，一头扎进那片光芒里，陡然间，天地骤亮，豁然开朗。她的心境，也跟着明亮了一分。

系统：你进入了青丘。

木筏靠岸，苏笑跳到了旁边的草地上。

青丘的入口是桃花林，粉色的桃花像云霞一般堆叠到天边，苏笑控制着游戏人物，踩着那些花瓣慢慢地走进桃林深处。她没有骑马。

青丘地图最上方是墨竹林，苏笑的目的地是那里。如果不骑马的话，从桃林到墨竹林，大约要走上一个小时。当然，她没走过，得试了才知道。

苏笑一直按的是截图模式，即屏幕上没有技能条，没有对话框，只有风景和自己。

密语声在背景音乐里叮当作响，不过她都没有理睬。这个时候，不管是下本还是做任务，或是让她贡献矿石草药，她都不想搭理。

大约10分钟之后，密语声像刷屏似的疯狂袭击，叮叮当当的声音响个不停，把游戏的背景音乐都给覆盖了。苏笑无奈，只能切换模式，将私聊信息调了出来。

一直吵她的不止一个人。

靠，怎么全势力都在密语她啊。

花无情：许许，赚钱了赚钱了！

默默无语：在没？

溪水：你大仇得报啊！快点儿用天眼查他位置，我们赚钱去！

乱弹琵琶：在没，等着你天眼呢！

苏笑看了半天，仍旧一头雾水。

【势力元老】许艾以深：怎么了？

众人七嘴八舌的一番解释把苏笑逗乐了。

擂台比赛决赛是默默无语对上不念情深，因为默默无语不想拿第一，所以直接退了，就没有实现帮她虐不念情深的诺言。所以，默默无语找苏笑道歉。

然而不念情深拿了第一之后，本该跟碧海弄潮声的人商量结婚事宜，岂料那家伙屏蔽了私聊消失了。据说还丢下一句“只是来打擂的，不是来娶媳妇的”。结果，碧海弄潮声的人怒了，这不是挑衅吗？这不是戏弄吗？于是，他们决定虐杀不念情深一百遍。

问题来了，不念情深是个刺客，并且是个独行侠，没有加入任何势力。明明系统查找在线，却找不到他在哪里。

碧海弄潮声满地图找都没找到人，无奈只能寻找和不念情深有仇的人，因为仇人可以用天眼查找出对方位置，提供位置者将获得100金。于是众人都想到了苏笑。

【势力元老】许艾以深：他是刺客，杀的人应该不少吧，上次还在我面前爆死了天涯他们5人小队呢。

【势力元老】顾熙白：你错了，碧海弄潮声的人找了一圈，都没找到不念情深的仇人，天涯那几个，好像都不在线，先前就凤栖梧在，后来也下了。我上着007号呢！

【势力元老】花无情：许许快点儿，100金呢！

苏笑忍痛花了20元从道具商城中购买了一个天眼，然后她点开仇人列表，不念情深高居第一，第二的位置，赫然是蓝调。这真是作孽。

使用天眼之后，游戏界面会弹出仇人所在位置的地图，并且地图上会出现一个红点，精确到坐标。

【势力元老】许艾以深：青丘。（东1208，北447）

在势力里将坐标发出去之后，苏笑才意识到，不念情深竟然也在青丘！

紧接着，她下意识地注意了一下自己游戏界面右上角的小地图，那里清楚明确地标着她的坐标——东1208，北430。

这两组坐标，相差不过咫尺。天啊，不念情深就在她旁边啊！

可惜她只是个医生，即便是将屏幕望穿，也无法看到隐身的刺客。从其他地方赶到青丘这个位置，最快也要十多分钟，而这十几分钟的时间，若不念情深要动手，孤身一身的苏笑必死无疑。

她不想死，因为在这里死去，即意味着重新跑过来又要花上很长时间，而她的目的地是墨竹林。本来心情就够差了，若是死在途中，她可以预见自己的心情将会跌入谷底。

苏笑小心翼翼地转动鼠标，妄图发现一些蛛丝马迹。在有些地图，譬如说龙门荒漠的沙漠里，有人经过会留下淡淡的脚印，不知道在青丘的桃花林里，会不会有什么地方可以暴露刺客的身影？

许艾以深在桃花林里左顾右盼，许是原地站得太久，还很妩媚地伸了个懒腰。

副本套装算不上漂亮，平日里看着就像一个乡野村姑，而此刻在桃花林里，因为镜头拉得远，粉色的长裙便跟桃林融为一体，相映成趣。

系统：不念情深温柔地抱着你。

苏笑浑身一震！她觉得皮肤表面泛起了一层鸡皮疙瘩。

不念情深就在她旁边，而且还搂着她！

苏笑控制许艾以深往前跑去，没迈出两步，就听到扑哧一声，她的游戏人物原地不动，脑袋上时不时冒出一个小小的“Z”。

她被刺客给睡了！

紧接着，许艾以深惨叫一声，血条陡然全空，扑倒在地。

苏笑一愣，然后就看到地面上出现了两具尸体。

刺客有一个技能叫解体卷，即自爆，如果时机恰当，一次可以炸死多个敌人。此时，苏笑一直惦记着的刺客终于现出了身形，只不过是个灰色的尸体。

两人的尸体离得很近，头倚着头，无限悲凉地躺在覆满花瓣的草地上。人物死亡之后，游戏界面会变成墨色，和墨竹林有些相似。

那些水墨色的花瓣纷纷扬扬，在他们的尸体周围飞舞，不消片刻，竟然将他们大部分的尸体都埋了起来。此情此景，若不是两人仇怨颇深，倒算得上风景旖旎。同样是仇人，为何此时躺在一起的不是顾墨的游戏人物“蓝调”呢？

苏笑叹了口气。

【势力元老】许艾以深：你们还有多久啊？我被不念情深杀了！

【势力主】乱弹琵琶：老子们跟碧海弄潮声的都在坐木筏呢，木筏队伍都接成了长龙了！

【势力元老】许艾以深：快点来复活我啊，我不想再跑一次地图。

【势力元老】花无情：徒儿你怎么那么快啊？一个医生追那么紧干吗，找死呢！

【势力】默默无语：她本来也在青丘。

这个说到点子上了。

【势力】溪水：许许上歪歪。

【势力元老】许艾以深：哦。

苏笑切换出去，登录歪歪，进入了势力聊天频道。里面闹哄哄嚷成一团，苏笑注意了一下，频道里多出了几个绿色的嘉宾马甲。名字倒是好认，均为固定格式：碧海弄潮声—职业—名字。

其中一个声音在说："那家伙还在线上，只是青丘地图那么大，十几分钟了，不晓得又跑哪里去了！"

"那个有仇人的，再查一次。"

"真会躲啊！"

查坐标不花钱啊，苏笑抱怨道。

她切回游戏，不念情深并未复活，也不知道他人到底还在不在。若是以尸体的方式挂机，就算到时候他们追来也无济于事，这游戏又不能强制复活。

【势力元老】许艾以深：坐标没变。

【势力】溪水：截图发给他们做证据，免得一会儿耍赖不付钱。

苏笑依言截图，因为仇人已经碰面，上一次地图上的小红点自然消失，她只能将两人躺尸的图截下来发到歪歪群里。

结果刚发出去，群里就闹腾了。

花无情：咦，这俩尸体头挨着头的，果断有奸情啊！

青成雪：楼上火眼金睛，哎呀，被埋在花瓣海里呢，生死同穴，好感人。

乱弹琵琶：不念情深死了？许许厉害啊，快点把图发给碧海青天，拿一次杀人钱。

默默无语：很明显是被自爆的。

青成雪：楼上又真相了。

溪水：那把图上的许许切掉，再去领赏钱。

片刻之后，溪水凭借那张截图换到了200金。

溪水：没想到一张图都能换到钱，碧海青天果真纯爷们儿！有钱人！为了妹子，一掷千金！

许艾以深：这么追没有任何意义啊，等下他随便复活到别处，还不是白

跑一趟!

溪水：只要妹子高兴，能给妹子出气，管他什么意义不意义!

这么看来，苏笑也开始觉得碧海青天跟倾城一笑的关系不一般了……

“我们下船了，马上就过来了！”

苏笑切回游戏，虽然花瓣仍旧在飘落，但是没有将两人完全埋住，依然能够看清身形。苏笑估摸着不念情深就准备在这里挂机了，如果被碧海弄潮声的看到两人这么躺着，估计也知道真相到底是怎样。溪水都已经收了钱，要是被揭穿就丢脸了。

无奈之下，苏笑只能选择复活。就在这时，面前白光一闪，不念情深的尸体消失了。

【势力元老】许艾以深：不念情深复活到别的地方了!

歪歪上，这个消息很快传播到碧海弄潮声的人耳中。

“可恶！”

大约是他们也知道这么找人做的是无用功，在歪歪上闹了一会儿之后，这几个人纷纷离去，倒是天下传音又蹦了几条出来。

【天下】碧海青天：杀不念情深一次50金，附战斗记录截图为证。

众人唏嘘，又开始在歪歪里讨论起来。

“这次学聪明了，还得要战斗记录截图！”

“你们好，默默无语在吗？”一个温柔的女声突兀地响起，让众人一愣。

苏笑切出游戏，看到歪歪频道里多出了两个白色的游客马甲，名字前缀同样是碧海弄潮声的势力名，这两个游客瞬间就被管理员弄成了嘉宾。

紧接着，她看到乱弹琵琶将默默无语和那两个嘉宾挪到了楼下的小房间。

“许许，查坐标啊，咱挣钱去！”

“现在正值风口浪尖，别人肯定会到处移动，查了坐标也没有用！”

“呃……”

“做任务去吧，这种追杀的脑残游戏不适合我们！”花无情语重心长地说。

这时候，苏笑鬼使神差地又买了一个天眼，结果查看后系统弹出一则提示：该玩家不在线。

原来刚刚不念情深并不是复活到别处，而是下线了。

因为玩家下线，所以那个天眼并没有使用出去，还躺在苏笑的包裹里，仇人列表还打开着，苏笑微微一愣，然后鼠标下移，将天眼使用到了蓝调身上。

蓝调不在线。

也对，顾墨脚受了伤，走动不便。但是美人在侧，他或许正倚着美人在学校散步呢，走得慢了，还会看到许多之前不曾注意过的风景。

苏笑心头微涩，歪歪里众人仍旧议论纷纷。

“冲关一怒为红颜，我比较庆幸默默无语没有拿第一，不然跑得了和尚跑不了庙，碧海弄潮声肯定会拿势力开刀。”乱弹琵琶补充道。

他话音刚落，游戏里势力频道冒出了一行字。

【势力】默默无语：我是第二名 ，碧海青天让我娶倾城一笑。我拒绝了。

碧海弄潮声今天丢了面子。

本来弄个声势浩大的比武招亲，先试一下实力和财力。结果呢？第一名丢下一句“是来打擂台的，不是娶媳妇的”就走人了，简直是让人气得吐血。

好吧，第一名不识抬举，那就让他在“逍遥”里逍遥不下去。只要第二名能够给足面子，发几个天下大呼，铁了心要娶倾城一笑，他也就顺水推舟，照样办了喜事。

碧海青天打的就是这个算盘。

问题来了，他不知道，第二名其实也是去打擂台的，他根本不想娶媳妇啊！

默默无语人如其名，平时很少说话，若不是跟苏笑买秘银，这三个月，苏笑跟他说的话没超过3句，大家都对他的脾性了解得很。这个时候，歪歪上，乱弹琵琶哼哼了几声，终于试探性地发问。

【势力主】乱弹琵琶：无语啊，你是怎么拒绝的，婉拒还是直接拒绝？

看到这个消息，苏笑都汗了一下。

她从来没听到默默无语在歪歪上说过话，即使他在势力里说话也就一两个字，比如嗯、好、敌对、战场之类，他会婉拒，那太阳就打西边出来了。苏笑已经想象出默默无语当时的回答，肯定跟不念情深当时丢下的那句话契合度达到80%。

【势力】默默无语：嗯，婉拒的。

此话一出，大家顿时不淡定了。

“不会吧，你小子居然知道婉拒？”

“怎么说的？没拿到第一不好意思娶？”

【势力主】乱弹琵琶：你怎么说的？

【势力】默默无语：我不喜欢女人。

“噗！”苏笑正在喝水，看到这句话，一口水直接喷到了屏幕上，她慌忙用卫生纸去擦，等弄干净，她发现势力频道已经被一群人刷屏了。

【势力元老】花无情：……

【势力主】乱弹琵琶：……

【势力】溪水：……

【势力】青成雪：……

【势力元老】许艾以深：这是婉拒吗？

【势力】默默无语：（疑惑的表情）这难道不是婉拒吗？

【势力】青成雪：我竟然看到无语说了这么长一句话，并且还使用表情了，我死也瞑目了……

可以预见，碧海青天和倾城一笑当时的表情得多么吐血，肯定是摔袖而去啊！

【势力】溪水：碧海弄潮声会找咱们麻烦吗？

【势力元老】花无情：明里肯定不会，嫌丢人不够多呀。

【势力元老】许艾以深：忽然觉得倾城一笑好可怜。

【势力元老】花无情：徒儿乖，等你以后比武招亲，要是赢了的人不娶，为师就盗他号来娶你。

【势力】溪水：要是许许比武招亲没人去打擂怎么办呢？

【势力元老】许艾以深：凸！

【势力元老】花无情：那为师就勉为其难，娶她！

【势力元老】许艾以深：去死！

【势力】我就是真相：难道没人关注无语的性向吗？你喜欢男人？

【势力】默默无语：借口。

好吧，你婉拒的借口直接把所有人都秒杀了，你好强。

苏笑还躺在桃花林里，她正要催促花无情快点来拣尸体，就听到寝室门被打开了，陈薇风风火火地冲了进来。

“你什么时候回来的？”

“回来有一会儿了！”苏笑闷闷地答道。

“怎么样？表白了没？”

“没，路上遇到宁蓝搀着他，我就回来了。”苏笑说得漫不经心，似乎并不在意。

陈薇走到她身边，一手按在她肩膀上。

许久，两人都没言语。

又过了一会儿，陈薇叹了口气，“你白天一天没出去，吃的泡面吧，晚上准备不吃还是继续泡面？”

“不怎么饿！”苏笑说的是真心话，本来夏天就食量小，她又没怎么运动，所以真不觉得饿。然而陈薇却觉得她是受了情伤，对她的样子分外看不顺眼。

“走，出去吃饭，我请客。”陈薇一把将苏笑从椅子上拽了起来，“死宅女，你看你那张惨白的脸，出去透透气！”说完就快速关了苏笑的显示器。

苏笑扯了扯嘴角，“你嫉妒我比你白。”

现在已经下午6点多，食堂肯定没饭了。陈薇拖着苏笑往校外走，在北校门处，她们遇到了顾墨一行人。

难怪先前没看到他们上游戏，原来去吃饭了。

此时的顾墨倒不是被宁蓝扶着，而是一个男生撑着他，那个男生苏笑记得，就是游戏里的凤栖梧。这群人上游戏后，那知道不念情深坐标的人就多了，苏笑默默地想。

“发什么呆？人都走远了！”陈薇狠狠地掐了一下苏笑的腰，“让我怎么说你，其实我觉得顾墨也没有什么过人之处啊，就是人帅了一点儿，会打篮球，可是他周围那么多桃花，你就是表白成功，还要时刻提防别的姑娘入侵，多累啊。”

“嗯！”苏笑点点头，“所以我也没真打算表白。”

“我宁愿你去表白……”陈薇欲言又止。

苏笑心里却下意识地接下了陈薇的话：至少可以死了那份心。陈薇想说的，应该是这个吧！

苏笑忽然回头，远远地看着顾墨一行人。

顾墨正在跟旁边的人说话，侧着一张脸。虽然隔得很远，苏笑却能看见他微微勾起的唇角。忽然之间，顾墨回头，他们两人的视线似乎相会了。

苏笑神情一滞，猛地转过头，结果“嘭”的一下，撞到了一个东西。

她摇了摇头，原来她撞到的是一个人。

“对不起！”苏笑头也不好意思抬，连声道歉，飞快地往旁边跳了一步。

她脸颊绯红，刚刚一直注意着身后，没承想竟然直接撞到了别人怀里！她的额头似乎撞在了那人的下巴上。

被撞的人一声不吭，目不斜视地走了。

苏笑看着那人的背影，心头生出了一些异样。旁边的陈薇笑得一脸欢乐，苏笑不满地瞪了她一眼，“我撞到人，你都不提醒我一下。”

“谁让你不看路，伸长脖子看某人的。哎，走了，你还盯着那人看干吗，难道这么撞一下就在你心中撞出涟漪来了？”陈薇笑着打趣。

苏笑倒也不恼，盯着那背影又看了几眼，最后一拍大腿，“我知道了，这人走路同手同脚嘛，难怪这么奇怪！”

她的声音很大，前面的那背影似乎身形一滞，然后直接转身，走进了旁边的小卖部。

第5章

隐藏任务

这个插曲给二人增加了不少笑料，苏笑吃饭的时候觉得心情也好了不少，吃完饭就陪着陈薇在校园里转了两圈，等到回寝室的时候，已经8点了。

先前走的时候只是关了显示器，游戏还在挂机状态。

苏笑打开电脑显示器，桃林深处，她的尸体仍在。

“陈薇，上游戏，买个符来复活我！”此时8点，正是战场的黄金时间，苏笑不想麻烦势力里的人，唯有拉陈薇帮她。

陈薇刚刚打开电脑，随口回道，“你在哪儿？”

“青丘，桃林！”

“这么远！”陈薇扭头，狠狠地剜了苏笑一眼。

“反正你没事，来陪我看风景。”

“谁说我没事了……”

因为许艾以深还躺在地上，苏笑没有事情可做，她索性站起来，准备到陈薇身后去监督她。可刚刚起身，苏笑就看到屏幕上有一条系统消息弹了出来。

系统：不念情深朝你跳起舞来。

系统：不念情深温柔地抱着你。

【当前】许艾以深：你有恋尸癖？

【当前】不念情深：嗯，在了？

这不是废话吗，没在谁跟你说话，苏笑翻了个白眼，正准备嘲讽不念情深几句，就看到系统提示再次响起。

系统：不念情深使用唤魂符对你进行唤魂，接受OR拒绝？

“你不用来了……”苏笑盯着屏幕语气森然地道。

“正好，势力叫我去下本。”

苏笑的心里有点儿纠结。

【当前】许艾以深：我点复活了，你会不会再杀我？

【当前】不念情深：不会。

那好吧，苏笑深吸口气，然后点了“接受”。

瞬间，白光乍现，在她脚底形成了一个淡淡的光圈，许艾以深从地上慢慢站起，还优雅地旋了一个圆圈。

苏笑坐下来回血，并且时刻警惕着不念情深的动作，见他没有动手的意思，才稍微松了口气。等到满血后，苏笑飞快地上马，朝着墨竹林飞奔而去。

刚跑没多远，她就看到不念情深骑着风声兽跟在她身后。那种高级灵兽的速度比苏笑的红马要快得多，不过眨眼的时间，不念情深就跟她并驾齐驱了。

苏笑停下来打字。

【当前】许艾以深：你到底想干吗？

对方没有回应，也没有任何动静。

苏笑继续前进，不念情深飞快跟上。

无奈之下，苏笑只能选择无视那个凶险的背后灵了。

跑了一会儿，终于到达墨竹林。

这里的风景，就像是一幅水墨画，但又不完全是水墨画。墨竹林的深处有一块青石，上书“不悔”二字。越过那青石，便会发现场景突变，风还是那风，竹还是竹，却不再是墨色，而是翠意盎然的绿。清风拂过，竹叶婆娑，伴随着空灵的笛音，让人的心都跟着温暖起来。

心中不悔，爱永不褪色。

苏笑坐在了青石的旁边，她调整角度，想要拍几张漂亮的图片。因为副本套装的造型太有乡土气息，她索性咬牙在道具商城里买了一套白衣飘飘的时装。纯白色的长裙，裙底有浅绿色的荷花细边，中间用绿色的丝带勾勒出盈盈一握的腰肢，瞬间，一个村姑变成了温婉的古装美人。

苏笑想了想，又从包裹里撑出一把油纸伞，这是80级出师的时候系统赠送的礼物。天蓝的颜色点缀那白色长裙，和着周围细细的风，吹得发丝翻飞，美得让人心醉。苏笑把所有的效果全开，然后开始各个角度截图。

一会儿是嘴角含笑的侧面，一会儿又是孤立无援的寂寥背影，她玩得兴起，倒把背后灵给忘了。直到某次截图的时候，许艾以深的身后出现了一个身形猥琐的刺客，她才翻然醒悟！

不念情深一直都在这里！然后，她又死了……

满腹怨气到最后也只化为了一句话，她需要一个理由。

【当前】许艾以深：为什么？

【当前】不念情深：不解释。

泥人也有三分脾气，更何况苏笑本来就不是省油的灯，再加上这两天因为顾墨的事情搞得心伤，没有好心情，所以，她觉得自己要爆发了！

【当前】许艾以深：老子挖了你家祖坟啊！

苏笑还欲再骂，忽然发现游戏界面上包裹的位置在闪动，她好奇地点开包裹，发现角落里有一个东西在发光。

神秘的鼻烟壶。

鼠标下意识地一点，苏笑发现自己的游戏人物站了起来，并且是以灵魂的方式。她愣住了。

系统：你与不念情深结成队伍。

强制组队啊！

<队伍>不念情深：刚刚包裹里有个东西在闪，我点了一下。【封印石】以前打怪掉的，不能丢弃也不能放仓库。

<队伍领袖>许艾以深：【神秘的鼻烟壶】，我刚刚点的是这个。

刚刚将“神秘的鼻烟壶”发到公频上，苏笑就发现包裹里的鼻烟壶消失了，屏幕前方出现了一缕青烟，而且，青烟上有一个金色的问号。

这是隐藏任务！

<队伍>不念情深：我不能接，点问号没反应。

<队伍领袖>许艾以深：嘿嘿。

系统：你将不念情深踢出队伍。

苏笑阴沉沉地一笑，先前还满肚子怨气无法发泄，现在系统直接给了她权利，这样的隐藏任务奖励肯定丰厚，气不死你！

【当前】不念情深：组！

【当前】许艾以深：做梦。

【当前】不念情深：你没发现NPC头顶上没问号了吗？

这么一说，苏笑也注意到了。虽然青烟还在，但是它头顶的金色问号却消失了，莫非必须他二人组队，才有任务可接？

无奈之下，苏笑只能和不念情深再次组队。果然，队伍刚刚建立，问号就再次出现了。

苏笑点开问号，面板上出现了一行红字——

不念情深，你愿意护送许艾以深的魂魄前往月影湾吗？接受OR拒绝？

<队伍>不念情深：有了。

虽然很囧，苏笑还是点了“接受”，然而她发现那个接受选项她竟然点不下去。而这时，系统提示已经蹦了出来。

系统：不念情深接受了护魂。

这任务好神秘，开始的时候只能队长点开问号，才会出现任务面板。而那任务竟然只有不念情深可以接，如果他拒绝的话，是不是任务就消失了？或者触发另外的任务？

苏笑来不及多想，因为这个时候，任务剧情已经开始了。

青烟缭绕，幻成细细的丝线，许艾以深的魂魄，便不受控制地被那丝线引着向前。因为前进的速度很慢，不念情深就没有上马，亦步亦趋地跟在她身后。

<队伍>许艾以深：我灵魂走了，尸体怎么办？

<队伍>不念情深：不会被狗吃掉。

<队伍>许艾以深：混蛋！

<队伍>不念情深：女孩子不要说脏话。

<队伍>许艾以深：滚！

<队伍>不念情深：男孩子不要玩人妖号。

苏笑无言以对。

月影湾在青丘地图右边最下方。

以他们这个行走速度，估计走到那里要半个小时以上。既然叫护魂，可见中途会有很多波折，苏笑琢磨了一下，还是在势力里打字。

【势力元老】许艾以深：（举叉狂笑）接到隐藏任务了哟。神秘的鼻烟壶触发的，感觉任务会很难，有人有空来帮忙吗？

【势力主】乱弹琵琶：能共享吗？

【势力元老】许艾以深：应该不能，不过可以来试试。

【势力】溪水：在哪儿？

【势力】默默无语：系统提示你的队伍已满。

【势力元老】许艾以深：青丘，从墨竹林往月影湾走，队伍里就两个人，看来确实不能共享了。

【势力主】乱弹琵琶：凸！等下没事的全部去青丘围观隐藏任务！

不出所料，队伍走了没几分钟，前面就出现了一个人形NPC墨者。

【当前】墨者：青丘仙地，竟然有幽魂出现？不念情深，那幽魂正在吸你精气，快快斩断情丝，否则追悔莫及！

NPC的台词一出，苏笑就满头黑线。

<队伍>不念情深：系统询问我是否退出队伍。

<队伍领袖>许艾以深：……

【当前】墨者：既然你如此执迷不悟，今日唯有将你一并除去，否则等她吸收完毕，我也奈何不了她！

NPC台词说完，自然提剑冲了上来。这时候是第一个怪物，等级只有60

级，虽然来势汹汹倒也不足为惧。不念情深刷刷几刀，就见NPC一声长啸后倒地，临死前，还含恨留了句遗言。

【当前】墨者：不念情深，你天资卓越，奈何被妖孽所惑……

<队伍>不念情深：你在吸我精气。

<队伍领袖>许艾以深：噗……

NPC的台词，你还当真呀！

<队伍>不念情深：真的。

鬼才信你！

<队伍>不念情深：我的蓝在减少，10秒5点。

这么一说，苏笑注意到了，先前她是魂体，技能都不能用，全部都是灰色的。但是现在，最简单的那个加血技能竟然亮了。

<队伍领袖>许艾以深：你身上不是有固本的正面状态吗，回蓝的速度比掉蓝快，没事的。

<队伍>不念情深：嗯。

队伍继续前进。

这次出来的是两个70级的女NPC，其中一人身后有一条毛茸茸的长尾巴，而另外一人，则是人身蛇尾。

【当前】蛇女：许艾以深，就是这人害得你肉身被毁？我要替你报仇！

【当前】许艾以深：妹妹不要！

<队伍领袖>许艾以深：我没说话。

<队伍>不念情深：嗯。

这剧情看起来怎么这么狗血呢？好像就是一场悲催的人妖之恋？而苏笑，貌似就是那只倒霉的妖……

【当前】狐女：到现在你都还护着他！

系统：你是否愿意跟蛇女和狐女一起离开？

苏笑毫不犹豫地点了“拒绝”。

这样的任务剧情，肯定要一起走到最后奖励才最丰富，跟着离开，那奖励不是泡汤了。

【当前】狐女：许艾以深，你真是丢了我们的脸。

NPC说完之后，又变成了红名的可攻击模式。

这次两个70级的怪，不念情深依然没有任何悬念地获胜。苏笑本来还准备得瑟一下她有一个加血技能可以用了，但是从头到尾，不念情深都没有掉血，所以她完全没有表现的机会。

【当前】狐女：啊……

【当前】蛇女：姐姐，祝你幸福。

<队伍>不念情深：蓝掉得比先前快了，10秒10点，等下肯定会越来越快的。

<队伍领袖>许艾以深：我有3个技能可以用了。

<队伍>不念情深：所以你真的在吸我精气，采阳补阴。

<队伍领袖>许艾以深：我晕！我又不是故意的！

<队伍>不念情深：既然是人妖，那就是采阳补阴阳。

苏笑拍桌，闷哼了一声，老子不跟你说了。

于是两人一路沉默，直到第三批怪物出现。

【当前】守门仙童：来者何人，竟敢擅闯月影湾？

【当前】守门仙童：啊！竟然有幽魂！

话音刚落，就有一群NPC怪物冲了出来，5个80级的人形怪。不念情深动作迅猛，当即睡了一个怪，然而还有4个，只一个照面，不念情深的血条竟去了一大截。

这怪物攻击力好高！

苏笑现在有三个技能可以用，一个群毒，两个加血。她先把不念情深的血条满上，然后丢了个毒。结果，怪物的仇恨都聚集到了她身上，虽然魂魄状态没有血条，但许艾以深的魂魄渐渐变淡。她心下紧张，奈何不能动弹，想跑着躲避一下都不行。

这时候，先前被睡的怪也醒了加入战圈。苏笑想给自己加血，却没有任何效果。既然任务叫护魂，是不是魂魄被打散了，任务就失败了？如果失败了，还可不可以重新来过？

【势力元老】许艾以深：你们还有多久到啊，任务要失败了！

【势力元老】花无情：坚持住，刚刚上岸！

“噗”的一声，五只怪物一齐倒下了，与此同时，不念情深的尸体也显现出来。这是刺客的终极技能——自爆。

<队伍领袖>许艾以深：我救人的技能不能用。

她刚刚说完，就看到不念情深已经从地上爬了起来。

<队伍>不念情深：刚刚买了一叠【六道轮回】。

六道轮回和唤魂符的性质类似，只是六道轮回是自己原地复活，而唤魂符则需要别人使用，都是在没有医生或者医生死亡的时候应急用的。如今六道轮回的价格大约是50金，任务奖励还没见着，就开始花钱了。

<队伍领袖>许艾以深：做完了任务，六道轮回的钱我出一半。

队伍继续前进，许艾以深的魂魄慢慢恢复。而不念情深虽然原地复活了，却不能坐下回蓝，即便苏笑将他的血补满，他的蓝也是空的。而且因为死亡，先前身上的回蓝状态也消失了。

刺客没有蓝，这意味着爆发技能就根本使用不出来。前路漫漫，这任务怕是完不成了。

本来就前途渺茫，忽然从密林之中跑出几个玩家，不念情深本来隐身跟在许艾以深的身后，此时竟然被打了出来。

这几个人包括天涯势力的一个玩家，还有碧海弄潮声的！

苏笑手上不停，飞快地给不念情深加血。

【当前】碧海青天：BUG？这家伙怎么自己回血？有医生？

【当前】夜心：医生能隐身？

苏笑大喜，此时她是灵魂状态，那些玩家竟然看不到她。可即便如此，对方人多，她的加血速度也比不上那些人的攻击速度。即使不念情深走位风骚，此时也是岌岌可危。就在这时，苏笑看到花无情他们骑马过来了。

【势力元老】许艾以深：别让不念情深死掉！

话音刚落，花无情就立即下了马。她动作迅猛，一个大加立即将不念情深的血条加满。

【势力元老】许艾以深：师傅给力。

【势力元老】花无情：那是。

苏笑把歪歪语音调整到自由模式，然后急促地说："我的任务是要跟不念情深一起完成的，我现在在他旁边，是灵魂状态，所以你们都看不到我。他必须护送我的魂魄到月影湾，不能死啊，医生看着不念情深！"

【当前】碧海青天：浮云阁的你们干什么？

【当前】乱弹琵琶：我们有任务，不念情深暂时不能杀。等任务做完，要杀要剐随便你们，行不？

【当前】夜心：隐藏任务？

"傻啊，被人知道是隐藏任务了，还能让你做下去！"花无情吼道。

果然，对方很快地达成一致，火力很猛地继续攻击不念情深。花无情也继续加血，紧接着，对方刺客的屠刀对上了花无情。花无情装备精良，对付刺客游刃有余，并且还能分出精力给不念情深加血。

都是医生对刺客，怎么差距那么大呢？苏笑暗自飙泪。

之后，嗖嗖几声，碧海弄潮声的医生夜心惨叫一声直接倒地。

【势力】默默无语：先杀了他们。

既然已经开了头，那再说什么都没用，乱弹琵琶自然也懂得这个道理，势力里大部分人都跑来围观隐藏任务了。而碧海弄潮声只来了一队人，他们死了跑过来或者叫人来帮忙至少要十几分钟，能够争取到时间完成任务。所以，乱弹琵琶吼道："做了他们！"

混战正式开始。

"先剁了天涯的凤栖梧！"

混战持续升温。

片刻之后，对方小分队全军覆没。在碧海青天复活的瞬间，一个天下传音蹦了出来。

【天下】一笑倾城：碧海弄潮声与浮云阁正式开战！

第6章

聚魂

浮云阁在蓬莱服务器还算一个颇有实力的势力，基本上每个星期都能够占领一个祭天台。但是碧海弄潮声的联盟一共有五个祭天台。所以他们的实力按比例算差不多等于1:5，再加上天涯这个老敌对，形势就异常严峻了。

通常情况下，玩网游是谁强就跟谁混。加入势力无非是在贡献自己力量的同时，也能够从势力里得到帮助，特别是在游戏初期。大家都忙着升级弄装备，如果所在的这个势力天天被其他势力打压，肯定就会有人退出这个势力，于是，势力的实力就会一天不如一天。

这不，碧海弄潮声的天下一发，势力里就有两人直接退了。

【势力主】乱弹琵琶：跟碧海弄潮声敌对了，大家出门小心，有事叫人，愿意留下的，老子不会让你死在我前面，不愿意留下的，爷祝你前程似锦、一路平安。

苏笑有些愧疚，这事因她而起。若不是帮助她做隐藏任务，也就不会跟碧海弄潮声的敌对了。乱弹琵琶一直都想发展势力，现在的情况对势力的发展打击颇大。

此时，她不知道说什么才好。

队伍仍旧在缓缓前进，浮云阁的一群人将不念情深围在中央，当前频道刷得人眼花缭乱。

【当前】乱弹琵琶：许许啊，你在哪儿啊！

【当前】许艾以深：这儿！

【当前】花无情：这里？

【当前】溪水：怎么走这么慢啊！

【当前】青成雪：比武擂台第一第二名都在这里，难怪倾城一笑咬牙切齿啊！

【当前】默默无语：嗯。

因为此时人多，就这么枯燥地往前走也不觉得无聊，只是现在已经到了月影湾，为何没有任何动静？

【当前】一缕青烟：留步。

苏笑发现自己的角色不动了。不念情深也跟着停了下来，大部队也停了下来。

歪歪上，乱弹琵琶在嚷嚷：“都过了10分钟了，碧海弄潮声的怕是要到了！”

等他们的大部队来了，这任务就没法做了。

这时，地图上又出来一群怪物，十来个NPC一句话不说就直接冲了上来。因为其他玩家不能攻击这些目标，所以只能给不念情深刷血，然后看着他一刀一刀地用普通攻击砍怪。因为他没蓝。

苏笑倒多了两个攻击技能，不过医生的攻击本来就弱，此时也起不了大作用。不过所幸怪物攻击不高血又不厚，慢慢磨也能磨死。只是，他们没有那么多时间了。

【势力】默默无语：有刺客。

歪歪上，大家闹哄哄吵成一团。

“碧海弄潮声的来了！”

“天涯的也来了！”

“我晕！”

【当前】一缕青烟：看到前面的浓雾了吗？速速过去！

一缕青烟的话刚说完，牵绕着许艾以深灵魂的丝线便瞬间消失。苏笑连忙按了一下方向键，发现自己能动了。现在局势混乱，浮云阁的十几个人根本不是对方的对手，转瞬就死了大片。

<队伍>不念情深：走！

不念情深用了逃命技能，嗖地一下蹿到前方去了。苏笑连忙跟了上去。

歪歪里，叫骂声此起彼伏，浮云阁全军覆没了。

而此时，苏笑已经穿过那层浓雾，传送到了另外一个地图。

【势力元老】许艾以深：我们到了另一个地图，谢谢。

【势力】溪水：奖励神器的话送给我吧，哈哈哈！

许艾以深和不念情深被传送到一个密室之中。

在那密室中央有一个石床，上面躺着一个叫明言的NPC，而那缕青烟则在石床附近游荡，似乎石床旁边有什么结界，它始终无法靠近床上的NPC。

<队伍>不念情深：第一个任务护魂完成了，没有奖励。

【当前】一缕青烟：我需要10个昆仑仙石破除此阵法，不念情深，你可否替我寻来？

<队伍>不念情深：我有任务。

<队伍领袖>许艾以深：我没有……

<队伍>不念情深：看出来了，在这个任务里，你是道具。

突然，不念情深从她眼前消失了。

【当前】一缕青烟：他替我寻昆仑仙石去了，许艾以深，天下男人皆薄情，你若将他杀死，我便将【无情】赠送给你，如何？

系统：你是否接受任务杀死薄情郎？

“噗”苏笑笑了出来。

<队伍领袖>许艾以深：哈哈哈哈，也给了我个任务，杀死薄情郎。让我杀掉你，奖励是品质300的武器！

<队伍>不念情深：你活着都杀不死我，更何况现在。

你……瞧不起人啊！

苏笑无语，不过这家伙说的是事实。系统提示还在面板上，虽然那武器很吸引人，但是根据以往经验，最后得到的才是最好的，苏笑依依不舍地看着无情，还是点了“拒绝”。

【当前】一缕青烟：果真是情深……

仇人榜第一名，这感情真的很深。苏笑点开仇人列表，看到自己和不念情深高达700的仇恨值，顿时无语。

又过了一会儿，不念情深传回原地。

任务完成之后，石床上泛起一道白光，紧接着，那股青烟就飘到了NPC的上方，在他身上慢慢缠绕，像是在抚摸一般。然后，青烟慢慢地幻化出了人形，她的头顶上出现了一个名字——烟罗。

【当前】烟罗：那时他是个散仙，而我是个有千年道行的女妖精，虽没害人性命，却四处吸人精气。后来，他收了我，大约是因为我没想害人性命，又可怜我一身道行，于是没有炼化我，只是将我封在这鼻烟壶中。他饶我性命，我却不记得他的好，每天跟他顶撞，一心想从鼻烟壶中逃出，恨他将我关在里面清修数百年。

【当前】烟罗：后来，他渡劫失败，死了。而我一直被封在鼻烟壶中，直到你们解开我的封印。

【当前】烟罗：我明明很恨他，为何又这么想见他？哪怕只是见到一具尸身？

烟罗伸手轻抚那NPC的脸颊，然后扑倒在他身上哭了起来。

<队伍领袖>许艾以深：剧情好长。

<队伍>不念情深：嗯。

就在这时，地上出现了一个闪闪发光的物品。

【当前】鼻烟壶：我乃上品仙器，原本是为他抵挡天劫，若不是为了护你，他怎会渡劫失败？

【当前】烟罗：你说什么……

<队伍领袖>许艾以深：鼻烟壶都能说话，还是仙器！

接下来烟罗痛哭流涕了一番，然后要求他们找寻9种东西为那个散仙明言聚魂。

【当前】烟罗：此任务没有时间限制，许艾以深，我先助你还魂，若是收集到9种物品，可到青石处找我。

于是，他们折腾了一晚，唯一的奖励就是苏笑复活了。这也太坑爹了！

新任务两人都有，只是现在已经晚上10点半，离断网的时间不远了，苏笑想今天任务肯定做不完了，只有等明天再接。

<队伍领袖>许艾以深：明天再做吧，我要断网了。

<队伍>不念情深：好。

此时势力的人跟碧海弄潮声和天涯的人在打游击，苏笑既然不做任务

了，就在势力里叫了两声，随便加了个队伍参加战斗。

打游击是因为人数差距过大，两方聚集在一起打群架的话肯定吃亏。所以乱弹琵琶让大家组成小队，在各地神石处晃悠，遇到数量不多的敌对成员便一拥而上速战速决，若是遇到多的则立马传走逃逸。

苏笑进的队伍里有一个道士溪水，一个战士青成雪，一个刺客夏天。此时他们三人在石林的传送石附近。苏笑看到队伍里他们的血条在减少，立马跑到传送点直奔石林而去，在危急关头，一个大加将青成雪从死亡边缘拉了回来。

看到医生到了，这三个人就犹如打了鸡血一般兴奋。

苏笑一边给他们加血，一边抽空给他们上状态，等到局势稳定才注意到对面仅有两人——蓝调和惜音。

人在江湖，身不由己。

<队伍>许艾以深：对方两个人，你们仨都打得这么惨。夏天你控制住医生。

<队伍>夏天：她装备好，老抵抗。我攻击不够，又秒不了她。

所以说，并不是每一个刺客都是不念情深！

因为不念情深的虐待和折磨，导致苏笑觉得刺客这个职业强大到能逆天。殊不知能逆天的不是刺客，而是不念情深，大部分刺客还是正常人。

因为有苏笑的加入，局势立即发生转变。

惜音吸引了大部分火力，直接扑地。不过因为拖得太久，对方的援军也到了。此时想要逃跑是不可能的了，苏笑瞬间被打成了半血，她刚刚点了个大毒就光荣倒地了，耳麦里传出了两声惨叫。

苏笑定睛一看，蓝调也死了。

她临死前的那个大毒毒掉了蓝调2000血，结果一个不小心就……

苏笑伸手抹了把汗，她真是无意的呀，造化弄人啊！

紧接着，势力里的青成雪和夏天也都步了她后尘，两人躺尸之后直接复活到别处了。因为蓝调没有复活，苏笑也下意识地跟着他一起躺着。两人的尸体挨得极近，倒让她心里生出一点儿涟漪来。

只可惜……她的尸体被天涯的人围住了。

【当前】凤栖梧：死人妖。叫人啊，喊你们势力的人来啊！

【当前】冷暖：你们不是主动开红很牛的吗？怎么现在搞得跟过街老鼠一样？

苏笑自然不去理会这些人的冷嘲热讽。

此时惜音已经复活，她从神石处骑马过来。苏笑点开聊天频道，想也不想就打了一句话。

【当前】许艾以深：不求同生，但求同死。蓝调，我喜欢你。

【当前】惜音：不错啊，遍地基情。

【当前】蓝调：我不喜欢男人。

【当前】许艾以深：那正好，我是萌妹子。

【当前】凤栖梧：你大爷的，你还装！

苏笑脑海里浮现出凤栖梧在现实中的样子，看上去是一个阳光灿烂的青年，现在满口脏话，就跟地痞流氓一样毫无形象可言，真是人不可貌相啊。

她手机里还有凤栖梧的电话号码。苏笑阴险地笑了笑，心想：逼急了把你电话号码写到小广告上去，哼！

惜音将蓝调复活之后，蓝调原地坐着回血回蓝。而且，蓝调就坐在许艾以深的尸身上。

【当前】许艾以深：蓝调你轻一点儿，你在我身上压得我好疼。

女人的怨念强大起来总是会导致精神失常，苏笑也不例外。平日里什么都说不出口，此时倒没了顾忌。在势力里一群流氓的带领下，她已经走上了下流无耻的不归路，调戏的话自然信手拈来。

而且顾墨在游戏里的形象一直成熟稳重，断不会因为这个跟她对骂。想到顾墨心中憋气却又无法发作而隐隐皱眉的样子，苏笑心头微微有一丝窃喜。

【当前】惜音：我不但要跟妹子抢老公，还要跟男人抢老公，我就是个大“杯具”。

虽是句玩笑话，但字字句句都透着哀怨。

天涯势力里，惦记蓝调的妹子很多，表白的只有许艾以深和深蓝色的海，还有许多暗恋隐藏在深灰色的波涛之下，只是默默地看着，却无法迈出那一步。

苏笑此时又有些庆幸她没有在天涯，否则天天看着惜音和蓝调打情骂俏，岂不是心肝儿都得碎了。

【当前】蓝调：老婆，别理人妖的话。

一句老婆，又将苏笑秒杀了。

她一时冲动，复活到旁边的传送点后顶着半管血朝惜音冲了过去。因为刚复活的人有保护时间，所以其他人也只能看着，不过等时间一过，她必死无疑。

苏笑并没有等到保护时间消失，她冲过去之后直接朝着惜音放了攻击技能。一旦进入战斗，系统保护自然消失。许艾以深戳了惜音两下泄愤，紧接着对方火力集中而上，许艾以深还没来得及给自己加上一口血就再次倒地。

【当前】凤栖梧：哈，老蓝，这人妖莫非真的喜欢你，拼死也要打嫂子啊！哈哈哈哈！

就在这时，突生异变。

围着许艾以深尸体的6人竟瞬间死了5个，还有残血的凤栖梧一头雾水地站在原地，他头上的对话框还没完全消失，“哈哈哈哈”几个字尤其显眼。

【当前】不念情深：他是诱饵。

【当前】凤栖梧：我靠！

【当前】许艾以深：以2换5，还是我们划算啊，哈哈！

刚刚被凤栖梧说中心事，虽然只是在网络上，但苏笑也有些尴尬。不念情深这么一自爆，便把那些尴尬炸得灰飞烟灭。此时，草地上躺了7具尸体，其中还有惜音。苏笑心情舒畅，不自觉地笑出了声。

“你一脸坏笑，做什么了？”陈薇出声询问，苏笑不搭理。结果，陈薇径直走到苏笑的电脑旁边，接着一阵惊呼。

“你又把蓝调杀了？”

“嘿嘿！”

“谁被你这么爱着，真是倒了八辈子霉了！”

“嘿嘿！”

【当前】不念情深：我想想。

【当前】许艾以深：?

【当前】不念情深：说不出口，算了。

苏笑正疑惑，面前白光一闪，不念情深消失了。

因为任务，他们暂时加了好友，此刻屏幕上方也有一行小字提示，你的好友不念情深下线了。

苏笑摸着下巴，不念情深到底是什么说不出口呢？他到底想说什么呢？

苏笑正沉思的时候，屏幕上出现一行提示：网络无法连接，你已经与服务器断开连接。

苏笑看了看时间，11点了，学校断网了。

晚上睡觉的时候，苏笑跟陈薇躺在床上夜谈，她们两人是上下铺。

大学本科的宿舍一般都是四人一间，A大也不例外。只是苏笑的寝室里有一个人是本地的，经常不在寝室睡，而另外一个姑娘明丽，则是因为寝室关系闹得很僵就搬去别的寝室了。

明丽生活习惯良好，10点多就要上床睡觉，而且只要有人发出大一点儿的声音她都会生气。所以在她搬走之前，苏笑拿东西都是轻手轻脚的，生怕弄出动静。

明丽是跟陈薇闹矛盾。因为陈薇长得漂亮，寝室里的公用电话90%都是找她的，那些男生千方百计地找到电话号码来表白，说起来陈薇也是受害者。

陈薇的电话很多，这让明丽很不满，大概是最后忍不住了，就对陈薇冷嘲热讽了几句，大约是说她为人轻佻、风骚，勾引了很多人。而且陈薇喜欢打游戏，每次都是断网的时候才会关电脑，而那时候明丽早已经躺床上了。两人沟通无效后，最终战争爆发，无可挽回。

明丽说陈薇制造噪音，跟数不清的人勾搭，每天电话无数，影响她的学习和休息。

陈薇脾气暴躁，自然跟明丽争辩。具体内容苏笑并不是很清楚，因为那天她正好不在现场，回来的时候硝烟已散，明丽已经收拾完东西去了其他寝室。

只是那天晚上，陈薇从小卖部买了瓶酒，喝得很豪爽，而后她拉着苏笑的手说："你一定要争气啊！"

从那以后，陈薇天天监督苏笑的学习。就算是玩网游后，也坚决不让她逃课。结果，苏笑在陈薇的鞭策之下，连续拿了三个学期的一等奖学金，陈薇自己也连续拿了三个三等奖学金。后来，苏笑知道了这件事的原因。

明丽的成绩不错，跟辅导员说陈薇打扰了她的学习生活，导致她成绩下降，她以这个原因申请换的寝室。那天傍晚，辅导员就把陈薇叫去谈了一次话。

陈薇便发了狠，她拉着苏笑一起证明，她并没有打扰到任何人。

"苏苏，明天晚上7点30大礼堂要开会，你记得吧！"

"嗯！"

苏笑她们今年上大三。学生会搞了一个帮助新生的活动，就是成绩优秀的学长帮助刚刚进校的大一新生，每个大一的新生寝室都会配一个学长或学姐。苏笑和陈薇都是奖学金得主，明天的会上，她们都会被分到一个新生寝室。

陈薇恶狠狠地说："这个活动居然还要写报告！"

"随便，没什么大不了的，最多拉出去吃顿饭，建个Q群，平时她们有什么问题，咱们回答一下不就完了。"

"期末要给我们评分的，要是评价不好还要扣积分。"

"那给你分个男生寝室，估计什么都不做评价也很高。"苏笑笑道。

"哎，算了。"

陈薇的女生缘一直很一般，相反的，她的男生缘很旺。如果真分到男生寝室，估计大一的新生看到这么美的学姐都会把持不住吧！

"苏苏，我就你这么一个好姐妹。"陈薇忽然幽幽地叹道。

"嗯。"

“所以你就别暗恋了，大三了，该谈个恋爱了。”

“嗯，你呢？”

“候选人太多，挑得眼花，顺其自然。”

“对啊，顺其自然，我也是。”苏笑淡淡地回了一句。

对于顾墨，不论在游戏中还是在现实中，她都没有机会了吧。当然，有句话说“机会是留给有准备的人”，她这样不作为，夙愿不能成真也怨不得别人。

第二天晚上在大礼堂开会的时候，因为成绩优秀能者多劳，最后分配到苏笑手里的寝室有两个，一个女生寝室和一个男生寝室，一共8个人。陈薇则分到了一个男生寝室。会议结束之后，苏笑和陈薇站在门口等，没几分钟那些新生便直接找了过来。

十来个人唧唧喳喳地将她二人围在中间。几个男生一口一个美女学姐，丝毫没有半点羞怯的样子。刚进校的大学生看起来青涩稚嫩得多，这让苏笑不禁想到了她大一进校时的情景。

刚刚的会上，光是念名单就念了一个多小时，现在已经晚上10点了。苏笑和陈薇给新生们留了手机号码和QQ之后，就跟这些学弟学妹分道扬镳了。

回去的路上，陈薇也感叹时间过得飞快，两人来了兴致，将大一的那些事情扯出来说了个遍。

“我进校的时候，好多学长给我提包啊！”陈薇一脸得瑟地说。

苏笑默默地翻了个白眼，“我印象最深的就是大一报名第一天，寝室不是没开水器吗，我去楼下管理员那里领了热水瓶去开水房打水，结果还没提回寝室那水瓶就爆了，我顿时对这个学校充满了怨念！”

“对啊，当时你脚背都烫伤了，还是哭着回寝室的。”陈薇乐呵呵地说。

苏笑瞪了她一眼，“打住，不说这个了！”

等她们一路走回寝室，已经10点40了，两人都没上游戏，只是把电脑打开登了下QQ。系统消息响个不停，全是加好友的，那些新生倒挺热情。

“我只带了4个新生啊，怎么这么多人加我！”陈薇不满地道。

“估计我这边的也加了你吧！”

“那我建个群，把所有人加到一起，到时候我们一起活动。”陈薇想了想直接建了一个QQ群，把刚刚申请加好友的人都弄到了一起。一时间群里热闹非凡，回答了几个问题之后就到了断网时间，招呼他们早点休息后，苏笑就关了电脑。

这一天她都没上线，不念情深还等着她做任务，不知道明天上线后那家伙会怎么报复她？会不会多杀几次泄愤？最近这些天，她的死亡次数节节攀升，都快修不起装备了，她到底哪里得罪他了呢？

苏笑百思不得其解，最终作罢。

第二天没课，苏笑一大早起来就准备上游戏，结果打开游戏后发现无法登录服务器，她这才想起来今天是周三，服务器例行更新。

上游戏官网瞄了一眼，系统修复了鹊桥仙结婚地图的BUG，她再也不能带人守在桥头堵着顾墨结婚了。游戏增加了几种生活技能的武器配方，然后还有一些细微的完善。

本来闲着无事，她又去看了一下论坛。本来准备随便翻翻，结果刚进去就看到了一个标题醒目的热帖——【蓬莱】【绿野仙踪】表白帖：师傅，我爱你。

又是师徒，“逍遥”这款游戏的夫妻90%都是由师徒发展起来的啊！

因为是自己服的八卦，而且还是陈薇大号加入的势力，苏笑自然戳进去围观了一下。帖子内容分外肉麻，看得她起了一身鸡皮疙瘩。看到游戏截图的时候，苏笑被震了一下。

秋小小和墨如笙，两人在青丘的葵花地里静静相依。

一个是陈薇的徒弟，一个是陈薇游戏里的老公。

陈薇此时还躺在床上睡觉，苏笑走到她床边，推了推她，“起来。”

陈薇翻了个身，“再睡会儿！”

“你游戏里的徒弟跟你游戏里的相公搞在一起了！”

“游戏嘛，没什么大不了的！”陈薇随口答道，继续睡觉。

苏笑释然，陈薇现实都不当真更何况游戏，这些狗血事件不会对她有任何影响，既然如此，自己也没什么好担心的。

苏笑继续翻帖子，神秘的鼻烟壶还在被人询问，她猛地意识到自己和不念情深或许是第一个触发这个隐藏任务的玩家，不由得眼睛发亮，全服务器第一的话，奖励应该会非常丰厚吧。这时，苏笑开始后悔昨天没有上游戏了，万一被人研究出来抢了先，她会后悔死的。

11点多的时候游戏更新完毕，苏笑顾不上吃饭，让陈薇帮忙带炒饭回来。她直接上了游戏，满心欢喜地准备去做任务，结果打开好友列表，不念情深竟然不在线。苏笑脸上写满了失望。

转世的仙宠

不念情深没在线，任务就不能做。

因为心中有牵挂，下副本刷声望都没了兴致。苏笑在游戏里心不在焉地跑了两圈，索性最小化游戏继续翻论坛。

她记得更新的内容有两张武器配方，其中有一个就是医生用的针。

苏笑现在用的针是10人副本千机殿掉落的【弄情】，只能算是中等武器。新武器配方叫【尘埃纷乱·配方】，紫色武器，治疗加成5%，毒系攻击加成1%，其他属性也比弄情要好得多。苏笑对这根新针动了心思，然而将网页下拉，也没有看到提示配方的出处。直到看到最后，才有一行小字——一切尽在探索中……

真坑爹！

网页和游戏时不时地切换，一个小时之后，不念情深终于上线了。

系统：你邀请不念情深加入队伍。

不念情深加入了队伍。

<队伍领袖>许艾以深：不好意思，昨天一天都没空。

<队伍>不念情深：嗯，没事。

或许通过隐藏任务，他们的关系会有所改善。等到任务完成了，他应该会为前几天的事情道歉吧。其实这人虽然让人感到很无奈，但是却很神秘，隐约有高手风范，说到底是自己技不如人。如此想来，苏笑倒觉得自己并不是特别讨厌他。

女人啊，就是这样。纵然那男的对你有千般坏，然而只要他偶尔对你有一丝好，女人就会记得那些好，然后给那些坏找各种理由。

想什么呢？苏笑甩了甩头，正要打字招呼不念情深去第一个任务物品所在地碰头，就看到自己身边出现了一个透明的虚影。

紧接着，她的头上出现了眩晕状态。

系统：不念情深狂性大发了。

因为两人组队，不念情深的隐身状态苏笑可以看见，不能隐身的刺客攻击力要大打折扣。苏笑目不转睛地盯着屏幕，只等眩晕状态一过，就跟他拼个你死我活！

让你嚣张，组着队都敢来杀我！

然而能动之后，苏笑发现自己的技能被封住了大半，特别是加血技能一个都不能用，而这时，她的血条已经告急了。

虽然勉强戳了不念情深几下，许艾以深仍旧逃不出倒地而死的宿命。

苏笑直接选择复活到了第一个任务物品提示的地点江南青田镇。

<队伍领袖>许艾以深：老子跟你势不两立！

<队伍>不念情深：难道以前不是吗？

<队伍领袖>许艾以深：滚啊！

<队伍>不念情深：……

<队伍领袖>许艾以深：跟你是队友我全身都难受，你快点过来我们把任务做完就分道扬镳，多看你一眼我都想吐。

江南青田镇是安全区。

不念情深刚刚杀了她，现在就是红名，只要出现在安全区自然会被守卫军官一刀砍死。苏笑力不能及无法报仇，只能想计谋借刀杀人。她开始在队伍里狂催，希望不念情深一时没注意，顶着大红名直接跑到青田来。

<队伍领袖>许艾以深：快点，磨蹭什么，你脚长脑门上了！

话音刚落，苏笑旁边的神石就出现了一道身影。神石旁边就是扛着大刀，一刀可以砍人10W+血的军官。

<队伍领袖>许艾以深：去保护，我给你上状态。

苏笑阴险地笑了一下。

传送神石有几十秒的保护时间，保护时间内即使是守卫也不会攻击玩家。虽然镇子里随时都有巡逻军官，但万一让他躲掉了不就亏了吗？

<队伍>不念情深：（挑眉）

此刻，苏笑发现不念情深头上的骷髅消失了。

<队伍领袖>许艾以深：洗红了……

<队伍>不念情深：嗯。

苏笑刚扬扬得意地导演了一场戏，准备看好戏上演。现在想来，她真傻……

难怪他刚刚要用挑眉的表情。在不念情深的眼睛里，她就是个二百五。

苏笑彻底抑郁了。此后寻找任务物品时，她都一声未吭。任务物品不会在原地等你来拣，期间遇到成都秘案、偷天大盗、定情信物之类的系列任务，等到9种物品集齐，已经过了3个小时。

苏笑面前的饭菜都凉透了。虽然要入秋了，但天气依旧炎热。饭菜用薄膜袋装着，苏笑先前一直忙没有打开透气，现在揭开隐约有一股馊味。她本来准备趁着跑青丘地图的时间把饭吃了，现在只能作罢。

苏笑将打包的饭菜原封不动地扔到了垃圾桶，思索着坐船到青丘也要10分钟，她可以利用这点时间跑到楼下的小卖部买吃的垫底。她刚刚冲出寝室楼，就被一个男生拦住了。

“苏笑，苏笑……”

苏笑有些愕然地盯着面前的男生，他个子很高且壮，挡在她面前就好像一堵墙，只不过这堵厚实的墙的神情极不自然。苏笑后退一步扫了一眼他的

脸，发现上面依稀还透着红云。

苏笑确定自己不认识这个人，不过还是问了一句："有什么事吗？"她还赶时间回去做任务呢。

"这，这个……"壮汉同学从口袋里摸出一个小巧的粉色信封，封口上还贴了一个红色的桃心，难不成是情书？苏笑一阵紧张，眼睛往左右瞟了两下，确定没有围观的路人之后才微微松了口气。

"请帮我转交给陈薇。"壮汉同学朝前鞠躬，双手将信封递到了苏笑的面前。

苏笑扯了扯嘴角，"你怎么不自己给她？"

"我……我怕她不会看直接扔掉。"

苏笑叹了口气，你可真了解她。

"好吧！"苏笑接过信封，"不过我也不保证我拿给她，她就会看。"

"谢谢你！"壮汉同学一脸开心，然后化作一道旋风飞奔而去。苏笑摇了摇头，然后朝着小卖部冲去。

买了一些小吃回到寝室，苏笑直接将信封丢在了陈薇的枕头边，然后坐回电脑桌前。

许艾以深已经到了青丘。但是屏幕灰暗，很显然她已经死了。

不知道青丘很难跑吗！不念情深，你有毛病吧？

<队伍领袖>许艾以深：你有病啊，青丘这么难跑。大不了不做这任务了，老子也不想跟你搭档了。

<队伍>不念情深：？

苏笑一气之下退了队伍。

<好友>不念情深对你说：看记录。

苏笑愣了一下，然后点开了系统的战斗记录。

杀她的不是不念情深，是天涯势力的蓝调、凤栖梧和惜音。

战斗提示里，不念情深也死掉了。

天涯势力的那三个人都没有看破隐身的能力，不念情深若不能敌，逃走却应该不成问题。苏笑老脸一红，正欲道歉，就看到对方的一条私聊再次跳了出来。

<好友>不念情深：在那里等我拉你起来，我马上到了。

哦……怎么这么尴尬呢？这可是以德报怨，也不是不念情深的作风啊！难不成他想秋后算账？

苏笑觉得自己跟不念情深的恩怨将演变成一场旷世持久战了，她不能这样一直处于下风。

【势力元老】许艾以深：师傅，医生怎么跟刺客打？

【势力元老】花无情：你？你全身副本装备对刺客的技能抗性不高，刷战场套装还有可能。

苏笑捏了捏拳头，等任务做完，她就天天去混战场。

【势力】默默无语：战场？我带你。

【势力元老】许艾以深：好。

【势力】不念情深：打刺客？我教你。

噗！这人什么时候跑到浮云阁来的啊！

找到烟罗，交完任务，苏笑得到了150金和3000点势力发展点。

烟罗开始聚魂。

逆天改命乃与天斗，死者复活自然天理难容，即便那人曾经是个散仙。于是接下来的任务就是守护烟罗护魂。

幸亏出来的怪物并不是特别逆天，她跟不念情深两人搭配起来也能从容应对。就这样砍了几波怪后，“叮”的一声，系统提示音响起，聚魂成功。

烟罗的身体陡然间变得透明，依稀可辨一个淡淡的轮廓，眉目模糊，仿佛清风一吹，便能将其吹散。

【当前】烟罗：明言的魂魄凝聚成功，却没有合适的肉身。

等了一会儿，烟罗却未继续说话。

<队伍领袖>许艾以深：估计还得去寻找肉身。

这个任务肯定不是一般的麻烦，先前都是9件物品，这次怎么也得翻倍吧！

就在左思右想之时，苏笑忽然发现不念情深被晕住了。

从来都是被他晕，此时看到他头顶上冒出一串串“ZZZ”，苏笑顿时心情舒畅，啊哈，你也有今天。

<队伍>不念情深：清明。

清明是驱除负面状态的医生技能，苏笑本来准备好好地嘲笑他一下，却发现此时不念情深已经瞬间少了一大管血。她立即给不念情深解除负面状态，手忙脚乱地将其血条补满，又往后退了几步，把状态给他加上。

<队伍>不念情深：烟罗在攻击我。

苏笑本想锁定烟罗给她加上负面状态，岂料点了几次都无法锁定。看来这个NPC是不能攻击的，那岂不是只能让她打，不能还手？

给仇人不停刷血的感觉真的很糟糕。

【当前】烟罗：对不起……

【当前】烟罗：许艾以深，你助我夺他肉身，我送你一份大礼。

系统：你可以选择攻击烟罗或者不念情深，烟罗OR不念情深？

这任务一路做下来，似乎都在考验二人的关系，虽然很想攻击不念情深，但理智终于战胜了仇恨，苏笑选了烟罗。

确定之后，烟罗终于变成了红名。她刚给烟罗丢了一个破甲，就看到明言发话了。

【当前】明言：住手！

明言的魂魄挡在了烟罗和不念情深的中间。

【当前】明言：烟罗，烟罗……

此时，苏笑才发现，烟罗的身体竟然又变成了一缕青烟，并且越变越淡，而明言弯着身子，大约想将那缕青烟握在手心，但他也是魂魄状态，费尽力气也是徒劳。

明言生前是散仙，一身正气。本来苏笑以为剧情里的那声“住手”是让烟罗停止攻击，现在想来，他是喝止自己和不念情深对烟罗进行攻击。

【当前】明言：烟罗，你怎么这么傻，散尽一身修为替我聚魂。

【当前】烟罗：我不悔。

【当前】烟罗：呵呵，当年你明明有渡劫法宝，却不曾使用，不也是不悔吗？

这时的场景是在青石的旁边，那青石上有两个血色红字“不悔”，大约是剧情的关系，此刻显得异常明亮，隐隐发光。

烟罗说完之后，青烟已经变成了细细的一条线，最终消失在空中。明言的手在虚空中徒劳地抓了几下，又颓然地垂下。

他站起来，迎风而立。

“当年桃花树下，你睁眼的刹那，天地失色尘埃纷乱。”

“而今墨竹林中，你闭眼的瞬间，万籁俱静尘埃落定。”

<队伍领袖>许艾以深：任务完了？接任务的NPC都已经消失了。

难道他们千辛万苦做了这么多，只给金钱和势力发展点？虽然很不满，可是此时场景分外伤感，背景音乐又万般惆怅，苏笑也没多说，只是叹了口气。

明言忽然转过身，面对着他们的方向。

【当前】明言：两位小友，感谢你们让我能和烟罗再次相聚，只是我还有一个不情之请，不知两位可否帮忙帮到底？

系统：你是否愿意接受明言的心愿？

接！傻子才不接！

【当前】明言：我生前乃散仙，得知一秘法。二位既是烟罗选定的有缘人，又经过了层层考验，肯定实力不凡。我将秘法托付于你们，想来烟罗也会很高兴的。

说完，明言的魂魄开始在原地转圈。紧接着魂魄周围凭空冒出一层层桃花花瓣，随着他的魂魄一起转动。

“烟罗的本体，是桃花。”

大约半分钟后，苏笑收到了系统提示。

系统：你得到了【转世的烟罗】。

她连忙打开包裹看，只见包包里出现了一个白色的蛋壳，上面显示为宠物——转世烟罗，滴血孵化（暂时不能孵化），不可交易。

<队伍>不念情深：【转世的明言】。

那个刻着“不悔”二字的青石发出一道白光，紧接着苏笑的屏幕上出现了动画，明言和烟罗在漫天的桃花林里，静静相依。画面消失后，青石上出现了一个任务完成的绿色圆圈。

苏笑点开圆圈，提交任务之后得到系统提示——你完成了任务【不悔】，得到了武器配方【针·尘埃纷乱】，99金和称谓【心有灵犀一点通】。

苏笑眼角抽了一下。

尘埃纷乱啊！今天才出来的新武器配方，门派里到处都在高价求购，她竟然得了一张！

<队伍领袖>许艾以深：你得了什么？

不念情深没有反应。片刻之后，他头顶的名字下面出现了一个粉色称谓——身无彩凤双飞翼。

苏笑扯了扯嘴角。

两个称谓连在一起就是“身无彩凤双飞翼，心有灵犀一点通”。

我让你给我看其他的奖励啊，不是要你秀称谓啊！

<队伍>不念情深：定亲。

谁要跟你定亲？既然任务完成，果断删好友。苏笑打开好友列表，赫然发现不念情深的名字后面多了一个括号，里面“定亲”二字直接刺瞎了她的双目。

做了个任务，系统就直接将他们强行绑在一起了？

苏笑来不及吐槽，一个红通通的系统公告弹了出来。

公告：因玩家完成宠物系统任务，全部服务器于今晚24:00到明天早上8:00进行升级，请各位玩家注意游戏时间。

【势力】默默无语：宠物。

【势力元老】花无情：谁这么给力，我觉得必须抓只美艳的花妖才能配我的身份啊。

【势力】青成血：野猪公主最适合你。

【势力元老】许艾以深：【转世的烟罗】，哈哈哈哈。

【势力主】乱弹琵琶：竟然是你，许许啊许许，抱你大腿。

【势力】夏天：就是那个任务的奖励？宠物属性怎么样？

【势力元老】许艾以深：暂时看不出来，估计得等升级后。

【势力】不念情深：【转世的明言】。

势力里好事的人将这两个宠物复制黏贴在一起。

【势力】顾熙白：【转世的烟罗】【转世的明言】。

系统自动弹出了一行粉色的小字——他们是天生的一对，永远也不分开。

【势力元老】许艾以深：……

【势力】不念情深：……

【势力】青成雪：哦，你们是天生的一对。

谁跟他是一对了？苏笑愤而拍桌，陈薇从床上坐了起来，懒洋洋地“嘤”了一声。

“咦，怎么有一个信封。”

“哦，有人给你情书。”

“咦，字很漂亮呢！”陈薇将信封拆开扫了一眼道。

这年月写情书的人已经不多了，写情书的男人也不多了，陈薇平日里遇到的都是问电话号码的人。苏笑转交得最多的是巧克力、玩具熊之类的东西，里面最多附一张小卡片，像这样单纯的情书，还是头一回见。

陈薇咳了两声，“我第一眼看到你的时候，并没有特别在意。”

苏笑觉得这情书的开场白太恶搞了，顿时懒得看游戏了，跑到陈薇的旁边坐下，脑袋凑了过去。

蓝色的钢笔字，字迹隽秀，一笔一画又很飘逸，跟那大个子的形象实在不搭。不过一般来说字迹好看的人，心性也不会差到哪儿去。就这样，苏笑对那高大威猛同学的印象分增加了一点点，当然，成不成还得看陈薇的态度。

“可是通过后来的接触，我发现自己已经被你深深吸引。不是你让人无法忽视的外貌，而是你直爽的性格。”

“别的美女大都娇弱，跟林黛玉似的，但是你不同，你风风火火，像火树银花，像朝天椒，像鞭炮……”

陈薇念到这里，脸已经黑了一半。

苏笑注意到这里的字迹不是很顺畅，中间还落了点墨，字体也有些扭曲，就好像是握笔的时候在笑一般，难不成那大汉一边写还一边笑？该不会是紧张得手抖吧？又或者是想到朝天椒而一时振奋难以自已？

“你是我心中高高飘扬的红旗……”

陈薇嘴角抽了抽，将信纸揉成一团扔到了地上，“什么情书，幼稚园水平，亏那一手好字。”

苏笑弯腰将信纸拣了起来，“别扔嘛，好久没遇到这么欢乐的情书了。”她将信纸小心翼翼地摊平，声情并茂地继续念道，“你是我心中高高飘扬的红旗，是我心中的自由女神，当我确定了自己的心意之后，每天最期待的事情就是能看到你……”

苏笑一边念一边望着陈薇笑，陈薇恼羞成怒，将床上的玩具熊朝她扔了过去。

“你见，或者不见我，我就在那里，不悲不喜。

你念，或者不念我，情就在那里，不来不去。

你爱，或者不爱我，爱就在那里，不增不减。

你跟，或者不跟我，我的手就在你手里，不舍不弃。

来我的怀里，或者，让我住进你的心里。

默然相爱，寂静欢喜。”

陈薇愣了一下，“怎么水平陡然提高了？”

“文盲！”苏笑得意地翻了个白眼，“这是扎西拉姆·多多写的。”

“陈文渝，这大个子的名字倒是文绉绉的。”信的末尾写了名字，上面还用红色印泥盖了一个手指印，有点儿签卖身契的意思。

苏笑将那指纹仔细看了一番，估摸着应该是食指，她好奇地将自己的拇指放上去，发现那个指纹比她的拇指还要粗上一圈，当下啧啧叹气，“他父母给他起了那么文雅的一个名字，可惜长得像一头熊。”

“陈文淰？”

“嗯，你本家。”苏笑说。

“有点儿印象，篮球队后卫的替补。”陈薇一边说，一边下床，然后打开电脑。

“不回信？”苏笑扬了扬手中的信纸问。

“我又不脑残！”

苏笑随手将信扔到旁边空着的桌上，也坐到了电脑面前。

几分钟之后，陈薇上线了。

“还有系统提示，开宠物系统了？”

苏笑打开好友列表，给陈薇发了一个私聊。

你对微笑向暖说：【转世的烟罗】

“啊啊啊！这个是宠物？”陈薇尖声叫道。

“对啊，那个宠物系统的任务是我完成的，嘿嘿！”

“瞧你那样儿！”

尘埃纷乱

陈薇上了他们势力的歪歪，因为寝室只有她和苏笑两个人，所以大多时候，她会只插麦克风，然后开着音响。本来那歪歪频道里就闹哄哄的，结果陈薇开口说了句话，整个频道竟沉寂下来。

几秒钟之后，才有人说：“暖暖姐来了啊！”

苏笑霎时想起了先前在论坛上看到的帖子，陈薇的老公和陈薇的徒弟在游戏里搅在一起了。

苏笑瞄了一眼陈薇，只见她眉头皱了一下，紧接着双手在键盘上敲个不停。几秒钟之后，私聊一条一条蹦了出来。

陈薇的眉头皱得更深了。

“没事吧？”苏笑小心翼翼地问。

“本来没事，不过这些人都觉得我很有事的样子，烦死了！”陈薇说完之后，双腿一蹬，使椅子往后挪了一步，“那徒弟楚楚可怜地跟我道歉，真是倒胃口。”说完之后她又弓着身子凑到了电脑面前，开始敲键盘。

“我祝他们百年好合、断子绝孙。”

“你不是不在乎吗？”

陈薇一挑眉，“我本来就不在乎！不在乎不代表她的行为是可以原谅的。”

就在这时，苏笑听到陈薇的音响里出现了一个甜腻的声音，“师傅，对不起。”

陈薇瞪了苏笑一眼，“做你自己的事去！”说完之后，她把音响关了。

苏笑只得将注意力转回到她的屏幕。

系统：新婚大礼，新郎蓝调对新娘惜音说：“执子之手。”

系统：新婚大礼，新娘惜音对新郎蓝调说：“将你拖走！”

“啊啊啊！他们竟然偷偷摸摸地结婚了！”

天涯势力的势力主自然不会偷偷摸摸地结婚，只是为了避免再次出现意外，他们把正事办了再广而告之。

这不，系统消息一出，【天下传音】便铺天盖地地飘了出来，瞬间霸占了整个频道。

苏笑望着那红色的系统消息发了一会儿呆，连血条骤减都没有注意到。

【当前】夏天：许许怎么不动啊？难道是在挂机？

刚刚开红的是势力里的一个刺客，平日里跟苏笑的关系不错。

苏笑收敛心神，然后在当前频道发了个问号。

【当前】许艾以深：？

【当前】夏天：我要拜不念情深为师，教我怎么玩刺客，师傅说要先打

过你才能做他徒弟。（脸红的表情）

【当前】夏天：许许，我来了哦！

说完之后，夏天在苏笑的面前消失了。

【当前】许艾以深：……

【当前】不念情深：把自己血加满。

地图上，一块石头的旁边冒出了一行小字，只闻其声，不见其人。就在这时，夏天居然被打了出来，旁边默默无语冒了个泡。

【当前】默默无语：免费帮你抓刺客第一次。

说完之后，默默无语又射了一箭，不念情深蹲在大石底下，一副痛苦的表情。

【当前】默默无语：第二次。

紧接着，默默无语蹦跳着从她面前飘走了。

【当前】夏天：……

【当前】不念情深：……

【当前】许艾以深：……

苏笑觉得，她的小号笑语凝然或许可以练弓箭手。

“顾墨结婚了，我去上他们的歪歪，给你打听一下！”陈薇迫不及待道。

苏笑再次愣了一下，刚刚这么一打岔，她竟然差点儿把顾墨结婚的事都给忘了。

刚刚登录歪歪，里面就传出歌声来。

“是顾墨在唱歌。”

苏笑能够分辨出顾墨的声音，毕竟第一次心动，是因为听到了他念诗的声音。他唱的是张信哲的情歌，声音温柔得要滴出水来。

苏笑听着顾墨的歌，眼睛盯着游戏屏幕。

新婚夫妇收到的祝福何其多，宁蓝也发了祝福。

【天下】深蓝色的海：祝福，快乐。

苏笑下意识地竖了竖耳朵，走廊外，没有听到哭声。她想到宁蓝挽着顾

墨的胳膊笑得一脸温柔的样子，莫非，她已经将游戏和现实分开了？顾墨在现实中成了她的男友，所以她同意顾墨在游戏里和别人结婚？

苏笑撇了撇嘴，然后买了两个天下传音。一个用来开头，一个用来结尾。

她只是把刚刚陈薇说的话打了一遍。

【天下】许艾以深：祝你们百年好合，断子绝孙。

发完之后，她的下场就是被众多人骂，被发天下骂，最后还被系统禁言了。她悲催地跑到九黎城外做解除禁言的任务，两个刺客一左一右地跟在她身后。

【天下】凤栖梧：死人妖，结婚你都闹，没素质！浮云阁的一群猥琐男！

【天下】微笑向暖：祝你们百年好合，断子绝孙。

诚然，陈薇骂的其实是她徒弟秋小小和她老公墨如笙，不对，是前夫。

然而因为没有指名道姓，天涯的炮火也随之而来。微笑向暖是笑看烟云的元老，笑看烟云虽说是中立势力，玩家却是不少，实力也不弱，所以她这么一说，自然会引起某些人的遐想。

【天下】惜音：笑看烟云的什么意思啊？

【天下】凤栖梧：微笑向暖，你骂谁呢？

【天下】微笑向暖：骂狗男女。

陈薇继续不挑明，当然，他们势力的人却知道陈薇到底在骂谁，只是跳出来说也不明智吧。

【天下】墨如笙：小暖，别闹了。

陈薇扭过头，“其实我真的是骂顾墨，这人为什么非得以为我骂他呢？”

苏笑腹诽，连我都以为你骂的是他啊！“宁蓝还发天下祝福呢。前两天我还看着她扶着顾墨，我还以为他们在一起了呢，怎么今天又跟惜音结婚了？”

“没有在一起，也有暧昧吧！”陈薇叹了口气，“最怕那些虚情假意的暧昧，长得好看被众多女生追的男人都不咋样，啧啧。一般的女生哪有那么大的勇气去表白，就像你一样，龟缩着就好了。既然去表白，很多时候是觉得自己有希望，为何会有希望，自然是他有所表示，让人心里有了错觉，那就是暧昧。而一个玩暧昧的男人，不是好男人。”

苏笑沉吟了一下，没有说什么，只是默默地抿了抿唇。

陈薇又指着游戏屏幕道：“就好比墨如笙，我也不能说是秋小小勾引他的吧？他平日里对妹子都特别温柔体贴，说得好听点就是热情人好，说得难听点，就是人品有问题，明明在游戏里有老婆了，还对别的姑娘嘘寒问暖。”

“那你当初还嫁给他！”苏笑问道。

“那不是无聊吗，再说我结婚早啊，那时候前80人结婚还有奖励的，那个心形挂件那么漂亮，我想要嘛……”陈薇朝着苏笑抛了个媚眼。

苏笑陡然觉得，墨如笙其实挺可怜的。

游戏里有很多分离的夫妻，有很多小三儿和劈腿男、负心汉。老公跟徒弟小三儿跑了，本来是最悲情的桥段，但落到陈薇身上，却无足挂齿。

苏笑想：即便是游戏，她也不会轻易结婚的。如果哪天她在游戏里结婚了，就证明她是真的喜欢对方，哪怕只是喜欢那个游戏角色。所以发生陈薇这样的事情的话，她肯定会难受的。

“游戏嘛，只有无心，才不会受伤。”陈薇忽然道。

“嗯！”苏笑点了点头，心头默默补充了一句：或许吧！

这时候，歪歪群里忽然响了几声。

苏笑将歪歪群打开，群里发信息的是势力里的猥琐道士溪水。

溪水：快点儿来看奸情啊！

等图片刷出来，苏笑看到的是，九黎城外，她正在辛辛苦苦地挖草，不念情深正蹲在她旁边，他目光深沉，她弯腰采草，两人的脸挨得极近。

此时，游戏地图上，只有夏天在跳来跳去。

她知道不念情深隐身在周围，但不知道他一直离自己这么近。

这一点儿都不浪漫。苏笑觉得自己脸颊不是发烫，而是发麻，而且毛骨

悚然啊！

【势力主】乱弹琵琶：许许你引起公愤了！

【势力元老】花无情：不过被微笑向暖成功转移了。

给婚礼捣乱的人一般会让广大玩家不耻，所以苏笑此时集了很多仇恨在身。她打开门派频道看了看，也有许多正义的姑娘在申讨她和陈薇，其中领头的自然是天涯势力的人。

【势力】溪水：难道我们要走全服公敌路线吗？太潇洒了，太给力了！

【势力主】乱弹琵琶：哎，哎，这不是我的初衷啊，我的理想被你们这群人糟蹋了啊！

【势力元老】花无情：凸！

采了20棵草，苏笑终于完成了禁言任务。她包里还有一个【天下传音】。

【天下】许艾以深：蓝调，我为你付出了那么多，为你到浮云阁来做卧底，为你付出一切，为什么？就因为我不是女人？我喜欢你，我喜欢你啊，你当初不是说性别不是问题吗？

苏笑本来还想说一些肉麻恶心的话，岂料天下传音是有字数限制的，她也不舍得花钱再买一个，只得作罢。

陈薇在旁边已经笑岔了气，一边咳嗽一边指着苏笑，“你、你牛！”

苏笑得意地挑了挑眉毛。

这不，天下一出，门派讨论的风向都变了。

医生这个职业，玩家大都是女人。

现在这个社会，女人大都是腐女。

于是在众多腐女的意淫下，苏笑就成了为爱付出一切的小受，惹人怜爱，蓝调则瞬间被推上了风口浪尖。

浮云阁的人都知道苏笑是妹子，那可是歪歪上验明正身的。再说在一起玩游戏这么久，苏笑在势力里作的贡献也是有目共睹的，更何况前几天那些跟势力不是很齐心的人因为打架都已经退了，剩下的都是一起战斗过信得过的战友，所以苏笑也不担心他们会怀疑。这不，花无情已经在势力里大声叫好了。

【势力元老】花无情：爱徒，你尽得我真传。

底下一片撒花和欢呼声……

苏笑心想：顾墨此时会不会气得脸都绿了？就像一根绿黄瓜。

“你真下得了手！”陈薇说。

“哪有，这下他不得深深地记住我了？”苏笑随口道。

“他一直深深地记得你，许艾以深。”陈薇笑嘻嘻地接口，而苏笑却有些恍惚，刚刚她这么做，似乎有点儿别的原因。

她讨厌顾墨的暧昧不清，虽然对象不是她。

就好像那一天，在那一片阳光下，她心中勾勒出了一个王子，然而现在发现，他其实并不是那么好，那么闪闪发光。

失落，是的，她很失落。于是这失落就化作了斗志，化作了那让蓝调瞬间“杯具”的天下传音。

苏笑本来应该很开心的。

【当前】不念情深：哎。

【当前】不念情深：算了。

刺客在她面前现身，然后沧桑地离开了。

鬼神神差地，苏笑密语了他。

你对不念情深说：什么算了？

不念情深对你说：……

苏笑的好奇心被挑了起来。

不念情深对你说：我羡慕你追求真爱的勇气。

过了几秒，对方的密语再次传了过来。

不念情深对你说：蓝调不喜欢男人。

苏笑微微一怔，然后立即回：“你怎么这么确定？”

莫非不念情深也是学校里的人？毕竟他们学校的人基本都在这个群，校园BBS上还有一个专门的游戏版块，不念情深难道也是其中一员，否则怎么会用这么肯定的语气。

系统：你的好友已经下线了。

先前发生的事情太多，她都没有时间去好好研究任务奖励。虽然第一奖励是宠物，但是她还有一个很重要的武器配方——【针·尘埃纷乱】

势力前几天因为动荡走了不少人，其中走的最多的就是刚刚满级但是装备还很逊色的新人和休闲职业玩家，毕竟现在野外纠纷不断，谁也不想自己做任务、挖材料的时候被敌对杀掉。以前的实力跟天涯比还算半斤八两，现在加上碧海弄潮声的联盟，他们是被彻底打压了。所以有人会离开，也是可以理解的。

苏笑一直是浮云阁的保姆，所以对势力人员的生活技能还是比较熟悉的。于是现在，她将势力里剩下的人员回忆了一番，赫然发现居然没有一个学武器制造的。她有点儿不甘心。

【势力元老】许艾以深：有学锻造的吗？

【势力】默默无语：我。

【势力元老】许艾以深：【针·尘埃纷乱】

【势力】默默无语：我……刚刚10级。

苏笑真的默默无语了。

生活技能在NPC那里学了之后就是10级，满级为80级。默默无语这家伙其实根本就没有练习生活技能，说了等于没说。

【势力元老】花无情：许许你竟然有这玩意儿，好针！

【势力元老】许艾以深：卖给外人，不大划算。现在这个配方基本都没出现，我们学了做针卖也比卖配方合算。

【势力主】乱弹琵琶：我马上去遗忘我的采草，去学锻造。

【势力元老】顾熙白：得了吧你，就你那号的幸运值，采草都老出劣质，还做武器，不知道品质得多低。

“逍遥”这款游戏，每一个号的生活技能都有幸运值，就好像系统觉得你适合打铁，结果你偏偏去学刺绣，这结果自然相差甚远。

当然，这项幸运值是隐藏的，只有玩家在制造的时候自己慢慢琢磨。武器和装备的品质满点是300，不过普遍280都已经算极品了。如果幸运值差的玩家，制作出来的东西品质低劣上几十点也不是没有可能。所以说，幸运值是很重要的。

乱弹琵琶挖草经常挖出劣质的草根，摸BOSS从来都黑得让人抓狂，所以他的人品已经受到了大家的质疑，并冠上了“黑霉”的称号。

【势力元老】花无情：练一个生活技能的小号呗。反正升级快，让小白带着升级三天就满级，生活技能就是一边升级一边练的。

【势力尚书】顾熙白：OK，绝对没问题。

其实苏笑也有此意。

【势力元老】许艾以深：那我去玩小号了。

【势力元老】花无情：许许啊，我还要做你师傅。

【势力尚书】顾熙白：要有我的位置不然不带。

【势力】默默无语：+1……

【势力】夏天：我也要，我也要！

苏笑的电脑虽然可以双开，但还是有点儿卡，所以她下了许艾以深的账号，转而登了笑语凝然的账号。

笑语凝然只有1级，在新手出生地稻香村。她花了10分钟练到10级，然后坐马车到了长安。

半个小时之后，她升到了15级，可以选择门派了。在红衣营地那里踌躇良久，苏笑选了弓箭手。因为弓箭手可以看见刺客，以后她可以开着两个号一起行动，那样不念情深就无处遁形了。她再也不用怕那个阴魂不散的背后灵了……

进入门派之后，苏笑先后私聊了顾熙白和默默无语。

顾熙白是藏剑，有犀利的群怪技能，在怪堆里转圈圈就可以秒杀一片，实乃带小号升级的首选。默默无语是弓箭手，技能加点和操作自然是需要问他的。

紧接着，系统提示传来，她成了那二人的徒弟。

片刻之后，一个私聊蹦了出来。

花无情对你说：许许你忘恩负义，竟然不让我做你师傅。

花无情对你说：针学会了送我一把啊！（害羞的表情）

你对花无情说：凸！

苏笑埋头做任务。

“你在玩小号？”陈薇忽然出声询问，苏笑头也不抬地应了一声。

“那我也玩小号好了！”

陈薇的小号叫火树银花不夜天，现在也不过21级，一直待在天涯，从事卧底工作。当然，天涯的人都知道火树银花不夜天是陈薇，毕竟她是篮球社拉拉队的一员，人气很旺。

此时笑语凝然也已经20级了，为了不浪费做任务得到的势力发展点，她已经早早被乱弹琵琶强势地抓进了浮云阁。

苏笑利用势力仓库里的石头把锻造也练到了20级，前后不过用了2个小时的时间。而顾熙白则利用这个时间做完了战场任务和日常任务。然后，他很闲了。

苏笑和顾熙白一直组着队，刚刚升到20级，顾熙白就在队伍里欢乐地说：“走走，我去开本，等下召唤你过来。”

每一个玩藏剑的都是天生的师傅命，对师徒声望的追求永无止境，哪怕他的师徒声望已经足够兑换平时所需的东西。

顾熙白会经常在歪歪里大声地炫耀，“我的除滞散有100个了哦！”

除滞散是徒弟80级出师之时系统送给师傅的奖励之一，苏笑只有不到10个。

苏笑称顾熙白患有师徒声望强迫症，那是病，不过，不用治了。因为他可以造福一方，势力里几乎有一半的人都是他一手带大的，所以他的官职是尚书，无人质疑。不像乱弹琵琶的势力主，天天被人弹劾，耻笑他就是块“黑霉”。

苏笑不是被顾熙白带大的。她想起了她的二师傅夜太凉，也是一个藏剑。只可惜，二师傅已经有一个月没有上线了。没有任何告别，忽然就消失了。

苏笑曾经惆怅过一段时间。网游就是这样，人来人往，不停的消失和遇见。只是有时候她会想：在我回忆起他们的时候，他们是否偶尔也会想起我？

<队伍领袖>顾熙白：许许，没召请成功吗？

见苏笑没反应，顾熙白好脾气地在队伍里询问。

<队伍>笑语凝然：我有个朋友，21级，也想升级。

<队伍领袖>顾熙白：没问题，带一个是带，两个一样是带。

片刻之后，陈薇进入了队伍。

“20副本，枫树林稻香园。”苏笑道。

“嗯。”陈薇答。

<队伍领袖>顾熙白：小号有师傅没啊？

顾熙白师傅病再次犯了。

<队伍>火树银花不夜天：师傅满了。

陈薇小号的师傅一个是她自己的大号，另外一个是苏笑的许艾以深，自然没了顾熙白的位置。苏笑本以为顾熙白会就此作罢，岂料他竟然在势力频道里闹腾起来。

【势力尚书】顾熙白：火树银花不夜天，竟然是火树银花不夜天！

【势力】笑语凝然：怎么了？

【势力尚书】顾熙白：天涯的人几乎都是一个学校的啊，火树银花不夜天是天涯的人吧，我记得啊，大美女啊，传说中的大美女！

差点忘了，顾熙白在天涯也有一个只汇报八卦毫无作为的卧底号。

苏笑默默地回头，此时的陈薇双脚蹲在椅子上，一手握着鼠标，一手握着瓶酸奶，完全是在厕所里的蹲姿。

【势力尚书】顾熙白：许许你怎么认识她的？拐到我们势力来啊，我们将给她旭日般的温暖和关怀……

【势力主】乱弹琵琶：美女，在哪里？要美女！

【势力】笑语凝然：做任务遇到的。

【势力】笑语凝然：我尽量。

苏笑随意敷衍了一下，招呼陈薇进本。

副本里她们根本什么都不用做，只要开着双倍，然后跟在顾熙白的后面就好。顾熙白一路耍帅，不过刷怪还是很厉害的。苏笑只看到经验刷刷地往上涨，她这个跟着混的还险些跑不过别人努力群怪的。

苏笑小号学的技能是锻造和挖矿。当然因为许艾以深也学了挖矿，所以她不用练这个技能，只是初期锻造需要用很低级的矿石，挖初级矿也是好的，大不了以后再去把这个技能遗忘了学习其他的。

苏笑挖矿的时候，顾熙白会等在原地，有时候，他冲到前面看到小号没跟上还会拉着怪跑回去，免得苏笑分不到经验。如此反复多次之后，陈薇一边吸着瓶底的酸奶一边嚷嚷："苏苏，你师傅对你真好。"

她笑得一脸暧昧，"莫非喜欢你？"

苏笑摇头，"顾熙白对小号都超有耐心的。"

顾熙白平时也算吊儿郎当，但是一带起徒弟就像个长辈，啰啰唆唆、喋喋不休，并且超级有耐心，曾经创下带徒弟刷一个通宵怪的纪录。要知道，徒弟可以打瞌睡可以跟随做其他的事情，师傅却要一直群怪，还不能走神，因为一个不小心，徒弟引到怪是会死的。

事后，他曾经痛哭流涕地说，他群怪都要群吐了。但下一次，他还是会一如既往地带徒弟。

低级副本的次数限制是20次，顾熙白带了她们19次。

最后一次不是顾熙白不想带了，是苏笑和陈薇实在是不想下了。连续下同一个本19次，虽然她们只是跟随，都快要跟吐了。而且现在已经是晚上8点，她们两个都还没吃饭。先前一直觉得既然师傅都一直毫无怨言地带本，她们总不能娇气吧，结果到最后实在是受不了了，只得在队伍里打字。

<队伍>笑语凝然：师傅你累了吧，先去吃饭吧。

<队伍领袖>顾熙白：不累不累，藏剑就这么几个技能，单手都可以操作，我在啃鸡腿呢……

苏笑败退。

陈薇语气森然地道："我饿了！"

<队伍>火树银花不夜天：我累了我累了我累了，我饿了我饿了我饿了……

<队伍领袖>顾熙白：哦，那你们先去吃饭吧，回来再带你们。

出了副本，苏笑的小号升到了28级，挖矿挖到了17级，包里堆了8组低等矿石。陈薇升到了29级。

第9章 抓仙宠叫妈妈

“逍遥”这款游戏是要烧点卡的，所以不存在乱挂机。她们关了电脑出去吃饭，此时已经晚上8点多，陈薇想了想，索性拉着苏笑到北门外的立交桥下吃烧烤。

桥下烧烤是A大一绝，同城有很多大学的学生慕名而来，平时人很多，再加上苏笑她们的宿舍离北门很远，所以虽然出名，她们去的次数却不多。不过陈薇今天有借口，她说她失恋了，苏笑得陪着她。

你游戏里的那个叫失恋吗？苏笑无语地翻了个白眼，却也由着她去了。

走到北门就用了二十多分钟。陈薇最喜欢的那家烧烤摊都没位置了，可是她又非在那里吃不可，于是两人只能站在旁边等着，没站几秒钟，苏笑就听到有人在喊她。

“苏笑！”

她循着声音望了过去。

“大熊！”苏笑扯了扯正在点菜的陈薇，“你本家，陈什么来着？”

“陈文淰……”

陈文淰喊苏笑实乃醉翁之意不在酒，不过既然人家都站起来热情地冲她挥手了，她怎么着也得应一声。

“呵呵……”苏笑皮笑肉不笑地咧了一下嘴。

“没位置了啊？到我们这儿来拼桌吧！”陈文淦已经站了起来，他两旁的人也将椅子挪开，留出了一块空位。老板眼明手快，乐呵呵地填了两个凳子过去。

苏笑跟陈薇对视了一眼。

陈薇倒也不矫情，问老板再要了几串臭豆腐丢进铁盘之后，拉着苏笑过去坐下。

这是两张小桌拼在一起的，一共围了6个人。

陈文淦和另外一个男的，再加上四个娇滴滴的小姑娘。本来两个大老爷们儿带着四个小姑娘就已经够抢眼的了，更何况现在还加上了陈薇。

陈薇身材火辣，T恤加热裤，虽然脚底下踩的是人字拖，但由于她有171的身高，随意中又透出一种自然不做作的美感。于是她们两人坐下之后，隔壁桌的年轻小伙子们时不时地转头过来瞄上一眼，并且毫不掩饰。

更有一人拎着啤酒瓶，得意地朝着这边吹起了口哨。

陈薇没有任何反应，作为一个校花级的美女，经得起这点儿风浪，她直接无视了对方。

苏笑也没有反应，作为校花级美女的闺蜜，对这些也是司空见惯，她处变不惊。

倒是大熊很生气，朝着那桌怒道：“干吗呢？”

这时候老板赶得巧，正好将他们点的菜给端了上来。陈薇瞥了大熊一眼道：“吃你的。”

对方也没再多说什么，朝着陈薇她们笑了一下，于是作罢。

桥头的这种烧烤摊，桌子是很小的四方桌，这家由于生意最好，连凳子都不是那种塑料椅子，而是很矮的小板凳。陈文淦体积巨大，此刻缩在那里，看起来就像一只蹲着的熊。并且由于他被陈薇似娇似嗔地瞪了那么一眼，他顿时害羞得像小媳妇一样缩着，似乎耳根都红了。

这是一头害羞的熊。苏笑抿着嘴唇偷偷地笑了一下，然后看到有一只手捏着双筷子横在她面前。苏笑接过之后，朝他道了声谢，眼睛扫到这人时，忽然觉得有点儿眼熟。

他是和陈文浍一起的男生，刚刚就是他挪动了位置，给她们腾出的空位，现在他坐在苏笑的左侧。他的旁边是四个姑娘，再是陈文浍和陈薇，刚好围了一整圈。

“这两个是学姐吗？”左侧的那个圆脸小姑娘忽然出声，指着苏笑道，“哎呀，我记得你。上次在大会议室，学生会会长介绍的那个，年年拿一等奖学金的学姐。”

另外一个姑娘接嘴道：“这个学姐我也记得，当时我旁边坐的是男生，学姐刚站起来，那些男生眼睛都直了。”

这下，苏笑明白了，这几个人都是大一的新生。

“苏学姐，你平时都是怎么花时间来学习的呢？我们现在应该考什么证比较好？从大一就开始考证，对吗？”

“不是说大学都很轻松吗，我怎么感觉比高中还麻烦，上次去图书馆，发现里面竟然都是学习的人。”

“开学不是应该军训吗，为什么我们没有军训呢？”

四个姑娘七嘴八舌地说个不停，苏笑耐着性子一一解答，眼角的余光偷偷扫了扫大熊和另外那个男的，心想：这是你们谁的学妹，赶快解答她们的问题啊，怎么一个个都眼巴巴地瞅着我，难道是一等奖学金的光环太闪耀了？

“冬天军训啊？搞什么啊？我最怕冷了！”圆脸小姑娘哭丧着脸道。

“正好，我同学她们晒得跟煤炭一样，我宁愿冬天军训。”另一个马上说。

“我们那年是冬天军训的，下了雪。”旁边的男生忽然出声，标准的普通话，听起来好像是中央电视台的主持人的声音。苏笑作为一个声控，忍不住偷偷地打量了他好几眼，越看越眼熟，可是她始终想不起来，到底在哪里见过。

“冬天军训也不比夏天轻松。军训必须穿那种解放鞋，很多同学的脚都冻伤了，那时候在操场上站军姿，天上还在飘雪，而且有时候半夜还突然集合……”

“啊！”四个小姑娘面面相觑，都哀叹不已，“死了，我宁愿夏天军训了。”

陈文淴此时接上了话，“不怕，不怕，给你们讲几个绝招。衣服鞋子报尺码的时候尽量往大报，迷彩服里尽量多穿衣服，别怕难看，当年包子可是比比皆是。鞋子里多塞鞋垫。还不够的话，就是你们女生用的那个，舒而美，铺在脚底下可暖和了……”

陈文淴说得兴起，几个姑娘都神情尴尬。苏笑和陈薇都忍不住笑出了声，这些过去她们确实经历过，不过在一群小姑娘面前提舒而美，这大熊实在是太憨了。

不过现在的大一女生也不比往年，其中一个把头一仰，“陈学长，你过时了，现在还有谁用那牌子啊，我们都用ABC……”

陈文淴迷茫地问了一句：“ABC是什么？”

众人顿时笑作一团。

“啊，白痴！”声音清冷，发音标准，吐词清晰，表情淡定。

苏笑转过头去看的时候，那人正夹了一筷子菜往嘴里送，若不是这里除了陈文淴就只有他一个男的，苏笑都怀疑刚刚那话不是他说的。

似乎感觉到苏笑的目光，他将头微微一偏，而后眉头微微皱了一下，“你怎么不吃？”

苏笑对烧烤的兴趣不大，她唯一喜欢吃的就是很多人都不喜欢吃的臭豆腐。

这家的臭豆腐味道异常浓烈，平时都不摆在摊位上，而是放在桌子底下。不过这个对于大多数人来说异常熏人的刺鼻味道，却是苏笑的最爱，老远闻到，就觉得浑身舒坦。

这时，苏笑的臭豆腐就已经端了上来，烤熟之后味道去了不少，但是对不喜欢的人来说仍旧浓烈。陈薇飞快地将盘子推到苏笑面前，“特殊嗜好！”

苏笑端着盘子，拿了根牙签，主动转身背对他们吃了起来。

“烧烤臭豆腐是有害食品。”“播音员”说道。

苏笑回头瞄了他一眼，“烧烤都是有害食品，只要不常吃，没有问题。”然后她瞪了一眼“播音员”面前的啤酒瓶，“吃烧烤喝啤酒是最有害的。”

说完之后，苏笑转过头继续战斗。正吃得欢快，她的面前伸过一只手，那只手上捏着一根牙签，从高空落下在盘子里戳了一块臭豆腐之后立即缩了回去。

苏笑目瞪口呆，然后就看到手的主人眉头皱成了一个八字，从侧面能看到他咀嚼的动作，非常缓慢，那种痛苦的神情，让苏笑哭笑不得。

“很香。”“播音员”一脸沉重地给出了评价。

苏笑无语地翻了个白眼。

一群人又聊了一会儿，几个学妹纷纷打探应该加什么社团，询问他们加了什么社团，咨询怎样才能入学生会。苏笑大一的时候加过话剧社和文学社，陈薇则是拉拉队和棋社，陈文滃是篮球队。而“播音员”却是一声不吭，在学妹的追问之下，他很沉稳地说没有加任何社团。

大一正是懵懂年代，大家都被一群学姐学长坑蒙拐骗地加社团，他竟然一个社团都没加，真让人感到意外。

等吃饱喝足，众人一起回了学校，四个学妹是一个寝室的，自然由她们的学长护送。而陈文滃则有些紧张地跟在陈薇的身侧，大约是压力太大，他走了一会儿后又挪到了苏笑的旁边。这让苏笑觉得不解，这人块头这么大，追起姑娘来怎么这么含蓄内敛呢？

为了不至于太尴尬，苏笑还找一些话题聊，等到走到寝室楼下，她都快无话可说了。

她们上楼后，苏笑在楼梯拐弯处看到陈文滃还站在楼底下，她伸手捏了捏陈薇的胳膊，“我觉得这人蛮不错的，虽然憨了点儿。”

“一顿烧烤就收买你了啊！”陈薇笑着挠了一下苏笑的腰。

苏笑闪躲开之后便转移了话题，这些事情，旁人的任何建议都是无效的，能够作决定的只有她自己，多说无益。

回到寝室是晚上10点，平时这个时候苏笑都懒得登游戏了，不过现在在练小号，一个小时也可以做不少事。先前下线的时候小号已经28级了，但是锻造技能只有20级，她准备上线把锻造练到跟任务等级一样。

苏笑将笑语凝然传送回门派的锻造师傅那里，然后用包包里挖的矿石开始冲技能。

锻造的时候不能移动，否则技能条会中断，苏笑感到百无聊赖，忽然下意识地点开势力列表，查看在线人员名单。

不念情深没有在线。

她忽然想：不念情深到底是不是她同学呢？他怎么知道蓝调不喜欢男人？莫非他表白过？苏笑打了个寒战，莫非他追杀自己是因为喜欢顾墨？那到我们势力来会不会是做卧底的？正胡乱猜想之际，她忽然发现，在线列表里不念情深的名字竟然亮了。

不念情深上线了，势力里可以查看在线人员详细信息，上面显示不念情深在长安。

管他在哪儿呢，苏笑继续锻造，当她挖的石头用完时，她跑到长安的势力领地仓库里又领了一些矿石。

只是在长安城的地图上，她四下张望，不知道会不会看见那个刺客，蹲在某个角落里，静静地打量着她呢？

他会不会曾经阴魂不散地跟着蓝调，就好像现在跟着许艾以深一样？想到此处，苏笑乐得咧嘴一笑。

因为没看到不念情深，苏笑点开势力列表，再次看了一眼他的详细信息。

他在丛极渊，雪山之巅。

然而一直到苏笑下线，不念情深的位置还是在丛极渊，未曾变过。

丛极渊是雪景，连绵起伏的山峰上白雪皑皑，松树上都是冻结的霜花。山谷之间的河流偶尔还有流水，但大都结着厚厚的冰，冰窟窿下还能看到银色的小鱼游来游去，小鱼的外形极为可爱，却是极牛的80级精英怪。曾经有玩家不慎落入冰河之中，被一群银鱼追杀，瞬间尸骨无存。当然，这是夸张说法，血条残了，尸体肯定还是在的。

正因为如此，银鱼就有了食人鱼的绰号。一群银鱼等于一只BOSS，但是打死了银鱼什么东西都不掉……

苏笑比较喜欢丛极渊，她出生在南方，从小到大甚少见到雪景。不过B市冬天的天气不是特别冷，很少下雪，苏笑还是在大一军训的时候看到过雪，她还激动了好一阵。不过那次军训她比较惨，因为冻伤了脚，后来军训都没有继续参加，也算是因祸得福了。

晚上，苏笑跟陈薇讨论了一会儿宠物系统。苏笑分外期待，不知道更新完毕之后她的烟罗到底是什么属性，宠物系统触发任务给的宝宝应该很强吧。只可惜不念情深有转世的明言，而且生前明言是散仙，烟罗是妖，气势上她就输了。苏笑有些郁闷，为什么触发任务的是不念情深而不是其他人呢，太讨厌了……

次日全天都有课，苏笑晚上7点才回寝室上游戏。因为想了解更新情况，这次她异常主动地登录了歪歪，刚刚进去就被人拎到聊天大厅，里面闹哄哄地乱成一团。

“许许，现在才来啊！”

“徒儿，为师抓了个美艳的花妖，快来看她走路的姿势，那小腰大屁股一扭一扭的，好性感！”

“人形宠物不好抓啊，又失败了，没钱买封灵石了，求支援求包养！”

苏笑自然是上的大号许艾以深。包包里显示转世的烟罗可以孵化，可是她不知道到底如何孵化，也懒得去查，直接在歪歪上问了一下。

“宠物怎么孵化？”

“在主城的日常任务NPC旁边出了个宠物NPC，卖封灵石和精血石，10金一个，还有一些宠物零食，封灵石一个可以用3次，没成功报废，精血石对抓捕的宠物使用就可以孵化出来……”顾熙白详细地解释道。

“谢谢师傅。”

小号的师傅也是师傅，何况这家伙就喜欢别人叫他师傅。

“哈哈，小意思小意思！”

“许许，他不能取代我在你心中的位置。”花无情叫嚣。

“放心，你在我心中永垂不朽。”

“你咒我，嘤嘤……”

花无情玩人妖玩太久了，开始时不时地卖萌，让众人起了一身鸡皮疙瘩。

就在此时，一声狂叫传来 ，差点把苏笑的耳朵都给震聋了！

“啊，又失败了！”乱弹琵琶吼道。

“你今天抓宠物抓了几千金了啊，黑手达人？”青成雪笑着调侃。

“可恶，竟然狂暴了，老子死了！”

“哈哈哈……”歪歪上传来一阵狂笑。

“狂暴？”苏笑发出疑问。

“在使用封灵石封印怪物的时候，怪物会有很小的几率出现狂暴状态，在狂暴状态下，即便你抓的是新手村外面的一只小白兔，都可能产生狂暴一击，将你秒掉哦！”解说员顾熙白再次解释道。

苏笑明白了，她在势力里打字。

【势力元老】许艾以深：乱弹琵琶，虽然你是势力主，位高权重，我还是有一句话一定要告诉你。

“难道许许你要表白？不要啊！”

“你表白的对象应该是我啊！”

【势力主】乱弹琵琶：许许想说什么，我听着呢，洗了耳朵听哦，哈哈哈哈。

【势力元老】许艾以深：你砍号重练吧，亲。

【势力】默默无语：噗……

苏笑去长安买了精血石，将转世的烟罗孵化之后，那个图标便从一个蛋变成了一个小娃娃，看起来像年画里扎着辫子的小奶娃，鼠标移动上去之后显示一行字——转世的烟罗，已绑定，可召唤。

右键点击之后，包里的图标消失。苏笑看到自己的身后出现了一个咬手指头的小奶娃，身穿大红肚兜，头上扎两个羊角辫——烟罗，等级为1。

【当前】烟罗：嘤嘤嘤，妈妈，肚子饿。

我晕……

此时长安城的宠物NPC处人山人海，烟罗的一声“妈妈”彻底让苏笑石化了。当前频道蹦出无数“呵呵，哈哈”，更有天涯势力的人冒了出来，语气极其不善。

【当前】红色枫叶：哎呀，还设定自己的宠物叫自己妈，死人妖你太敬业了吧？孩子他爸是谁啊？

苏笑泪流满面，当即在歪歪里出声询问：“宠物名字和称呼这些在哪里改啊？”

“快捷键N，如果你没设定过其他技能的话。”

“徒儿，我的花妖对主人的称呼系统默认为心肝儿，哈哈哈……”

虽然很雷，但起码还说得出口，苏笑真是不忍心告诉他们，自己的宠物管她叫妈。不是古风游戏吗，你叫娘亲也好听点儿啊……

苏笑飞快地按了“N”，才看到烟罗的属性和称谓。

姓名：烟罗（不可更改）

等级：1

对主人称呼：妈妈。

生命：100

物理攻击：1-28

法术攻击：53-100

技能：暂无。

因为没有其他对比，苏笑暂时不知道这属性到底是好是坏，于是在势力里问了一下。看到他们发出来的一些宠物属性，苏笑顿时觉得自己的烟罗强大到逆天——烟罗只有1级，法术最大攻击竟然达到了100。别人宠物的最大攻击是几点到几十点不等，她顿时自我感觉很牛。

苏笑把烟罗的属性报给了众人，势力里的所有人都嚷着要围观。不知道是谁最先在长安看到了烟罗的“飒爽英姿”，歪歪里哄笑声一片。

“哎哟，许许你跟谁生的闺女？”

“小萝莉很可爱呀，来大叔给你棒棒糖！”

“啊，牡丹花富贵红肚兜，许许宠物也可以穿装备的，你把这肚兜给她扒了自己穿来，我们看看？”

“一边儿去……”

苏笑刚刚去比拼属性了，还没来得及改称呼，就在她思考改什么名字好的时候，烟罗在当前频道说话了。

【当前】烟罗：妈妈，好多人，我害怕。

众人顿时笑成一团。

苏笑红着脸把烟罗对主人的称呼改成了许许。

“许许，这名字忒没创意了啊！”乱弹琵琶嚷嚷。

【势力】默默无语：二。

【势力主】乱弹琵琶：哟，给许许打抱不平呢？

【势力】默默无语：她的宠物叫她许许。

【势力主】乱弹琵琶：正说明了许许没创意啊……

【势力元老】花无情：这智商让我为我们势力的前途堪忧，爱徒，你这称谓把全势力的人便宜都给占了。

就在这时，苏笑的屏幕上出现了一行上线提示。

系统：你的好友不念情深上线了。

【势力】青成雪：深深，来啵一个。

【势力】不念情深：我？

【势力】青成雪：……我的清白。

【势力】夏天：那玩意儿，你曾经有过吗？

【势力元老】许艾以深：不念情深快点来长安孵化宠物哦，快点哦。在日常任务NPC旁边的宠物NPC购买精血石。

她实在有些迫不及待地想看到转世的明言会长成什么样子。

片刻之后，不念情深出现在了宠物NPC处。又过了几秒，他的脚边出现了一个裸着上半身，下半身仅围了一块红色三角型围裙的光头小男娃，手臂像白藕似的短短的一截。最重要的是他一出来，就在当前频道冲着不念情深喊了声“爸爸”。

歪歪上顿时再次沸腾了。

“原来这就是孩子他爹！”

不念情深不上歪歪，所以备感尴尬的人只有苏笑。

“哎，孩子他爹怎么把宝宝收了？”

“这么小的奶娃不放出来，多可怜啊……”

【势力】不念情深：宠物不能隐身。

噗……那刺客带个不能隐身的宠物，自己不就暴露了吗，真是惨！

【势力元老】许艾以深：明言你快让你那狠心的主人放你出来啊，烟罗想你了……

苏笑乐呵呵地在势力里打字，回答她的是一句私聊。

不念情深：“你忘了吗，不隐身杀你也毫无压力。”

你对不念情深说：靠！

被鄙视的感觉真是太不爽了……

第10章 集体暴动

全国人民都沉浸在抓宝宝带宝宝升级的喜悦以及失落当中。

苏笑由于被嘲笑了，索性上了小号。她要用毕生的精力投入到小号的锻造事业当中，意图冲击出一把品质300的犀利针，把不念情深戳成蓬蓬乳。

想到这个画面，她的头皮一阵发麻，还打了个冷颤。

陈薇在旁边说：“怎么了，尿急去厕所啊，别憋出病来，当心膀胱超负荷爆炸了，亲！”

苏笑送了她一记中指，然后愤愤不平地瞪了陈薇两眼，就是这么一个粗

俗的姑娘，竟然有那么多追求者，他们真是眼瞎了。

笑语凝然的人物等级28，锻造技能也是28。苏笑回到门派学了一下技能，又顺手做了两个门派任务，升到了30级。

弓箭手门派有一种等级只有20多的精英怪叫飞羽，是雪白的独角兽，速度极快，虽说不知道属性到底如何，但是样子确实一等一的美。

此时，有不少玩家正在草地上捉飞羽，而苏笑的任务正是击杀两头飞羽，获得【飞羽的角】。因为先前做任务的时候，她与一个同门组在一起，现在两人站在草地上望着远处的人群，颇有些无奈。

<队伍领袖>贰逼青年欢乐多：怎么办？抢不到怪。

苏笑看着外面那些黑压压的大号，顿时一阵头疼。

<队伍>笑语凝然：去那边的角落看看呢？

这个任务是30级门派新手任务的一环，做完之后门派长老会赠送一套30级的小极品套装。女弓箭手的衣服是豹纹装，不是单纯的狂野，而是丛林女猎人的风格。盈盈一握的腰肢下是短皮裙和修长双腿，脚踝上还有金色铃铛，当然，这铃铛还不能走一步就发出铃声。

苏笑前面的任务完成了，现在还缺一个腰带和一双鞋子就能集齐一套了，而杀死飞羽的奖励就是腰带。女人都有爱美的天性，所以，她暂时不想放弃。

笑语凝然和贰逼青年欢乐多蹦跳着往另外一边跑去，一路都有玩家，他们绕到一块大石后面，终于看到了一只还没被发现的飞羽。两人二话不说，立即拉弓射箭，朝着飞羽招呼了过去。

飞羽以速度见长，如果掉血超过50%就会逃跑，属于很机敏的怪物。只见那飞羽叫了一声，嗖地一下蹿了出去。

笑语凝然和贰逼青年立马追了过去。这时候，苏笑突然觉得弓箭手是一个美好的职业，身上的装备都是加速度的，还有极速技能，可以提高移动速度，即便飞羽跑得很快，他们也不至于落下太远。如果现在她用的是医生号，那双小短腿肯定悲剧了。

苏笑眼瞅着距离合适，原地站定给飞羽放了一箭眩晕。飞羽终于停在原地。她和贰逼青年连忙冲上去，在飞羽周围放了两个陷阱。

28级的精英怪这么难杀，最主要的是因为这家伙会逃跑，太麻烦了。苏笑叹了口气，眼看飞羽的血条只有5%的时候，她的人物一声惨叫倒地，转瞬之后，屏幕灰了。

贰逼青年欢乐多也没有幸免，两个小号异常凄惨地倒在草地上。而飞羽则已经恢复到满血，它的面前出现一条绿色的细线，是玩家在对它使用封灵石。

【当前】笑语凝然：抢怪杀小号？要不要脸啊！

【当前】贰逼青年欢乐多：死不要脸！

【当前】清风：杀敌对，谁叫你是浮云阁的！

苏笑这才注意到，这个清风头上顶着天涯势力的标志。她虽然是小号，但是早就被乱弹琵琶加进了浮云阁，所以被杀了。倒霉的贰逼青年根本没加任何势力，还是一样被杀了。不过她还是在队伍里跟这个队友说了声抱歉，可贰逼青年没回她。

片刻之后，贰逼青年欢乐多在当前频道说话了。

【当前】贰逼青年欢乐多：我又没势力，怎么跟你敌对了。抢怪就抢怪，找借口，真是欢乐多。

【地区】贰逼青年欢乐多：惨案啊，天涯势力的杀小号抢怪。

【门派】贰逼青年欢乐多：师兄师姐师父师娘们，臭道士入侵我们门派，还抢怪杀小号，好悲惨……

【门派】笑语凝然：……

【门派·落日箭神】默默无语：嗯，来了。

门派声望全服前五的人才会在说话的时候有称谓，默默无语果然是牛人。

苏笑没有复活，她在心里默默念叨，狂暴吧飞羽，狂暴吧飞羽……

正在抓宠物的是一个叫落叶飘飘的女天仙。苏笑一直注意着落叶飘飘的动作，她与飞羽之间的绿线中断了2次，这次应该是这块封灵石的最后一次。这时候出现狂暴的概率比前面几次要稍微大一点儿，不过这个概率大约跟中

彩票差不多，只有乱弹琵琶那样倒霉的人才能轻易触发。

贰逼青年欢乐多也没有复活，躺在地上有一搭没一搭地跟苏笑聊天，等到地区喊话时间限制过去，又开始刷屏：抢怪杀小号啦！

捕捉宠物也是会消耗宠物血量的，玩家也没办法帮怪物加血，此时飞羽的血量有60%，如果低于50%了，这只飞羽就会逃跑。

苏笑密切关注着眼前的形势。这时，飞羽一声嘶鸣，头顶上冒出一道红色光圈，紧接着头上大角一闪，噗地一下朝落叶飘飘冲了过去，瞬间秒掉了那个女天仙。

<队伍>笑语凝然：狂暴了，哈哈哈哈哈哈……

【当前】笑语凝然：杀小号抢怪，被狂暴了吧，自作孽不可活啊！

【当前】清风：浮云阁的垃圾就是嘴贱，敌对不懂？只要你待在浮云阁，不管大号小号，通通照杀不误！

这时候，又有几个天涯的玩家走了过来，领头的是惜音。

惜音是医生，直接将落叶飘飘拉了起来，不过将落叶飘飘拉起来之后，她手上的动作没停。苏笑对医生的技能熟悉，知道她还在唤魂，也就是救人。紧接着，贰逼青年欢乐多从原地爬了起来。

【当前】惜音：杀敌对，误伤，抱歉。

就在这时，苏笑的屏幕上出现了一行提示。

系统：惜音对你使用了七星唤魂，是否接受复活？

苏笑点了“确定”，不过30级的小号，再死一次也不心疼。趁着复活后的保护时间，她还对着清风做挑衅的动作和表情，又是吐舌头又是踢屁股，总之各种得瑟。

就在此时，当前频道有人出声询问。

【当前】凤栖梧：笑语凝然？

私聊蹦了出来。

凤栖梧对你说：“苏笑？”

呃……她刚刚怎么没注意到这家伙也在，当初跟凤栖梧说过自己建的小号会叫笑语凝然，没想到他居然还记得。

正在思索怎么回答他时，保护时间过了，清风大侠又是一剑送她归西，30级的小弓箭手毫无还手之力。

倒地的瞬间，苏笑听到了一箭破空的声音。这是弓箭手在使用绝技，苏笑最讨厌的追魂之音，“夜狼！”

清风倒地，与笑语凝然前后不过数秒。

转动视角，后方不远处，出现了一支庞大的玩家队伍，都手持长弓，身披皮甲，清一色的弓箭手。

【当前】猎人就是弓箭手：哪里来的小贼，敢来我门派撒野！

北京时间19点35分，蓬莱仙岛服务器的弓箭手集体暴动了……

5分钟之后，道士门派开始反击，并声称门派有NPC守卫出没不利于大范围战斗，与弓箭手约在专门的野斗场所——流光梦境，决一死战。紧接着，刺客联盟趁乱加入战局。

战士们气壮山河横冲直撞了；天仙们漫山遍野丢群法了；藏剑们开始转圈圈充当滚筒洗衣机清扫战场了；医生为了自家的相公也参加战斗了；最后，全服所有门派开始混战了。

无关势力恩怨，只有门派之战。而事件的始作俑者，笑语凝然、贰逼青年欢乐多以及跟着打酱油的火树银花不夜天则在顾熙白的带领下，副本从凌霄峡刷到无盐岛又进入荻花宫，三人的等级都升到了49级。

期间，贰逼青年一直在队伍里絮叨：“没想到我有这么大的影响力啊，全服门派战是我们挑起来的，太伟大了。”

没人理他。苏笑和陈薇一边感叹火箭一般的升级速度，一边看电视剧，自然分不出精力来唠嗑。虽然贰逼青年欢乐多是女弓箭手，但是大家潜意识里已经认定这是一个人妖，还是一个喋喋不休的啰嗦人妖。

<队伍领袖>顾熙白：这次刷完了我要去打架了啊，作为藏剑门派首席大弟子，我怎么能不参加门派之战呢。

<队伍>笑语凝然：好。

<队伍领袖>顾熙白：还有多久升到50级啊？

<队伍>笑语凝然：10%。

<队伍>火树银花不夜天：+1

<队伍>贰逼青年欢乐多：我也是，我也是。

<队伍领袖>顾熙白：那再刷一次，你们就都50级了。

于是，团队继续进本。等到他们都是50级后，门派战也落下了帷幕。

<队伍领袖>顾熙白：既然这样，我们再去落日山脉吧……

师傅大人，您威武！

在传送到落日山脉后，苏笑收到了一连串私聊。

凤栖梧："刚刚打架去了，你是苏笑？"

凤栖梧："我也在落日山脉，看到你和陈薇在一起，你肯定是苏笑对吧？"

凤栖梧："你怎么玩的弓箭手，还加了浮云阁？"

凤栖梧："那个势力很恶劣！"

你对凤栖梧说："哈，你好！"

看到这些消息，苏笑瞄了一眼旁边的火树银花不夜天，那是陈薇的游戏角色，头顶上还顶了一个黄灿灿的"涯"字。

苏笑心中忽然升起一股暖意。她的名字旁边是一个白色的花纹，看起来像一朵浮云。她突然觉得自己势力的人很可爱，从来没有人问她为什么和天涯势力的人在一起玩。顾熙白带陈薇也是毫无怨言，并没有因为她是别的势力而有任何偏见。

想到此处，苏笑在势力频道里开始煽情。

【势力】笑语凝然：突然觉得你们很可爱。不杀小号，顾师傅还带天涯的小号升级。

【势力】默默无语：你被杀傻了吗？

【势力主】乱弹琵琶：晕，老白你带谁了？

【势力尚书】顾熙白：火树银花不夜天，许许不是你朋友吗，再说，还是大美女呢！

【势力】夏天：大美女，我也要带，在哪里，组我组我！

【势力元老】花无情：怎么不杀小号，天涯的小号要果断地杀，使劲地杀，斩草不除根，春风吹又生，我们要断了他们的未来，懂不？当然，美女除外。

【势力】青成雪：许许你太天真了，不要妄图跟一群猥琐男讲道理。

【势力】笑语凝然：……

苏笑默默地屏蔽了势力频道。

不念情深："弓箭手职业克制刺客。"

看到这条突然蹦出来的私聊，苏笑得意地眉头一挑。

不念情深："不过是在双方操作相当的情况下。"

不念情深："辛苦了……"

苏笑险些呕出一口血，他是想说她的操作根本不够看，就是玩弓箭手也没有报仇的命吗？

老子玩弓箭手仅仅是为了练锻造做武器好不好？虽然是想过双开弓箭手可以看到隐身的刺客……苏笑闷闷地想，而后捶着桌子咆哮："有完没完啊！"

不念情深这家伙到底有完没完，成天杀得她死去活来也就算了，现在在同一势力里了就上升为精神攻击了吗？！

花了一整晚的时间，苏笑将人物等级练到了60，同时在大家的帮助下锻造也练到了60级。

在练锻造的时候，苏笑一直觉得后背嘶嘶地冒凉气。

虽然现在是弓箭手，也学了鹰眼，可以看到隐身的刺客，但是因为技能等级不够，其实她还是看不到不念情深。她打开好友列表，看到不念情深一直跟自己在同一张地图上，心里难免有些紧张。

苏笑昨晚躺在床上看了两小时的鬼故事，书中对于那些被人暗中窥视的情节都描写得格外细腻，往往主角在察觉自己被窥视后，死亡也就随之而来。

游戏里，苏笑也是一样。她的大号许艾以深跟不念情深的仇恨值已经上升到了一个新高度，仇人名单上不念情深的名字变成了红褐色，像是血干涸

凝固后的颜色，触目惊心。难得“逍遥”在这些细节上也处理得如此真实。

与这个相对的是她的好友列表，不念情深绿色的名字后面的有一个括号，里面有两个字——定亲。这真是两个极端。

苏笑想：这两天忙着升级小号，都忘记开大号喊他去解除定亲状态了。

今天是星期五，学校不会断网。现在已经是晚上12点，门派锻造NPC处此时并没有别的玩家，苏笑在当前频道打了一句话。

【当前】笑语凝然：我看到你了。

苏笑想把不念情深诈出来，不过她没有什么把握，毕竟这个地图很大，不念情深也不一定就在这里。如果他真的在这里，又说明了什么呢？

【当前】不念情深：你看不到我。

【当前】笑语凝然：……

【当前】笑语凝然：切，我就是看到了怎样？

【当前】不念情深：跟GM报告BUG。

【当前】笑语凝然：你今天怎么不杀我了？

这句话刚发出去，苏笑就忍不住骂自己手贱，要是他本来心情不错没动杀心，结果经她这么一提醒他就翻然醒悟了怎么办？

【当前】不念情深：不杀小号。

【当前】不念情深：锻造几级了？

【当前】笑语凝然：也60级了。

【当前】不念情深：我带你去下忘情涯刷经验。

苏笑飙泪了，难道你是想把我养大了再杀吗？那一瞬间，苏笑有了一种错觉：她目前是一只被圈养着的小猪，不念情深正等着把她养肥了再宰了过年。

【当前】笑语凝然：好歹是一个势力的人了，你为什么杀我？

她真的想死个明白呀。

【当前】笑语凝然：你喜欢蓝调？所以杀我？

苏笑将自己的猜测发了出去。

【当前】不念情深：蓝调是男的。

【当前】不念情深：我也是男的。

【当前】笑语凝然：性别没有关系啊，男人和男人也可以相爱嘛！

她心花怒放地想要给不念情深灌输天下大同的思想。

【当前】不念情深：闭嘴。

系统：不念情深邀请你加入团队。

苏笑稍微犹豫了一下就点了“进团”。本来她现在不困，再加上还在看恐怖电影的陈薇时不时发出一声尖叫，所以她就是立刻去躺着也不可能睡着，于是趁着这时间去混点经验升级也不错。

【团队】笑语凝然：对了，你还没说为什么杀我呢？

不念情深显出身形，上了马，看样子是要去传送点。只不过在苏笑的疑问说出来之后，他的人停在了原地，半晌之后团队频道里出现了两个字。

【团队领袖】不念情深：报复。

说完之后，他头也不回地离开了。

苏笑愣在原地，她到底做了什么惹人生厌的事情，惹得他无休止地报复？但是这也不是单纯的报复啊，他也帮过她，在别人杀她的时候帮过忙，而且他似乎还偷偷抱过她？这又是怎样的报复？

苏笑迷惑地眨了眨眼，这个时候，她的脑海里突然出现了一句话——最好的报复就是情，你杀了她的人，她就伤你的心。

这句话是苏笑自己说的，在教育小徒弟追女孩子的时候。猛然间，她仿佛被雷劈了一样，眼前闪过一道白光，就好似锻造之时的灵光一闪、领悟了高级配方一般。她一直觉得莫名其妙的杀戮在眼前渐渐变得清晰，露出了清晰的脉络。

那是一种熟悉感。不念情深对她所做的一切，就跟她曾经告诉小徒弟的追妹方法一模一样——隐身、窥视、追杀、自爆、拥抱，包括杀死那些欺负她的人。

苏笑甚至还想起了一个情景，那是在石林，不念情深自爆炸死了天涯的人后，在原地说了一句话——算了，说不出口。

如果按照苏笑的剧本来演，不念情深要说的应该是——这个女人，除了我，谁都不能动。

天啊……

在苏笑陷入沉思的几分钟里，不念情深已经开了忘情涯的副本。她跟了进去，两人一路无话。

第11章 李梦曜爱着梦姬

忘情涯讲的是一个悲剧故事。“逍遥”里有一座玩家可以占领的空城叫轩辕城，位于“逍遥”整张版图的右上方。轩辕城本不是一座空城，只是城中曾经闹鬼，城主之女梦姬被幽灵所扰，成日疯癫。直到一个天仙门派的弟子李梦曜路过轩辕城，驱走了作祟的鬼怪。清醒过来的城主之女对修仙门派弟子暗生情愫，而她也是李梦曜登仙之路上的一场情劫。

对李梦曜来说，那只是浮生一梦，梦醒之后，便是大彻大悟。但对梦姬来说，那是她的一生一世，永远不可磨灭。

最后，李梦曜走了，而梦姬为了追寻他的脚步，也走上了修炼的道路。只是，因为曾被鬼怪控制，她用的是邪法，用轩辕城所有人的性命，用无尽的鲜血，为她铺就了一条寻找心爱男人的路。

至此，轩辕城成了一座死城。而等待梦姬的，是天仙门长老李梦曜的一张伏鬼令。

这是63级可接的任务，一路打到最后，就是忘情涯副本的终极BOSS——鬼化的梦姬。

梦姬坐在一张玉床上梳头。乌黑的长发，月牙白的梳子从上面轻轻滑落，床上的少女恬静宜人。等他们跨上那个台阶，她惊讶地转过头，然后说：“是梦曜派人来传信了吗？”

不念情深站在梦姬的身前，这时候系统自动在进行情景对话。苏笑让笑语凝然跳到了旁边的一个石柱上，那个位置不容易被攻击到，足够安全。

【团队】笑语凝然：每次来这个副本都觉得难受。

【团队】笑语凝然：痴情女负心汉要不要这么多！

幸亏他们没有接任务，如果接了任务，对话就更加伤心。梦姬盼了那么久的人没有来，来的却是奉了那人之命来杀她的江湖侠士，于是那娴静女子彻底鬼化，摇身变为身形丑恶脸色青灰的阴间恶鬼……

【团队领袖】不念情深：她杀害了满城的百姓。

【团队】笑语凝然：可她是为了追随李梦曜的脚步。

【团队领袖】不念情深：但是她杀害了满城的百姓是事实，杀人就该偿命。

【团队】笑语凝然：谁都可以杀她，但是李梦曜不可以，这任务竟然是他发的！

苏笑跟不念情深起了争执，她可以接受正义人士来收服梦姬，但绝对不接受那个发布任务的人是李梦曜。

任务剧情里，他们曾经相爱过。可是李梦曜为了成就仙道，舍弃了梦姬。不仅如此，他还发布了击杀梦姬的任务。

这样的男人早已被苏笑打上了贱人的标签，不念情深竟然丝毫没有同情心，她的怒气陡然爆棚，瞬间把不念情深归为仇敌，需要彻底跟他划清界限。

【团队领袖】不念情深：由他而起，自然由他终止。

【团队】笑语凝然：明明他才是罪魁祸首，他怎么不去死！

半夜三更争论这个似乎很二，不过更要命的是，因为他们两个一直在争执，剧情对话已经完了。不念情深没顾得上攻击梦姬，于是梦姬自然对等级低的小号产生了仇恨，这使得梦姬弃眼前的刺客不顾，朝着石柱蹦了上去。

梦姬只是碰了笑语凝然一下，苏笑就看到笑语凝然的血条去了大半，她慌忙从石柱上跳了下去，往不念情深的身边跑去。

【团队】笑语凝然：99999999

【团队领袖】不念情深：他本来渡了最后的情劫可以成就仙道，可是他没有，只是做了天仙门的长老。他虽然是天仙门的长老，却始终只发布过一个任务。他以为他舍了，其实并没有。这是他种的因，必须由他来结果。

此时，苏笑的极速状态还有3秒，不念情深再不动手，她就要血溅当场了！

终于，不念情深动了，只一下就成功将梦姬的仇恨全部拉了过去。

笑语凝然头上的血条还有102点，真惊心动魄，她跑到角落里吃了个红药，然后就呆在那里不动了。过了一分钟，鬼化的梦姬倒地，尸体隐隐发光。

【当前】梦姬：我突然希望那一年，鬼怪彻底地吞噬了我的魂魄，他不曾救过我，我亦不曾伤害我的父亲，我的百姓……

【当前】梦姬：早该忘情，早该断情了啊。

看到她临终的遗言，苏笑心里不是滋味。

不念情深摸了摸尸体，包袱里出现一个头饰——【桃木簪】，一个戒指【断情】以及一个任务物品【半张信笺】。

等63级的时候，在李梦曜那里接了任务，把这个任务物品交给他就算完成了。

不念情深把东西分给笑语凝然之后就坐在了原地，苏笑看了下时间，这一趟用了20分钟，难道他要下线了？

【团队领袖】不念情深：把任务交了之后20秒，李梦曜会呕出一口血，没有提示，但是可以看到动作，他会拿出一块白色的方巾来擦拭，只是一个很细微的动作。

看到这句话，苏笑微微发愣。她以前做这个任务的时候，对李梦曜恨之入骨，自然交了任务就跑了，若是能够对NPC开红，她估计还想戳李梦曜几针，怎么可能还呆在原地看他那么久……

【团队领袖】不念情深：他是修仙门派最优秀的弟子，门派长老自然不愿意他为世俗情感所累，或许离开是最好的选择，只是没想到她会那么执著。后来她终于忘了情，而他还活着，或许，还爱着……

【团队领袖】不念情深：你不善于观察，并且情商还很低。

【团队】笑语凝然：……

【团队领袖】不念情深：你有没有喜欢上我？

苏笑被一连串的打击搞得一头雾水，此时看到这条信息，自然炸了毛。

【团队】笑语凝然：喜欢你妹！

【团队领袖】不念情深：那就对了。

【团队领袖】不念情深：你还记得你有一个刺客徒弟吗，落枫。

【团队】笑语凝然：你的小号？

【团队领袖】不念情深：他用你告诉他的方法追妹子，然后那个小姑娘被杀得不玩了，给我留了言，就再也没上过线。那几天，我刚好有事没上游戏。

苏笑默默地看着屏幕，她双手垂在膝上，看着不念情深的话再一次跳了出来。

【团队领袖】不念情深：绿沁儿是我的徒弟。

绿沁儿？是那个骑在马上高贵娇气的小医生。苏笑怎么也没有想到，当时绿沁儿口中说的那个牛轰轰的师傅竟然是不念情深。

如此说来，这真的是彻头彻尾的报复，还是以彼之道还施彼身。

【团队领袖】不念情深：她给我留言说落枫杀她，我上游戏之后找过落枫，他说他是在追她，用你告诉的方法。

【团队领袖】不念情深：己所不欲勿施于人。游戏里人来人往，消失遇见，可能你觉得是一个玩笑，别人却当了真。能够遇见也是一种缘分，游戏里的一点儿温暖可能是某个人一直坚持的理由，而一些伤害却可能导致某些人永远离开，再也不会出现。

【团队领袖】不念情深：你的徒弟很久没有上线了。

不念情深站了起来，跑到副本通关NPC处放弃了副本。

苏笑一直在发愣。她心里有些难受，不是因为不念情深的指责，而是她不是一个称职的师傅。

落枫是她缺少声望的时候去新手村捡来的，一直很听话，上线的时间不

算太多，每天最多能上2个小时，所以他同期的师兄弟都毕业了，唯有他的等级升不上去，到最后还占领了大师兄的位置——一直毕不了业等级最低的大师兄。

或许现实中的他，真的是一个小心翼翼的少年，所以他会信以为真。他真的那么去做了，结果导致绿沁儿不玩游戏了，而他大约也是伤了心不玩了。

徒弟这么久没有上过线，她未曾放在心上，只当这游戏里人来人往，只当他是一个匆匆过客。虽然她是无心之语，却伤害了两个人。最重要的是，她甚至没有任何机会去道歉。

许艾以深的好友列表里，落枫的名字已经灰暗了许多天，他悄无声息地消失，没有一句告别。这是否说明，在离开的时候，他心里怨着她？

【团队领袖】不念情深：进本。

看到这行字，苏笑才发现不念情深已经再次开启了副本忘情涯。既然现在已经挑明了是报复，那还带她干吗？难道他真的要养肥了她再杀？

虽说被杀了很憋屈，可是人家是为徒弟报仇，而且用的是她说的方法，似乎不应该怨恨他。苏笑惆怅了一下，站在副本门口颇为犹豫。

【团队】笑语凝然：对不起。

【团队领袖】不念情深：乖！

【团队领袖】不念情深：自从知道你情商那么低，我也无话可说了。

【团队】笑语凝然：你情商很高？

苏笑微恼，径直冲进了副本。

两人皆无话，等到打BOSS的时候，不念情深才冒出一句话来。

【团队领袖】不念情深：不高。

苏笑愣了半晌，才想起他这句话是回答20分钟以前的问题。

【团队】笑语凝然：……

不念情深带着她把5次副本刷满，期间两人一直没有任何对话。

5次全满之后，苏笑已经65级，她迫不及待地跑到天仙门去找了李梦曜，先是接了任务——伏鬼令，然后直接把包里的任务物品交给了NPC。

这个任务的奖励很少，只有几万经验和十来金，连个蓝色装备都不给。她以前觉得李梦曜很抠门，现在想通了，你杀了他的心上人，难不成他还会给你多好奖励？

交了任务之后，苏笑在他身边席地而坐。弓箭手的坐姿比较正规，就跟打坐一样丝毫没有美感。

苏笑一直盯着李梦曜的动作，然后真的看到他的身子微微一颤，然后拳头伸到嘴角似乎咳嗽了一下，紧接着他掏出了一块方巾。本来是纯白的方巾，在收回袖中的时候，上面好似有一丝红晕。

或许不念情深说的是对的。梦姬死了，他还活着；梦姬忘了，他还记得。

苏笑打开包袱，5次副本刷了不少装备，包袱里面有很多东西都没有清理。她将能用的换上，然后把不能用的整理到一起，准备找个杂货商卖掉。在点到一个头饰的时候，她心头微微一动，那是一根桃木簪，属性极差，戴在头上就是在头顶上随意挽个发髻，有点儿像道姑发型。虽然这东西属性差，但是爆率很低，苏笑刷了5次才得了一根。

莫非这是李梦曜送给梦姬的礼物？想到此处，苏笑将桃木簪戴在了头上，站在李梦曜的面前。

“叮”的一声，粉色私聊响起。苏笑一愣，待看到发信人乃李梦曜时，犹如见了鬼。

李梦曜：“姑娘……”

虽说副本里的BOSS在发大招的时候，偶尔会密语玩家制造震撼效果，但她从来不知道这李梦曜也会密语啊。难道是某个玩家取了个NPC名字？

苏笑正欲回密，却发现李梦曜的名字她根本点不了。

李梦曜：“姑娘可否将桃木簪交予我？”

屏幕上弹出一个对话框：是否接受任务“归墟”？

隐藏任务！苏笑立马点了“确定”。

任务就是交还桃木簪，然后获得的奖励是一个紫色的品质205的头饰，算是65级的小极品装备了。

等到任务完成之后，苏笑面前的场景一阵变幻。云雾之中，出现了一座城池，苏笑认出来了，那是轩辕城。

李梦曜在轩辕城城主府的一个角落里静静站着，那里有一棵红色的枫树。

根据系统提示，苏笑知道李梦曜掩埋了那根桃木簪。那个白色身影静静地站在枫树下，然后，真的呕出了一口鲜血，像是泼墨一般，在屏幕上开出了一朵红色的海棠花，比那些红色枫叶更加艳丽。

那朵血花让苏笑的心狠狠地揪了一下。

“逍遥”的游戏剧情太虐了，本来心情就不好，苏笑叹了口气准备告诉不念情深她发现了隐藏任务，他是对的，李梦曜其实还是爱着梦姬的。

结果，她在团队里打字无人应声，打开团队频道看，不念情深的名字是灰色的。大约是刚刚在看任务情景时，不念情深就已经下线了。

此时是凌晨两点，苏笑也没了玩游戏的兴致。她下线之后登录论坛，想发一个帖子给李梦曜平反，不过在那之前，她搜索了一下隐藏任务“归墟”。

还真有一个帖子蹦了出来。这只是一个任务攻略，发帖时间是昨天。帖子上说，归墟任务虽然是隐藏任务，但是并不唯一，只要女玩家在交任务之后的适当时间，在李梦曜面前戴上桃木簪就可以触发。

苏笑在帖子里留了言——SX2012：“李梦曜爱着梦姬。”

他一直爱着她。

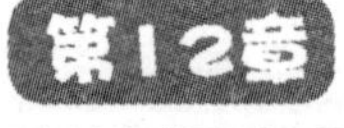

第12章 斑竹播音员

因为游戏里发生的一连串事情，苏笑心情不太好，没心思玩游戏。所以周六那天，她一早起来就去了图书馆上自习，中午随便吃了点东西后继续泡在图书馆里面，直到晚上6点多才收拾东西离开，刚走了几步就听到有人唤她。

“你的水杯！”

这时，苏笑才发现手里空落落的。她在图书馆选了一个靠窗的位置，因为怕碰翻杯子，便将水杯搁在了窗台边。

苏笑拿过杯子，然后朝着提醒她的人微微一笑，道了声谢，“谢谢你啊！”

那人手中捏着笔，头微微低着，苏笑只能看到他的头顶和刘海。

“不客气。”

苏笑转身离开时，那个捏着笔的男生正好抬头，“一起吃……”

可苏笑已经绕过了那个大型的书架，自然没有听到后面的话。她只是在想，刚刚有个声音似乎很熟悉？不对，她现在对谁都感到熟悉，莫非到了思春的年纪？

从图书馆到寝室有一条青石板铺成的路，两旁种的是枫树，现在已经入秋，枫叶开始泛红。苏笑走在路上，忽然觉得仿佛置身于游戏里的场景，她在一棵枫树下停住，默默地盯着地面，心中一动：不知道这里会不会埋着一根桃木簪？

想到此处，苏笑摇了摇头，嘴角微微地勾了一下，游戏玩多了，走火入魔了。记得以前看报纸上说，有人玩游戏玩得痴狂，看到汽车冲过来还想着开暴走技能对撞。当时她觉得很神奇，不相信这是真的，现在想来，其实一切皆有可能。

她玩游戏的初衷是为了顾墨，结果，现在她发现自己似乎快要把顾墨忘了。

以前从未接触过他，所以那人的一切看起来格外美好，心中所勾勒出的他很完美。可是接触之后，苏笑却发现现实与心中所想并不完全相同，她大约没有那么喜欢他了。

晚上，苏笑仍旧没上游戏，她登了QQ。刚刚登录就听到咚咚声响个不

停，她一打开对话框，全是群消息，是陈薇建的大一新生群。

苏笑翻了一下聊天记录，群里的学弟学妹们一直在念叨着学姐哪里去了，然后又说其他的寝室的学姐学长都带他们出去吃饭、出去玩等等，又不好意思给学姐们打电话，都猜测学姐是不是很忙啊……总之，他们在找苏笑和陈薇。

苏笑跟陈薇都不是爱上QQ的人，而且，她们都把这些学弟学妹们忘记了。

苏笑心中突然涌起了强烈的自责感，就仿佛在游戏里一样，她因为忘了小徒弟落枫而自责。

他们的群名片都改成了真实名字，所以苏笑一冒泡，就有人跳了出来。

苏笑："哈，最近比较忙。"

王易歌："啊，学姐你来了！"

韦忆："终于出现了！"

苏笑："明天周末哦，有没有空啊，出去吃饭？"

王易歌："我们去南湖吃烧烤怎么样？今天隔壁寝室的去了，说很好玩，还可以划船！"

田钢："你们学姐来了，我们的没见啊，我们也要去！"

呃……苏笑给陈薇打了个电话，问了一下时间后，就当家做主答应带他们所有人去南湖玩。还好刚领了奖学金，苏笑默默地叹了口气。

南湖是个公园，风景还算不错。她大一的时候去过两次，班上组织的集体活动，人太多就显得乱。所以，她对那里的感觉并不太好。不过新生对集体活动向来很有兴致，苏笑去网上查了一下路线，记下来之后就找了一部电影看。

苏笑一整天都没有上游戏，因为她心中有一根刺——有两个人因为她的话离开了游戏。

有一个人因为报复而出现，还有那些煽情的游戏剧情，这些事情交织在一起，让她暂时没了上游戏的兴致。

第二天，他们约在校门口见。陈薇出门比较磨蹭，若不是苏笑一直催着，她还可以在寝室里磨蹭一个小时。

两人匆匆赶到校门口时，那里已经有一大群人了。苏笑扳着手指算了算，自己带8个人，陈薇带4个人，全部到齐加起来一共12个人，怎么突然冒出来这么多人？

难道不是他们？说实话那天大家见面的时候是晚上，她对那些学弟学妹的样子记得不牢。苏笑瞄了一眼周围，跟陈薇小声道："是他们吗？"

对方眼尖，朝她们挥了挥手。

"学姐，你看我们有两个寝室的男生，所以我们又多找了一个寝室的女生，人多热闹，哈哈！"留着平头的小子蹦了出来，乐呵呵地跟苏笑解释。

苏笑想起来了，这个是她带的男生寝室的室长，不过名字忘了。她只能讪笑两下，"呵呵，人多热闹！"

"正好她们寝室的也认识你啊，苏学姐！"

"苏学姐，陈学姐！"一个圆脸的姑娘探出头来，"又见面啦！"

"是啊，又见面了！"

确实认识，这不就是上次一起吃烧烤的圆脸姑娘吗？当时没有自我介绍，所以苏笑也叫不出名来，只记得她长着一张圆脸，很爱说话。

苏笑在人群中扫了一眼，这时候才注意到，站在那个电线杆旁边的男生是上次吃烧烤时遇到的播音员。原来他们约的是播音员带的这个寝室。

相比起来，对方的学长要称职得多，上次请客吃烧烤，这次又带他们出去玩，果然是尽职尽责，莫非是看上了某个学妹了？

想到此处，苏笑又将其细细打量了一番，觉得他好面熟。

播音员转过身去，正对大路的方向，于是苏笑现在看到的是他的背影，然后她顿时恍然大悟，是那个走路同手同脚的人！

一行人坐公交车来到南山脚下。

苏笑以前来的时候都是坐旅游观光车去山顶的，现在一群学弟学妹坚持要爬山，她只得拼了一身老骨头跟着往上爬。

初秋的天气很好，清风徐徐，树叶婆娑，石阶两旁种的都是桂花树，香气宜人。

刚开始，苏笑还能跟上大部队，后来就有些气喘吁吁，走不动了。

大家都还兴奋地爬山的时候，她一个人休息得多丢人啊，所以她只能装淡定，然后慢慢落在了后面。

陈薇是拉拉队员，经常训练跳操，体力比苏笑好太多。其他学弟学妹是刚进大学，还没有进入全宅时期，朝气蓬勃。至于播音员，他是男生，体力跟她不是一个档次的。她在前面都没看到他，应该在前面很远了吧。

走了没多久，那群年轻男孩子便嚷嚷着比赛看谁最先爬到山顶，陈薇巾帼不让须眉带着女生们也参加了。至于苏笑，她已经垫底了。

前方吵吵闹闹的人群走了很远，苏笑与他们之间的差距不断扩大。

苏笑之前还伪装出一副闲庭信步的姿态，现在看到他们转了个弯不见了，顿时双手撑在膝盖上喘气，好一会儿才站直，扭了扭腰。

“体质太差了！”她身后有人淡淡地道。

苏笑转头，看到播音员站在她身后不远处，朝她扬了扬手中的矿泉水瓶。

“在刚刚那个茶棚买了水，等会儿到了山顶会更贵。”

苏笑站得比他高几级台阶，居高临下地打量着他。

“你脸这么红，体质比我也好不到哪里去啊！”

播音员撇了一下嘴什么也没说，他往前跨了几步跟苏笑并排站在同一级石阶上，两人默默地往上爬，期间静谧得可怕。

越往上，苏笑喘得越凶，而她身边的人没有一点儿声息，仿佛不存在一般，她偷偷地瞄了一眼。

播音员看起来非常轻松，除了脸颊比较红。他皮肤很白，却没有白面书生那种秀气感，下巴的弧线微平，脸部线条十分刚毅，看起来很有男人味，感觉非常熟悉。

苏笑摸了摸自己尖尖的下巴，觉得有些诧异，为什么他的下巴会长成那样呢？

苏笑摸着下巴用一种猥琐的眼光注视着他，这个表情加上动作就好像在偷偷地打量良家妇女一样。

然后，“良家妇女”发现自己被偷看了，他扭过头与苏笑对视。片刻之后，他登上一节台阶还往旁边挪了一大步。

本来两人隔得挺近，最多半臂的距离，因为苏笑的窥视，现在隔了大约一米。苏笑心头默默地叹了口气，这人不会以为自己是花痴女要耍流氓吧？

偷窥的女流氓？一瞬间，某个记忆片段电光火石般在她眼前乍现，她忽然想起为何会对这人有莫名的熟悉感了，因为他是那天晚上她看到的那个裸男。

苏笑扯了扯嘴角，再也不敢多看他一眼。

两人爬上山顶的时候，一大群人正举着相机四处拍照。陈薇被几个男生围在一起，站在正中央对着镜头做了一个“V”字手势。

苏笑他们刚爬上山顶还没来得及喘口气，就被一群人挤到了一处。

“看镜头啊，一二三，茄子！”

苏笑的额头上全是汗，湿头发拧成一缕缕地贴在脸颊旁边。她可以想象，这张相片中的造型该有多难看了。而且她的左边是美艳逼人的陈薇，右边是表情刚毅的播音员，两人还都比她高出不少。

山顶有很多烧烤铺子，老板负责搭架子生火，其余的都是自己动手。

于是，一群男生在烧烤，女孩子们则叫了两桌麻将。到了下午，他们又三三两两地结伴去划船，晚餐则是点了两桌农家菜。

晚上吃饭的时候，苏笑发现这群男生对播音员很是崇拜。不知道他们下午在一起烧烤的时候，播音员用什么高招折服了他们。

吃完饭已经是晚上7点了，本来苏笑准备带他们直接回学校，岂料田钢拉着播音员说：“秦哥，等下山了，我们找个网吧切磋一下？”

一群男生纷纷起哄，苏笑狐疑地看着他们。

“学姐们不知道吧，秦学长是学校星际战队的队长哦，还是学校论坛游戏版块的斑竹ICE呢！”

苏笑记得ICE，曾经删过顾墨在游戏版块发的招人帖，当时她还恨死了那个斑竹。原来是他！

“13路公交车晚上9点就要收车，你们大一新生晚上11点会被查寝，不要

玩太久。”苏笑提醒这群兴致勃勃的男生，“查寝被抓到是要扣学分的！”

“嗯，我知道。”播音员点了点头。

到了山脚，一群人兵分两路各自离开。

苏笑回到学校的时候就已经晚上8点多了。到了寝室，她打开学校的论坛，在游戏版块里逛了一会儿。

学校的游戏版有三个子版块，一个是逍遥，一个是魔兽世界，一个是竞技游戏平台。斑竹为ICE。

学校论坛除了水坛就属游戏版块发帖量最大，因为对其他游戏都不熟悉，所以平时苏笑只去“逍遥”的游戏版块。

天涯公会的活动帖子大都发在这里，也方便他们吸引新玩家，顾墨的ID就叫蓝调。

苏笑点进去之后就看到一个飘红帖：天涯公会组织的20人本万魔窟，目前已经通关到第三个BOSS，预计在下个星期推倒终极BOSS——魔宗任逍遥。

人们纷纷跟帖，大赞天涯校友的势力给力，然后又是招收新人玩家勇闯天涯。

苏笑觉得占着学校的人力资源，他们的势力人数还真的越来越多。与之相比，浮云阁最近被打压得人口流失严重。双方又是杀得不死不休，这么一来，浮云阁的处境只会越来越艰难，有一番雄心壮志的乱弹琵琶现在委实有些憋屈！

帖子往下，她还看到了一个飘红帖：恭喜天涯周六势力战夺得两个祭天台，发帖者是顾墨。

上周浮云阁占的台子已经易主，帖子里的跟帖者尤其猖狂，“痛打浮云狗”之类的语言时不时冒出来，让苏笑眉头紧皱。

因为心情不好，她整个周末都没上游戏，自然也没有参加势力战。看到这里，苏笑关了论坛，登录游戏，上的是大号许艾以深。她一上线就受到了势力里在线成员的强烈抨击。

【势力元老】花无情：徒儿你死哪里去了！两天都没上线，我想死你了！

虽然被师傅咆哮了，但是苏笑心里觉得暖洋洋的。

【势力】默默无语：他刚刚说仓库没有高级矿石了，做师门还是在寄售店买的，所以特别想你。

【势力元老】许艾以深：……

苏笑一脸黑线。

【势力元老】许艾以深：我去挖几组矿，正好小号锻造也65级了，一会儿谁有空带我刷本到70级，争取早点把针做出来。

说完之后，苏笑将许艾以深传送到了黑石山脉。

挖矿其实是个很无聊的活儿，漫山遍野地跑，看到矿石还要去守着，等它成熟了再挖。有时候运气不好，一块矿石几个人守着，这就要看谁的动作迅速和网络流畅了。所以现在这个时间挖矿对苏笑来说还是很悲剧的。

“咦，又在挖矿？带我小号升级啊！”陈薇先前还没回寝室就被拉拉队的人叫去开会了，现在才回来。

“你先做任务呗，63级的伏鬼令，有小极品紫色头饰哦，很漂亮！”苏笑回头朝陈薇眨了眨眼。

“就是忘情涯梦姬的任务？哪有什么小极品，破任务！”陈薇嘟囔着，伸手将电脑打开。

“隐藏任务！”苏笑严肃地道，“其实李梦曜爱着梦姬。”

陈薇倒是不以为然，“管他爱不爱，快看你屏幕，要死了！”

要死了？她不是在等矿熟吗？难道不念情深又阴魂不散地出现了？苏笑将视线转到屏幕上，发现自己被围攻了。

不是不念情深，而是天涯的老熟人——蓝调和凤栖梧。

苏笑握着鼠标，她来不及放技能，只来得及给自己收尸。

【当前】凤栖梧：地上舒服不啊？

【当前】许艾以深：不舒服，太硬了，蓝调哥哥你身子硬朗，不如躺着帮我垫垫底。

【当前】蓝调：……

苏笑随意地调戏完蓝调后准备复活到别处，正要爬起来，她就看到蓝调的头上挨了一箭，默默无语和花无情气势汹汹地冲了过来。不过眨眼之间，蓝调果真躺在了她旁边。

凤栖梧则死得稍微远一些，苏笑突然笑出了声。

【当前】花无情：许许我们对你好吧，这么快就满足了你的愿望。

不过片刻之后，天涯势力的人倾巢而出，从传送点处冒出了一大片。花无情眼瞅不对，立即上马，可惜动作只做了一半就被蜂拥而上的人群晕住了。默默无语则是开启了极速技能，飞快蹿出了老远。

花无情装备好，操作也不赖，不过在这种被围殴的情况下只不过比许艾以深多坚持2秒。于是，花无情死了，默默无语逃之夭夭了。

【势力元老】花无情：你又丢下医生跑了！

【势力】默默无语：你能行。

【势力元老】花无情：战场里也是，看到人多就跑老远，跟你组队真倒霉。野外也是，老子不伺候你了，老子要跟你PK。

【势力】默默无语：你不行。

【势力元老】许艾以深：噗。

【当前】清风：哟，浮云阁的人呢？快点儿，我们等你们来报仇。

苏笑点开势力看了一眼，在线人数不过19个人，有些人在副本，有些人在战场，实在没有力量来野外PK。

【当前】花无情：杀猪焉用牛刀。

【当前】凤栖梧：狗屎。

【当前】花无情：我当年没答应嫁你，你耿耿于怀至今，大老爷们儿，你至于吗？！

【当前】凤栖梧：滚。

“哎，你知道篮球队的凤栖梧喜欢谁不？”苏笑突然抬头问，“就是有点儿壮，经常跟顾墨一起玩的那个人。”

“你说肖慈啊！”陈薇站在了苏笑的身后，犹豫了一番之后道，“不知道。”然后她捏了捏下巴，“莫非是我？”

苏笑翻了个白眼，“我想到他喜欢的女人面前说他坏话，说他喜欢的其实是男人，还跟花无情求过婚。”

陈薇，“呃……”

“对了，今天那个游戏战队的队长长得还不错，我看你们慢悠悠地走在最后，是不是有奸情啊？”陈薇拍了一下苏笑的肩膀，笑得贼兮兮的，“我瞧着那人不错，比顾墨靠谱，都是队长，很满足你的少妇情怀嘛！不过那家伙很低调，没什么印象，以前都没注意过。”总结完毕之后，陈薇点了点头，“可以考虑一下。”

“篮球队队长都是青春飞扬，在篮球场上恣意奔跑的美男。游戏战队队长一般都是肤色苍白、营养不良、常年泡在网吧、一手握着鼠标一手抠着脚丫的宅男，能比吗？”苏笑说。

“不过他玩游戏操作肯定很强，手速多少？很快吧！”陈薇问。

苏笑沉默了一下，然后挑了一下眉，“据说手速是撸出来的。”

“哎？”陈薇先是一愣，而后顺势捶了一下苏笑的后背，“你这个女流氓。班里那些男的眼瞎，都说你温柔如水，好似江南水乡婉约派的古典美人，只有老子才知道你的真面目啊！”

“客气！”苏笑淡定一笑，点开鼠标复活到了成都。

成都的矿石也不少，但是玩家更多，这就必须要眼明手快才能抢到。不过成都也有好处，因为是主城，很多地方都是安全区，可以避免飞来横祸。

一连挖了四组矿石，苏笑才换号登录笑语凝然。刚刚上线就看到势力里在刷屏——歪歪上开会，开会了，全部都上歪歪，违者斩立决!

苏笑连忙登上歪歪。这时候在线的人员都差不多到齐了，乱弹琵琶点名完毕之后，拍桌子怒吼。

“最近人员流失严重，大家都出去泡妹子，泡不到妹子的就去偷汉子，听到没有！”

浮云阁最近被杀得很惨，很多妹子都退了势力，现在在线的十几个人中，只有许艾以深和青成雪是姑娘。偏偏苏笑没有勾人的天赋技能，发嗲卖萌的实力还比不上花无情。至于青成雪，她是一个彪悍的战士姑娘，一副母

老虎的架势，至今人生大事未解决，更不能委以重任。于是，乱弹琵琶只能将主意打到其他成员身上。

“你们几个，要是这两天拉不到人，就全部变性去吧！花无情你不用变了反正是人妖，我看好你哦，嘿嘿。”乱弹琵琶笑得格外猥琐。

“但是，我是一个出名的人妖。”花无情忸怩道。

“再出名也没有许许出名！”

夏天：“就是，你不就是不想嫁给那天涯的战士才说自己是人妖的吗，你到时候就说只是不想嫁找的理由，你其实不是人妖，是萝莉不就行了！”

【势力】默默无语：我操作太好了，就算是变了性别，人家也不会觉得我是女的。

【势力元老】花无情：凸！

【势力尚书】顾熙白：你敢去买个耳麦吗?

【势力】默默无语：敢。

【势力】默默无语：不愿。

【势力主】乱弹琵琶：解散，该泡妞的泡妞去！

【势力】笑语凝然：师傅带本。

系统：顾熙白邀请你加入团队。

系统：默默无语邀请你加入团队。

苏笑加入了顾熙白的团队，然后关掉了默默无语的邀请。

【势力】笑语凝然：默默无语你还是跟花无情PK去吧，带本老白就行了。

【势力】默默无语：挑眉。

【势力元老】花无情：瞪眼。

第13章

势力纳新

苏笑拖着陈薇一起下了五次忘情涯。

陈薇一直是双开的，小号跟随苏笑的笑语凝然，大号在下20人本万鬼窟。下大型本是要上歪歪的，不过这次陈薇戴的耳麦，所以苏笑并不知道她的动向。五次忘情涯刷完之后，苏笑的笑语凝然达到了68级。而陈薇的火树银花不夜天则是65级，她可以去交了伏鬼令后接那个隐藏任务。

“去交任务了，在李梦曜的面前戴上桃木簪。”

苏笑喊了陈薇两声，她都没有搭理。

苏笑抬起头来，正要说陈薇耳聋，就看到她手指不停地敲着键盘，最后“嘭”的一声砸了一下鼠标。她看起来很生气，胸脯起伏格外剧烈。

“怎么了？”苏笑见势不对，在团队里跟老白说了一声后走到陈薇的旁边。

“没什么，老2推掉了！”见苏笑过来，陈薇笑了一下说。

万鬼窟这个副本，浮云阁上个星期也组织过，顺利推掉了老2，止步于老3。不过现在他们势力已经没办法再组织这个副本了，因为他们连20个满级大号都凑不齐。

不过只是推掉了老2，陈薇不会兴奋得砸鼠标吧？

陈薇顿了顿，突然咬牙切齿地说：“MB出了天仙用的法杖，老娘帮派贡献积分最高，这死女人还敢跟我抢！不就是一把法杖吗，摆出一副可怜兮兮的表情做什么？明明分装备就是按积分和势力贡献分的，再说我输出伤害比她三倍还多，竟然还给老子说什么既然都需要那就丢骰子好了！”

陈薇彻底狂暴了。苏笑拿过她的鼠标，将聊天记录拉出来看了一遍。

万鬼窟的老2出了一把天仙的法杖【惊云】，品质225，比陈薇手上的【倚风】要稍微好一点。她曾经的那个徒弟秋小小就动了心思，因为她装备很差，用的武器品质又低，所以就在团队频道里用很小心忐忑的语气提及了一下——微笑向暖手中的【倚风】跟【惊云】相差无几，能不能把【惊云】让给她?

一般势力里大型副本的装备分配都是要守规矩的，根据势力贡献度积分来兑换，也有专门的管理员负责记录这些。陈薇的积分高出秋小小一大截，两人根本不在一个竞争的水平线上。

陈薇只是表示【惊云】比她手上的【倚风】品质要高，属性也要好一点儿，她自然有需求。

“我都一声不吭地让了老公了，她还跟我抢武器！”陈薇继续咆哮。

往下继续翻，苏笑看到团长墨如笙说摇骰子。

【团队】秋意凉：小小丢了93点，该你了微笑。

苏笑将聊天记录滑到底，看到了秋意凉的话。

陈薇一把抢过鼠标，又开始在团队里打字。

【团队】微笑向暖：势力里的装备一直都是按积分分配的，现在为什么要摇骰子?

【团队】歌逝：老2随便推，下次肯定还会出，别伤了和气。

【团队】微笑向暖：出一把品质不差又趁手的惊云概率会有多高?凡事要讲理，该是我的就是我的，不是我的我也不稀罕。

在这期间，秋小小一直没有说话。既然她要装柔弱，这个时候应该再出来委屈一下才对，譬如说对不起，我不要了之类的话。苏笑本以为剧情会这样发展，却世事难料，墨如笙竟然直接将【惊云】分配给了秋小小。

当然，墨如笙是团长，分配权在他手中。

【团队领袖】墨如笙：这个武器跟你手里的差距不大，小小装备很差还是你徒弟，让着她一下。

【团队】人生几何：……

苏笑跟陈薇对视了一下。

“怎么有这么贱的人啊！”

“秋小小跟墨如笙在下面歪歪的挂锁房间。”陈薇切出游戏，在歪歪里看了一眼。“那秋小小对这武器很执著嘛……我火大。”

“我也是。”苏笑点头，“杀人吗，亲！”

“算了……”陈薇沉吟了一下，“现在还在一个势力里，麻烦，过几天再说，我先闹腾一下。”

【势力元老】微笑向暖：当初订下的规矩现在都不算了吗，积分高的需求优先，结果你直接分给秋小小，这就是管理？那以后跟你们下本，所有装备都优先分给你爹你妈你老婆，其他人都去打酱油吗？

信息发出去之后，陈薇收到了势力主的私聊，大意是让陈薇少说一句别闹到势力里，对势力影响不好，然后才是道歉的话，还让陈薇消消火。

陈薇更加郁闷了。

【势力】秋意凉：势力成员之间是应该互相谦让，再说你都有那么好的武器了，为什么不能照顾一下小号？

【势力】人生几何：话不能这么说，小号慢慢成长刷贡献刷声望，装备总会弄好的，不能因为裙带关系就搞特殊啊！

陈薇的势力闹腾了起来，苏笑索性搬了个板凳在那里看八卦。

期间有几个人私聊陈薇，有支持她的也有说她小气的，当然也有劝她消消气的，这些都没什么，只是墨如笙发了一条私聊，让人很生气。

墨如笙：“补偿你500金，不要在势力里闹得人心不合，好吗？”

“我突然觉得人的下限是无止境的。”苏笑叹息，“你当初怎么嫁了这么个人。”

幸亏陈薇不拿游戏里的爱情当回事，换做其他人，此时估计心都碎了。

“我决定了，退势力！”陈薇拍了拍桌子，“太郁闷了，看到这两个可恶的人，我眼睛都要长针眼了。”

说完之后，陈薇异常果断地退出了势力。

当然，退出之后挽留者不少，不过陈薇在气头上，将私聊信息、好友通讯全部都给屏蔽了。

“其实早想退势力出去玩了，可是身为元老又不好意思出去打酱油，现在正好！”

“加浮云阁！”苏笑立马叫道，然后奔回到自己的电脑面前。

几秒钟后，微笑向暖加入浮云阁。

【势力】笑语凝然：哇哈哈哈，我来了，我的任务完成了，势力主大人，有奖励没？

【势力主】乱弹琵琶：天仙美女啊，哈哈哈，欢迎欢迎，上歪歪来聊天啊。

系统：你的好友微笑向暖下线了。

【势力主】乱弹琵琶：美女怎么不说话啊，别害怕，我们都是好人。

【势力主】乱弹琵琶：别害羞嘛，咱们来探讨一下三围怎么样？要不我先说？

乱弹琵琶兴奋地打了一屏幕的字。

【势力】溪水：老大，你真没发现那妹子已经下线了吗？

【势力元老】花无情：二！

歪歪上，众人哄堂大笑。

陈薇下了微笑向暖的账号，开始玩小号火树银花不夜天。苏笑让她去交任务，然后等她一起去65级准入的副本沧海。

这个本刷出来，苏笑肯定可以升到70级。不过因为等级颇高，顾熙白一个人带起来比较困难，于是他在势力里叫人。

【势力尚书】顾熙白：沧海副本带小号，有空的点我进团。

【势力元老】花无情：战场刚开。

【势力】默默无语：同上。

【势力】溪水：+1

【势力主】乱弹琵琶：+10086……

【势力尚书】顾熙白：你们这群不靠谱的人！

系统：不念情深加入了团队。

咦，他什么时候上线的？

看到突然出现的不念情深，苏笑的心咯噔了一下。

他是否依然还想报复她？苏笑想了想，在团队里打了一句话。

【团队】笑语凝然：李梦曜爱着梦姬。

这句话看起来没头没脑，不过苏笑知道，不念情深懂她的意思。

“对，真的是，还给了我一个紫色头饰！屏幕上还呕出朵血花，吓我一跳！”陈薇在旁边咋呼道。

苏笑一头黑线，她看到这剧情的时候又感动又心酸，眼泪都在眼眶里打转。陈薇却是如此反应，简直是破坏氛围。

【团队】不念情深：嗯。

刷了两次沧海后快到11点了，沧海开了3倍经验之后基本进去一次就能够升1级，苏笑已经升到了70级，而陈薇也到了68级。

【团队】笑语凝然：下了，睡觉，养足精神明天再战。

【团队领袖】顾熙白：70级了就只能清任务升级，没有副本可以刷了。

【团队】笑语凝然：知道，明天没课，半天就可以搞定。

【团队领袖】顾熙白：银花呢，把5次刷满吧，刚好也能70级，明天跟许许一起做任务。

“这样的师傅哪里去找啊！”陈薇感叹。

【团队】火树银花不夜天：我也下了，睡太晚对皮肤不好。

苏笑翻白眼，谁每天半夜三更看鬼片啊？

【团队领袖】顾熙白：对，美女更需要保养，许许你跟人家学学！

【团队】笑语凝然：……

“我先说下线睡觉的，好不好，这是赤裸裸的歧视啊！”苏笑的心在滴血。

第二天，苏笑用了一个上午的时间清任务升到满级，下午开始练锻造。因为缺矿石还得双开挖矿，所以锻造练到80级竟然用了一整个下午，累得她腰酸背疼眼发花。

领悟了针的配方之后，苏笑看了一下需要的材料。

首先需要高级秘银，她包包里还有一块。玄铁矿大号上挖了不少，还有副本材料【深海之心】和【白玉无瑕】，因为许艾以深长年下本给势力打工，这些材料也积攒了许多。材料竟然一个不差，苏笑祈祷了一番，开始制作针。

这到了人品大考验的时刻啊……

制作高级武器的时候，进度条会读得极慢。等读条消失，苏笑慌忙点开包裹，看到那个安静躺在那里的紫色武器，心头一阵紧张。她闭上眼睛，深吸一口气之后猛地睁开，紧接着发出一阵狂笑。

“疯了啊！”陈薇瞟了她一眼道。

苏笑连忙招呼陈薇过来看，“品质300的极品针啊，我的天！人品大爆发！”

“你这个号的隐藏幸运值应该很高吧，适合打铁锻造呢，给我做一把满品质法杖，到时候我拿到那秋小小面前气死她。”陈薇柳眉一挑，话语间对秋小小还是有不小的怨念。

“现在都没有出高级法杖的配方呢。官网上说了，一个星期会出两张，你看现在都更新了这么多天了，都还没看到服务器里其他人爆出武器配方。我这个是做全服唯一隐藏任务得到的，超级难得了。”苏笑一脸得意，稍稍思索一番后又说，“不念情深那里应该也有张配方才对，不知道他是什么职业的？”

苏笑连忙点开势力列表，发现不念情深并没在线。“他一直都没说，莫非他的生活技能也是锻造？”有机会问问他吧！

苏笑将针转移到她的大号上，然后下了笑语凝然，将许艾以深手里的武器换掉，很得瑟地截图留念。

尘埃纷乱的光效是淡淡的紫色，手上像是握了一把细细的沙，从指缝倾泻而下，在腰侧留下几道光影，颇有梦幻之感。

等臭美完了，苏笑才将针发到了势力的公频上。

【势力元老】许艾以深：【尘埃纷乱】。

【势力主】乱弹琵琶：哇塞，满品质的武器，许许你吃狗屎了啊！

【势力尚书】顾熙白：花无情上线肯定得嫉妒死。

针做完之后，苏笑也了却了心头一件大事。一整天呆在电脑面前，她有些腰酸背疼，索性出去转转买东西吃。等回到寝室已经是一个小时之后了，苏笑刚登上歪歪，就听到花无情在哀嚎。

“我不管，徒儿给我也做一把，要品质300的！”

“要高级秘银、玄铁矿、白玉无瑕和深海之心。”苏笑说。

“收！我马上去收！等着！”花无情嚎叫之后，便开始在势力地区刷屏收材料，他甚至还发了天下传音。

【天下】花无情：收高级秘银、玄铁矿、白玉无瑕、深海之心！

歪歪上闹成了一团。

“你傻啊，收个材料还发天下，5块钱呢！”

“我受刺激了，比我战场针都好那么多！”

就在这时，又有一个天下传音蹦了出来。

发天下传音的是他们的老仇人，也是苏笑曾经的心头好——天涯势力主蓝调。

现在，她似乎对这个名字没有那么强大的执念了。她是否应该感到高兴？

【天下】蓝调：天涯势力成功推倒万鬼窟最后BOSS任逍遥，并拿到武器配方【针·尘埃纷乱】！

【天下】惜音：天涯势力最给力，欢迎满级玩家加入天涯，这里有美女有激情有狗血有奸情，让你有家的感觉。

【天下】碧海弄潮声：恭喜天涯通关！

【势力主】乱弹琵琶：这两口子真不低调，莫非他们要加碧海弄潮声的联盟了？抱别人大腿去了吧！

【势力】青成雪：同为势力主，人家有老婆你没有，你嫉妒了吧！

【势力主】乱弹琵琶：嫁不出去的母老虎，咱半斤八两！

【势力】溪水：干脆你们两个凑成一对得了。

溪水的话刚发出去，歪歪上就传来了整齐划一的咆哮声：“靠，谁嫁（娶）战士啊！”

乱弹琵琶和青成雪都是战士。像他们这种抗本的MT，一般情况下很少能够存在同一个本里，除了那些大型的10人、20人副本。正所谓一山不能容二虎，这两人见面就抬扛、PK甚至大打出手，开红杀得你死我活，实属势力里的两朵奇葩。

苏笑隐隐觉得，他们这样发展下去也许会成为一对，正所谓“相爱相杀？“

【天下】凤栖梧：哈哈哈，全服第一张武器配方【针·尘埃纷乱】，医生妹妹们要的预定哦，我马上就学了。

整个天下都成了天涯势力的秀场。浮云阁的人在歪歪上鄙视这些没见识的家伙，结果天涯的人竟然不知好歹地对他们进行了人身攻击。

【天下】清风：浮云阁的呢？被打散了吗？要是没了你们，我们的生活要无趣很多啊，乱弹琵琶求雄起，求给力！

【天下】乱弹琵琶：去你的全服第一武器配方，许许给老子上！

势力主发飙了。

系统：势力主乱弹琵琶归隐，许艾以深继位，国库密码为555555。

【势力】乱弹琵琶：势力仓库领50金发天下，震死这帮白痴！

苏笑欣然领命。她什么都没说，她只是把自己手里的武器发到了天下频道。

【天下】许艾以深：【尘埃纷乱】

【天下】花无情：睁大你的狗眼看看，300品质的极品针！超高幸运锻造之王出品，妹子们需要针的来浮云阁订购，自带材料，只收50金加工费，品质保证，童叟无欺。

浮云阁找回了场子，捡回了面子。

天涯再次发起了帮派追杀令。

系统：天涯势力欲对浮云阁发起帮派追杀令，因为浮云阁人数不足，追杀令自动取消。

【势力】乱弹琵琶：孩儿们全部下本去，让他们有气没处撒！

苏笑将势力主还给了乱弹琵琶。

【势力】许艾以深：下本好啊，我也去，正好试试新换的武器。

【势力主】乱弹琵琶：许许你上小号吧，你小号那么红，不如陪我去下10人本啊，老子的大刀摸一次黑一次，我都刷了两个月了啊！

苏笑想了想，乱弹琵琶的武器确实到现在都还没摸出来，趁着小号今天的势头，倒可以去试试。只是如果上小号了，势力里就只有花无情一个医生了，他加血加得过来吗？

苏笑在歪歪上发问，回答她的是乱弹琵琶的大嗓门。

“没事，花花扛得住！”

苏笑上了笑语凝然，她刚刚申请进了团队，就收到了两条私聊。

凤栖梧：“苏笑，那个针是你做的？”

蓝调：“怎么去了浮云阁？来我们势力吧，申请天涯。”

她曾经的梦想，就是进顾墨的势力，然后充当他的左膀右臂。这一刻来临时，苏笑却郁闷了。她怎么忘了，锻造出的武器和装备上面会显示制造者的名字啊！现在蓝调他们知道她是笑语凝然，而浮云阁的都知道笑语凝然是许艾以深的小号。若是哪天不慎暴露行踪，笑语凝然和许艾以深合体，那群篮球队的大老爷们儿会不会真人PK她？

第14章 他负了我

乱弹琵琶把那些混在战场里的家伙都吆喝出来，凑满了10个人。苏笑还在琢磨着怎么回答蓝调和凤栖梧的时候，歪歪上，乱弹琵琶已经点她名了，“许许，别磨蹭啊，进本了。”

于是她连忙传送到副本门口，等读条完毕之后，她给他们各自回了一句话。

你对凤栖梧说：“嗯。下本，一会儿再说。”

你对蓝调说：“势力的人很好啊，正要带我下本呢，我新手操作不好，怕分心，过会儿再跟你聊。”

天涯的一个小队配置为5人，基本一个队伍会搭配一个战士、一个医生，剩下的可以随机为各种职业打手。苏笑被分在了青成雪的队伍里，属于2队，她就是2队里的超级酱油女。

笑语凝然装备差，打怪伤害极低，身子又脆，被怪摸两下就会掉一大半的血。全团又只有花无情一个医生，实在是分心乏力，于是大家一致决定：

“许许，你别打了，角落里蹲着，小心别拉到怪。”

苏笑无奈地跟在队伍后面。

“喂，势力里在说你呢！”陈薇忽然说道。

陈薇的小号火树银花不夜天一直卧底在天涯，于是给苏笑做现场直播。此时天涯正在谈论误入敌军深处的苏笑，大家义愤填膺地表示要把被坏人拐骗去的她给拉回来，当然也有很多人在谈论品质300的犀利武器“尘埃纷乱”。

“他们想起我了……我这两天小号出现频率高，终于有人想起我了。他们让我把你拉到天涯！”陈薇继续嚷嚷，“来不来啊，你的顾墨在这里哦！”

苏笑哼了一声，“你的顾墨。”

“对了，你看下势力里，墨白在线没？”苏笑忽然想起来，顾熙白有个号在天涯做卧底，虽然上线率不高，但他偶尔还是会登一下，若是他现在在线，岂不是知道了她跟天涯的人是一个学校的校友了？

“没在！”陈薇翻了一下在线列表，“七天没上线了。老白师傅的小号是这个？你让他赶紧上线，超过10天没理由不上线是会被踢出势力的。”

“嗯。”

苏笑忽然觉得她现在是在刀尖上跳舞，随时都有被捅破见血的可能。

这边，团队已经顺利推倒前两个BOSS，开始挑战战士BOSS霸天。

歪歪上，乱弹琵琶迷信过了头，非得要苏笑去开怪。经不住势力主施加的压力，苏笑只能控制着笑语凝然站在最远攻击距离处，对着霸天射了一箭。

对于这种皮糙肉厚的BOSS，笑语凝然这一箭就是在给BOSS挠痒痒，但是无疑激怒了BOSS，以至于乱弹琵琶和青成雪无论是砸地板还是嘲讽都无法把仇恨从笑语凝然的身上拉走。每一个人都不会愿意站着等死，战士速度慢，弓箭手胜在敏捷高，于是苏笑移动鼠标四处乱跑，结果BOSS仇恨混乱，在人群中爆发了一个群攻技能，瞬间撂倒一片。

花无情回天无力，片刻之后，团灭收场。

“糟了糟了，据说一次不过的话肯定会黑，不会出刀了！”乱弹琵琶的声音都带了哭腔。

“别哭，再来！”青成雪暴喝一声。

花无情复活出去，全团人躺尸地板等他来救命。

等所有人复活整顿好后，再次开怪。只是这次，没有让笑语凝然再去摸怪，她只是乖乖地站在角落里，等待BOSS被推倒的那一刻到来。

数分钟过去，霸天终于说出来一句话：“我不甘心……”

BOSS仰天长啸之后轰然倒地，围着BOSS的众人纷纷后退，给笑语凝然让出了一条通往尸体的路。

压力好大……笑语凝然走到BOSS面前，闭眼一摸。

歪歪上，呼声一片：“出了！破天刀！”

【势力主】乱弹琵琶：许许我爱死你了，嫁给我吧。

【势力】不念情深：……

【势力主】乱弹琵琶：帮我把全套的战士极品装备摸出来啊，嘤嘤嘤……

【势力】青成雪：大老爷们儿你嘤什么，丢人不?

势力里的闹腾，苏笑并未放在心上，看到不念情深冒泡，她立马想到了武器配方，当即与他密聊。

你对不念情深说：“等了你一天了。啊啊啊！”

你对不念情深说：“那个隐藏任务你也得了个武器配方吧？是什么武器？如果是法杖的话卖给我怎么样？我朋友有需求！”

不念情深：“……”

不念情深：“你确定不是在搭讪？”

你对不念情深说："？"

不念情深："这周只出了两张配方，官网更新内容上有配方的名字。"

苏笑一愣，对啊，上次看到的更新内容，确实是有两张武器配方，她的是尘埃纷乱，那不念情深的自然是另外那张了。这么简单的问题，她竟然为了这个一直期盼着不念情深上线，她是不是脑壳被门夹了啊！

你对不念情深说："那是什么？我懒得翻了。"

不念情深："战士的武器【傲啸】。"

战士的武器啊……现在乱弹琵琶一直在跟青成雪炫耀自己的刀比她的品质高，若是做一把极品傲啸出来卖给青成雪，估计再贵她都会买吧，苏笑奸诈地想。

不念情深："针做好了吗？"

你对不念情深说："嗯。"

不念情深："上医生号吧，去练宠物。高级人形宠物设计得很人性化，没有烟罗，明言根本不打怪。"

苏笑这几天一直在玩小号，对宠物系统也没有研究，烟罗也就上次放出来看了看，根本没有去练级。现在听不念情深这么一说，她顿时有种吐血的冲动，两个宠物若是必须在一起才能练级，那岂不是要把他们深深地绑在一起？这跟随身携带定时炸弹有什么区别啊！

你对不念情深说：我觉得弓箭手很好玩，我想研究几天。

她刚刚发完，就收到了来自蓝调的密语。

蓝调："出本了？我在副本门口。"

蓝调："我看到你了。"

苏笑心头一抖，然后她以迅雷不及掩耳之势点了屏幕右上方的叉。

"顾墨让我问你怎么下线了！"陈薇将顾墨两字咬得极重，说完之后就嘿嘿笑了起来。

"打翻了水杯，笔记本烧了。"苏笑淡定地回答，然后重开游戏，登录了许艾以深的账号。

"顾墨说明天的公共课，你可以把笔记本带去，他找人帮你修。"

苏笑扭过头诧异地看了陈薇一眼，“他真这么说？”

“不信你自己过来看啊！”陈薇用手指着自己的电脑屏幕道。

苏笑沉默了。

顾墨对她关注，是因为她是笑语凝然——能够做出极品武器的笑语凝然。

若是从前听到这个消息，她会幸福得找不到北，但如今心中却有些不屑。曾经那个被她放在神坛上偷偷仰望的人，终究因为接触而蒙上尘土，那些想象中的光泽日益黯淡，或许不久之后，她就会彻底忘却他，她只是爱上了那个光影斑驳的瞬间。

系统：不念情深邀请你加入队伍。

队伍建立之后，苏笑语气不善地在队伍里打字。

<队伍>许艾以深：你想干吗?

<队伍领袖>不念情深：先去成都郊外，那里的低级怪宠物可以分到经验。

苏笑虽然心中不满，但仍旧传送到了成都郊外。

她将烟罗放了出来，不念情深蹲在传送点等她。

【当前】明言：阿罗。

【当前】烟罗：?

【当前】许艾以深：恶寒。

苏笑说完之后，发现自己被刺客睡了。不念情深手持双刃一脸邪恶地站在她身后。

【当前】不念情深：不好意思，条件反射。

【当前】许艾以深：靠!

与两个宠物的相爱对比，这两个主人一见面就是相杀啊……

系统：定亲玩家互相攻击调情，双方情趣点+1。

系统：你与不念情深的仇恨值达到999点，晋升为血海深仇。

苏笑无语，心想：系统，你确定你不会被整崩溃吗?

两人开始在成都平原外面的新手村刷怪，准确地说是不念情深刷怪，许

艾以深在旁边无聊地骑在马上。

本来她也准备下马打怪的，岂料不念情深火力太猛，她的小短腿刚刚迈到怪物的面前，怪就死绝了。既然如此，她就懒懒地坐在马上，还直接点了“跟随”。跟了一会儿，她忽然想起了他的徒弟绿沁儿。

碰上这样的师傅，绿沁儿的确什么都不用做，安静地坐在马上就成了。想到这里，苏笑心下有些黯然。

身边偶尔也会有小号需要杀怪做任务，而且这里还有一个15级的精英任务小BOSS。因为不念情深杀怪太快，小号们抢不到怪，后来不知道谁开了头，陆续有小号组进来，任务做好之后再退出。

不念情深和许艾以深二人竟成了新手区的两大劳模，她今天在队伍里看到的“谢谢”比玩游戏这几个月加起来看到的都多。

如此过了一个多小时，烟罗升到了17级，而明言则是19级，这片区域的怪属于1—15级，宠物等级高了分不到经验，他们得换地方了。

<队伍>许艾以深：领悟了吗?

<队伍领袖>不念情深：没有。

<队伍>许艾以深：我也没有。

主人打怪，宠物是可以分到经验的，不念情深曾经带着明言刷过怪，所以等级比烟罗要高。但是烟罗没在的时候，明言不会主动攻击怪物，所以不能领悟到技能。不过现在两人在一起了，也没有领悟到技能，可见这宠物技能也是件很神奇的事情。

<队伍>许艾以深：不过这个系统设置真坑爹，两人不在一起居然都不打怪。

<队伍领袖>不念情深：算好的了。

<队伍>许艾以深：哎?

<队伍领袖>不念情深：你玩小号没管宠物，前两天宠物系统刚出来，新手区全部都是带宠物升级的，好多宠物都对别人的宠物一见钟情，然后出了各种状况。

苏笑笑喷了，这么好笑的事情，势力的人竟然没什么动静？她本来就无

聊，于是在歪歪上询问。

“喂，宠物系统怎么回事？你们都没抓到好的宝宝吗？”

回答她的是乱弹琵琶的怒火。

“抓个毛，抓个垃圾宝宝都要狂暴，老子一个血牛战士，竟然被狂暴的小白兔秒了，逍遥真二！”

“我觉得宠物系统刚出来还不完善，反正那些怪物都是随时刷新的，又不用抢。一个人只能带一个宝宝，遗弃还要花钱，虽然不多但也不能随便带宝宝的，听说国庆活动会出各种萌宠，到时候再看吧！”老白的分析总是比较靠谱。

“我抓了个人形宠啊，就枫华谷那边的弓箭手，资质不错的。到新手区刷级，结果往天涯一人的宠物身上扑，那是一头豪猪啊，她竟然看上了一头猪。我换地方练级，她居然不打怪了，我晕！”溪水泪流满面地道。

“诅咒逍遥的开发组！”这是夏天沉痛的声音。

因为苏笑的问题，势力上下很难得地达成了一致，就连不能在歪歪说话的默默无语也在势力里表达了愤怒之心。

【势力】默默无语：诅咒逍遥的开发组+正无穷大。

【势力元老】许艾以深：……

这么说来，她还算幸运的了。起码烟罗和明言天生一对，不会对路上的阿猫阿狗一见钟情。不过这也说不准，“逍遥”开发组的恶趣味，她真是受够了！

但是也正是因为这些与其他网游的不同之处，她才会真心喜欢上这个游戏，真心地爱上这里。想来大家都是一样，虽然嘴上骂个不停，但也都很喜欢这个游戏。因为这里有奸情有狗血，有朋友有期待，有与众不同。

<队伍领袖>不念情深：去石林。

两人传送到了石林，这里的怪在20—30级。

他们在石林刚刚刷了不久，就再次遇到了老仇人。不念情深的头号仇敌，将不念情深恨之入骨的那个妹子，碧海弄潮声的宝贝妹妹——倾城一笑。

大约是女人的心思，倾城一笑只是一个劲儿地戳不念情深，并没有对许艾以深有任何动作。

当然，同样为医生，倾城一笑对上不念情深没有任何胜算的，问题是不念情深竟然没有还手。苏笑摸着下巴想：这两人有猫腻啊。

<队伍>许艾以深：哎哟，不还手。

不念情深没有动静，他被倾城一笑一针一针地戳去了半截血条。

苏笑犹豫着要不要给他加血，然而就在这时，明言护主心切，他动了！明言只有20级，倾城一笑的一个小毒就能将它毒杀。大约是受到游戏剧情的影响，苏笑也跟着动了，她下马正要给明言加血上状态，就发现烟罗身上灵光一闪。

系统：你的宠物烟罗领悟技能——如沐春风。

明言身上的血条立刻满了一大截。

倾城一笑的攻击重心并没有在明言身上，并且明言的攻击力对她不能造成什么伤害，所以她也没有把明言放在心上，只是一门心思地戳不念情深。

苏笑对他们的虐恋情深没有任何兴趣，她点开自己的宠物界面，看着那个新领悟的技能，眉头拧成了一团，脸上的表情很苦闷。

她是一个医生，也就是奶妈。对于一个纯加血医生来说，特别是她这种副本装备，辅助能力强大，攻击能力低，自然需要带一个有高攻击力的宝宝。“逍遥”这款游戏的口号是一切需要您来探索，所以玩家也会根据平时那些怪物的战斗表现来选择宠物。

苏笑事先并不知道烟罗的能力，或者说烟罗的技能也是在战斗过程中随机领悟的。但现在，烟罗领悟的技能是如沐春风，是加血技能，这就是说，烟罗也成为了一个奶妈。

转生之前的烟罗明明是一只犀利的女妖怪，怎么会变成奶妈了？苏笑看着不辞辛苦给明言刷血的烟罗，顿时有一种飙泪的冲动。

就在她愣神的工夫，不念情深的血条已经甚微。

苏笑哼了一声。既然他自己不动手自愿挨打，她也绝对不会给他加血。

就在这时，异变陡生。不念情深忽然隐身，然后血条瞬间涨了一小截，应该是他自己吃了药。

因为两人组在一个队伍里，所以苏笑仍然能够看到不念情深的动作。正在纳闷的时候，她发现不念情深绕到倾城一笑的背后，然后给了她一个隐杀。

苏笑手心冒汗，每次她自己都是这样死在不念情深的手里，现在在旁边观看，有一种头皮发麻的感觉。

几秒不到，倾城一笑血溅当场。

刚刚你还站着挨打，两人看起来充满柔情蜜意，转瞬将人杀得如此干净利落，你怎么这般喜怒无常？

<队伍领袖>不念情深：（斜眼）要死了都不加血。

<队伍>许艾以深：你都没还手怜香惜玉，我凑什么热闹。

<队伍领袖>不念情深：刚刚去了WC。

苏笑瞬间无语，看来刚才她是想多了。

倾城一笑的尸体还躺在地上，她并没有复活。所以倾城一笑在碧海弄潮声的地位，他们的人肯定马上就到了，苏笑正欲在队伍里说换个地方，就发现对方的人已经到了。

不念情深是头号敌人火力吸引器，苏笑的许艾以深刚刚并未动手，并且她还在马上，自信自己能够逃脱。

不过苏笑转念一想，不念情深是刺客，有隐遁的逃命技能。可她是浮云阁的人，到时候肯定跑不了了，想到此处，苏笑控制许艾以深骑着枣红马飞奔，可惜她的小马属于劣等马，跑得不快，结果被追上并被敌人用技能给打晕，掉下了马。

【当前】倾城一笑：还有那个许艾以深，别让她跑了。

看到这个消息，苏笑的脸霎时一黑。然后她转头一看，不念情深并未隐身，而是与敌周旋。

他很灵活地绕来绕去，对方有四个人，竟然没有瞬间秒杀他。而牵制许艾以深的仅有两个人，苏笑一咬牙，等她的技能能用了，马上把血满上，拼死挣扎了一番。临死之前脑门一热，苏笑把强力加血技能逆转给了不念情深，紧接着屏幕灰白，她不甘地倒下了。

与此同时，不念情深也使用了刺客的保命逃逸技能——化血。他化作一道血光冲了出去，成功逃脱了。

许艾以深的灰色尸体扭曲地躺在草地上。

苏笑很郁闷，倾城一笑盯着不念情深就够了，刚刚竟然还点她的名字，她明明没有动手，难道她们之间也有什么血海深仇？

对方的医生把倾城一笑复活了。倾城一笑起来之后，在当前频道又发话了。

【当前】倾城一笑：狗男女。

碧海弄潮声的人骂完之后大摇大摆地离开了，苏笑还深陷在“狗男女”的辱骂中。从前别人都骂她人妖，现在她终于有了女人的身份，到底是该哭还是该笑。

过了一会儿，苏笑正欲复活，就看到不念情深隐身着潜行而来。在看到不念情深的那一瞬间，她忽然就明白为何倾城一笑对她的仇恨竟然会超过不念情深。

不念情深头顶上不知道何时出现两排称谓——身无彩凤双飞翼（定亲：许艾以深）。

<队伍>许艾以深：你你你你你……

<队伍领袖>不念情深：（挑眉的表情）

不念情深以前一直没有使用过这个称谓，就连先前刷怪的时候，他头顶上也不是这个称谓。

你故意的吧，你肯定是故意的吧，你还在用各种方法来报复我对吧……苏笑可以预见，她今后的生活，除了天涯的老仇人，还会受到倾城一笑的特殊照顾……倾城一笑该不会觉得，不念情深不娶她害她没了面子，这罪魁祸首是许艾以深？

想到这里，苏笑泪流满面。

第15章
口无遮拦

烟罗领悟了加血技能“如沐春风”，苏笑把烟罗的这个属性发到了势力里。

众人感叹，好牛的加血技能，竟然还是范围内群加技能，完全可以取代许许的地位啊，要是带着这个宝宝，下本都不用要求医生了啊，战场所向披靡啊……

【势力】默默无语：这个宝宝禁交易，而且拥有者本身是奶妈。

默默无语一针见血地指出了苏笑心中的苦闷，岂料众人竟然没有同情她。他们纷纷哀嚎：“许许，这么好的宝宝给了你多浪费啊，浪费可耻啊！”

一晚上打击连连，苏笑觉得她的心肝都要碎了。

【势力】不念情深：【转世的明言】

苏笑用鼠标点了一下不念情深发出来的宠物，顿时气血上涌！明言也领悟了一个技能——剑气八荒。这是群攻技能，使用后有5秒无敌状态，抵抗90%的法术攻击，并且伤害叠加。

势力上下又沸腾了，纷纷斥责二人走了狗屎运。

苏笑心情很糟糕，于是她在队伍里说：“走，我们去解除定亲状态！”

<队伍领袖>不念情深：好。

解除定亲状态的NPC是鹊桥仙后门一个小庙里的逍遥老处女荷花姑，据说她对每一对破碎的情侣都会表示衷心的祝福，言语之欢欣，让人郁闷不已。

苏笑操纵着许艾以深传送到鹊桥仙，在鹊桥尽头的桥洞下面，看到一个玩家在那里挂机，她的面前是一块粉色的三生石。

那个玩家她记得，是深蓝色的海，也就是宁蓝。她依然是79级，引得苏笑唏嘘不已。

<队伍领袖>不念情深：人呢？

瞧你那迫不及待的样子，苏笑翻了个白眼，骑着小马从月老庙旁边绕到了荷花姑的位置，不念情深早已等在那里了。

苏笑点开荷花姑，一个对话框弹了出来——“姑娘你可是认清了身边那男子的真面目？男人的柔情蜜意都是毒，男人没有一个好东西，姑娘你快快脱离苦海，回头是岸吧！”

荷花姑嫣然一笑，“是他负了你，还是你负了他？”

系统弹出一个任务来——选择是他负了你，还是你负了他。

苏笑瞄了一眼屏幕上的刺客。据传如果两人选择的是一样的，那么作为负心人的那一方被扣除的金钱会比较多。但是如果两人的选择相反，则会随机出任务，有可能是要两人大打出手拼个你死我活，也有可能要两人合作完成高难度任务。总之，随机无处不在。

不念情深的装备很好，操作又好，比自己有钱多了，刚刚做了一把针，她身上没有余钱，根本不能支付解除定亲的金钱赔偿。苏笑想到此处，在队伍里打字。

<队伍>许艾以深：选你负了我。

不念情深杀了她几十次，修装备的钱都是好大一笔数目了，苏笑觉得这个时候，不念情深应该站出来拯救她的钱包。

<队伍领袖>不念情深：嗯。

谈拢之后，苏笑果断选择了“他负了我”。

岂料这个时候，荷花姑突然发了飙，“怎么现在的女子这般窝囊，今天就遇到了3个被负的女子，简直气煞我也！来啊，许艾以深，我赐你仙法秘术，快快诛灭这负心汉！”

系统：你获得了状态如有神助，所有属性提升3倍。

看到自己高达3000的法攻，苏笑顿时犹如打了鸡血一般激动。荷花姑这句话是在当前频道说的，她说完后，队伍里的不念情深就已经变成了可攻击的红名，苏笑立即丢了一个失心，这个可以随机封住他4个技能，能够很大程度上降低他的攻击力度。

不过，不念情深的动作竟然比她还快。

系统：你被不念情深踢出了队伍。

“嗖”的一声，不念情深在她面前消失了。

“又隐身了！”

医生对上刺客真的是分外痛苦，3分钟的神助状态让她成了一个BOSS级的人物，却因为找不到不念情深的位置，而无法发动攻击。

不过，医生在半血的时候有一个无目标的攻击技能——大毒。

想到此处，苏笑把自己的衣服全脱，然后一键穿上。因为装备是加属性的，脱掉衣服血会减少大半，而穿上之后又会涨到原来的位置，但血条是慢慢往上涨的，所以一脱一穿的瞬间血条变成了半血，满足了大毒的施展条件。

苏笑趁机使用了大毒，然而，不念情深并没有在她周围，即便是大毒也没有将其炸出来。

【当前】许艾以深：喂，出来，死一次没什么嘛，你都杀了我多少次了。

【当前】不念情深：……

【当前】许艾以深：我接了任务的哎，出来吧，亲！

【当前】不念情深：做……梦……

【当前】许艾以深：……

苏笑气愤不已，开始在势力里叫人。

【势力元老】许艾以深：默默无语默默默默……

【势力】默默无语：？

【势力元老】鹊桥仙月老庙后门来抓刺客啊！

【势力】默默无语：那里是安全区，抓不了刺客。

【势力元老】花无情：许许你被猥琐男跟踪了？安全区又不能开红，让别人跟一跟又不会死……

有如神助状态的3分钟很快就过去了。就在那个状态消失的同时，不念情深从荷花姑的身后钻了出来。

苏笑知道，不念情深一直锁定着她，等她的状态消失之后，他便现出身形。此时，许艾以深对他没有任何威胁。想到这里，苏笑恨恨地磨牙，他那黑衣黑发的造型，在她的眼中越来越猥琐，让人恨不得一巴掌把他拍死！

这个时候，不念情深已经变成了无法攻击的绿名。

不过苏笑的任务并没有提示失败，荷花姑的头上也冒出一个绿色的圆圈，这是可以交任务的标志。莫非只要攻击了一下就算完成任务？

苏笑一头雾水地点开了那个圆圈，然后……她挨了荷花姑的一掌暴击。

荷花姑："就是因为你如此窝囊，那男人才会负你，朽木不可雕也，可悲可叹！"说完之后，荷花姑又给了苏笑一巴掌，"今日让我打醒你！断情绝义掌！"

许艾以深被荷花姑给一掌拍死了。

【当前】许艾以深：我……

苏笑一口气郁结在胸口，她复活在鹊桥的地图后，花了5块钱买了一个天下传音。

【天下】许艾以深：KFZ我问候你全家，这什么狗屁任务，坑爹啊，荷花姑你个万年老处女，不念情深，你王八蛋！

她气急攻心，连骂人都变得如此的没有水平。

系统：你已经被GM0901禁言，必须到九黎城外完成解除禁言任务——口没遮拦。

苏笑继续在聊天框打字，按发送键后却发现弹出一道乱码。

【当前】许艾以深：#@！%%

系统仍旧冷冰冰的提示：你已经被禁止发言。

于是，歪歪上，众人只听到气壮山河的一声怒吼："我靠！"

【势力主】乱弹琵琶：我都不敢在歪歪上说话了，许许癫狂了。

不念情深："你是先去做没遮拦还是先解除定亲？"

当然是先解除定亲！看到这个密语，苏笑愤怒地拍着桌子，她要被不念情深给气死了！

两人再次组队，苏笑跑到了荷花姑的面前，点开NPC之后，荷花姑说：

“戴罪之身，没有与我交谈的资格。”

苏笑认命地跑去九黎城外做任务。

她曾经被系统禁言过一次，上一次任务是采20个和谐草，这一次则是40个。九黎城内是安全区，但是采草的位置在安全区和野外的分界点，大部分的草长在安全区内，也有少部分生长在安全区外，于是问题就出现了。

系统的禁言提示全服的人都可以看到，大家自然知道许艾以深现在的位置。

此时，九黎城郊外和谐草生长的地方围了不少人。天涯的有蓝调、惜音、凤栖梧、清风等等，碧海弄潮声的碧海青天和倾城一笑也都在。

许艾以深采草，这群人就在旁边围观，当然语言攻击也随之而来。

一般情况下，系统禁言是两种途径：一是众多玩家举报，GM核实；二是上天下，被GM看到。苏笑就属于后者，花钱问候开发组和GM，当然会被第一时间禁言。而现在满屏幕不堪入目的话让苏笑不得不屏蔽了当前频道，并且将周围所有的玩家全部都取消显示，这才得以清净。

苏笑记得分界线的坐标线，知道不能越雷池一步，否则肯定被众人围殴致死。然而有一个和谐草恰好长在分界线上，许艾以深面朝安全区的方向淡定地采草。采完之后，苏笑手中的鼠标微微一动，许艾以深的身子暴露在分界线外。

果然，她受到了来自四面八方的攻击。拼死挣扎，苏笑控制着许艾以深跳回了安全区。攻击瞬间停止。

苏笑又将玩家显示出来，这时候，她看到面前的一堆人都保持着战斗的姿势，看起来分外搞笑。

因为不能说话，苏笑决定用行为来调戏他们，她选择的对象是监调。

你对蓝调高傲地抬起了下巴。

你对蓝调拳打脚踢。

后来苏笑觉得调戏蓝调无趣，她又开始挑衅凤栖梧。

你对凤栖梧摆摆手说：“你太逊了。”

你捏住了鼻子大吼一声："凤栖梧你太臭了，刚把屎拉裤子里了吗？"

想来，对方已经气得七窍生烟。不过苏笑屏蔽了当前频道的信息，自然看不见他们说的话，她悠闲地跑回城内继续挖草。

就在这个时候，苏笑听到歪歪上老白在喊："许许，你把那群人都气傻了，举报举报，骂了这么多脏话必须得和谐啊！"

大约过了一分钟，系统消息一条接一条地弹了出来。

系统：玩家清风因不和谐被禁言。

系统：玩家倾城一笑因不和谐被禁言。

系统：玩家凤栖梧因不和谐被禁言。

……

"许许，我们给你报仇了！"乱弹琵琶很得瑟地说。

苏笑感动得泪流满面。

"本来和谐草就少，现在这群人纷纷接了任务来采草，而且还抢我的草，他们人多势众，老子根本抢不过啊！"

【势力】青成雪：乱弹琵琶你真二，就没办过好事。

【势力主】乱弹琵琶：你敢挑衅势力主！

【势力】青成雪：凸！

苏笑此时没有心情跟他们说笑了。

天涯和碧海弄潮声的一共被禁言了7个人，苏笑发现安全区内刷新的草会被他们飞快地占领，而且许艾以深跑到哪边，他们也跟着去哪边。8个人抢1个草，她得有多快的手速和网速才能成功地抢到一棵啊？这些人不去采安全区分界线外的和谐草，摆明了想把她给逼出安全区。

在那之前，苏笑一共采集到了25棵和谐草。从他们被禁言到现在，她竟然只采到了1棵。还是在聚精会神、眼疾手快、鼠标都差点按坏的情况下，她才抢到的。

【天下】不念情深：淘宝卖金，1RMB=10000金。

此等虚假广告，居然敢发在天下频道，自然会被GM一眼看到。

系统：不念情深因不和谐被系统禁言。

【门派】花无情：买号，5173上出售此号只要200金……

系统：花无情因不和谐被系统禁言。

【天下】乱弹琵琶：GM，你TM是个混蛋！

系统：乱弹琵琶因不和谐被系统禁言。

……

浮云阁的家伙们纷纷用各种各样的不和谐理由进入九黎城郊外，他们加入了抢草的大军。一群人犹如蝗虫过境，所到之处寸草不生。

天涯和碧海弄潮声的那几个人惨了，虽然一直在阻止许艾以深完成任务，但同样他们自己也没采到20个草。没有完成任务就不能说话，不管什么频道，包括密语和邮件都不能使用，这几个都是热衷骂人的，此时不能说话肯定郁闷得要死。

现在的局面就是，你完成不了任务，我也完成不了任务，大家都完成不了任务。

当然，安全区外也有和谐草，不过数量太少，根本不能满足需求。并且，这种悲剧还在继续扩大——因为系统禁言太多，引发了一股禁言热潮。

【门派】无聊而已：GM，卖号求禁言。

系统：无聊而已因不和谐被禁言。

……

苏笑知道今天的GM是0901，她忽然觉得，这该是一个多么尽职的GM啊，看到系统频道上那一排一排禁言消息，她对GM表示了真心的问候。

大约过了十几分钟，苏笑历尽千辛万苦抢到的草有28个了。

歪歪上，大家纷纷汇报自己的战果。

“我有8个了，哈哈，眼明手快啊！”说话的是溪水。

“3个。”老白道。

“一个都没有。”青成雪怒吼。

苏笑觉得心里暖洋洋的。

“嘿嘿。”千言万语化作猥琐一笑。

默默无语不能说话，他千辛万苦地在歪歪的公频上留言：15个了，还差5

个任务完成。

歪歪群里还有各种得瑟的截图，其中不念情深发了他包裹栏的截图，上面赫然显示他采的和谐草已经达到了19个。

【势力】不念情深：完成。

不念情深成为势力里被禁言后第一个完成任务的人。刺客就是讨厌，跑得快还能隐身，偷偷摸摸就把草给采了！苏笑手忙脚乱地采草，直到现在还差10个。

不念情深就是整个事件的罪魁祸首啊，当初他如果让许艾以深杀一次，荷花姑就不会发飙，兴许会给点奖励，她也就不会被禁言，更不可能引发禁言狂潮了啊！

过了将近15分钟，一部分人的禁言任务完成，又开始发天下传音挑衅。

【天下】碧海弄潮声：浮云阁的躲在安全区不出来，是不是男人？

【天下】凤栖梧：老子终于完成任务了！浮云阁的人长得太丑讨不到妹子，人妖都当成宝！

【天下】蓝调：浮云阁的出来一战。

这时候，歪歪上的大部分人都完成了任务，除了苏笑。苏笑觉得自己是吸引仇恨的体质，为什么跟她抢草的人最多？她就像个坐标似的，总有几个人宁愿不完成任务也要守着她，她简直就是个大悲剧。

面对众多人的挑衅，浮云阁的势力主乱弹琵琶表示压力很大。

【势力主】乱弹琵琶：出不出去呢？

乱弹琵琶站在安全区的分界线上，一脸沧桑。

【势力】青成雪：傻子才出去。

【势力主】乱弹琵琶：可是，我是有血性的势力主。

乱弹琵琶挪出了线外，然后遭到了猛烈攻击，血条骤降。苏笑慌忙丢上逆转，幸亏是皮糙肉厚的战士，才不至于在集中炮火的攻击下被瞬间秒杀。

乱弹琵琶又冲回了安全区，他对着那群人做了一个撅屁股的挑衅动作。

【势力主】乱弹琵琶：真正有血性的男人敢于挑衅一切黑暗势力，并全身而退，从容潇洒。

众人："切！"

这次事件的最终结果是，直到断网，苏笑的任务也没完成。第二天早上7点，她起来就打开电脑，迷迷糊糊地将任务做完才去上课。

陈薇笑着打趣，"你入了游戏的魔障啊，该不会是网恋了吧！"

苏笑恶狠狠地说："网恋你个头啊！"

她记仇了，这次她是非常认真地记仇了！

第16章 相爱相杀

这天下午的第一、二节课是大课，两个班级一起上，苏笑就可以看到顾墨了。从前无比期盼上大课，可现在她却有些抵触。

苏笑抱着书本站在教室门口，心情分外惆怅。她实在不能保证，在看到天涯那些人后，能忍住不跑去撕烂他们的嘴。

陈薇已经逃课回寝室睡觉了，她要不要也回去呢？苏笑站在门边犹豫不决，好不容易下定决心打道回府，她刚转身就看到顾墨迎面而来，他在苏笑的面前站定。

"你的笔记本电脑呢？是进水了吗？"顾墨微微一笑，很是热情。两人面对面离得很近，苏笑可以看到他脸颊边上有一个浅浅的酒窝。

"啊？"苏笑先是一愣，转瞬想到昨晚她让陈薇胡扯了个理由去敷衍顾墨。当时他说让她把笔记本带到课上，他找人帮忙修，后来因为采草禁言事件太过激动人心，她就把这事给忘了。

"哦，小问题，我用陈薇的电脑在论坛电脑维修俱乐部发帖了，他们回复今晚或者明天就会有人来帮我修。"

学校里社团众多，电脑维修部也是其中之一，是由计算机系的学生组织

的。这个由热心同学组成的电脑维修社团得到了学院的支持，可以在规定的时间内自由出入女生寝室，是众多男生挤破头都想加入的社团。他们在学校论坛的游戏版还搞了一个子版块，用来发布一些常用的软件，解决大家的问题或者提供上门服务。

看起来这件事很美好，不过那群人一般对大一大二的女生比较积极。他们能够查到发帖的IP，如果是大一、大二宿舍的IP地址，他们自然服务殷勤，进入女生寝室近距离接触校园里的新鲜花朵谁不乐意？而大三、大四的IP地址发的帖子往往会拖上很多天，毕竟，这些都是老姑娘了。

了解这个情况的顾墨微微皱了一下眉头，“电脑维修部的人什么时候变得这么积极了？”

苏笑讪笑了一下。

“不过他们一般只是杀杀毒或是重装系统，电脑进水可能烧毁了主板零件，这样的问题他们也不一定能够处理。”

“呵呵，那他们都回复了，我放鸽子也不好啊。”

“那要是还是不行，你就找我好了。”顾墨掏出手机，在苏笑的面前扬了扬，“你的号码是多少？上课了，先进教室再说吧！”

此时，老教授已经出现在了门口，因为苏笑的成绩好，老教授对她大约也有些印象，他阴沉着脸瞥了一眼苏笑和顾墨，“还不进去！”

事已至此，逃课无门，苏笑只能认命地走进了教室。凤栖梧他们给顾墨占了位置，苏笑也“有幸”跟他们坐到一起。这是她第一次跟顾墨同桌。

苏笑的左边是过道，右边是顾墨，顾墨的旁边是凤栖梧。刚刚坐下，顾墨靠着椅背，凤栖梧身子前倾，扭过头来跟苏笑交谈。

“你建号了怎么没找我啊？”

“忘记名字了。”苏笑随口胡诌。对方倒不介意，直接抓过顾墨的书本，在空白处写下了“凤栖梧”三个大字。

苏笑默默地撇了一下嘴，“我知道，你不是密过我了嘛。”

“呵呵。”凤栖梧讪笑两声，还摸了摸自己的后脑勺。

“来我们势力吧，都是校友，多亲热啊！”

苏笑摸了摸下巴，“他们很好，天天带我刷本，还给我材料冲技能。”

“你不知道，浮云阁的都是些猥琐男，喜欢杀人抢怪骂架，你不适合那里。”凤栖梧继续说道。

顾墨先前一直没有开口，这时忽然出了声，“我们也会带你。”

“而且你在浮云阁做任务都不安全，那个势力是全服公敌。”

苏笑忽然眨了眨眼，“为什么是全服公敌？”

“因为里面很多人妖，骗人感情骗装备，比如花无情、许艾以深……”

苏笑脸上挂着笑，但她知道，那笑容有多僵硬，她缓缓地转过头看着凤栖梧。她的手在课桌底下蠢蠢欲动，她多想将手举起来，朝着凤栖梧送去一记中指啊！

整节课，凤栖梧都在絮絮叨叨，像是一只苍蝇在她旁边嗡嗡个不停。在苏笑忍无可忍之际，老教授发飙了：“那个同学，选修课不想上就别来，整节课都在说话，没组织没纪律，叫什么名字，扣你10分！”

全班霎时安静。

“说的就是你，还到处看！苏笑……”

苏笑一愣。

“苏笑旁边的旁边的那个，说的就是你，什么名字！”老教授气愤地拿出了点名册。

“肖慈！”凤栖梧一脸郁闷，苏笑心里都乐开花了。

“选修课，及格就好，扣10分还有90，没关系的。”顾墨安慰他。

“对！”凤栖梧点头，而后继续转向苏笑，“你的锻造幸运值很高吧！300满品质的武器，极品啊！”

苏笑翻了个白眼，然后很认真地听讲记笔记。或许是看到苏笑的样子太认真，对方终于忍住了没说话。

一下课，凤栖梧又很熟络地黏了上来。

“师傅们拉扯我长大，我暂时不想离开浮云阁。”苏笑瞄了一眼面前的两个人，委婉地拒绝了他们的邀请。

“可是……”凤栖梧还欲再说，顾墨打断了他。

“嗯，随时欢迎你到天涯来。对了，笔记本要是修不好记得给我电话。”顾墨微微一笑，他生了一双桃花眼，眸中含情。当两眼对视时，苏笑心头微微一颤。

天生桃花眼，眸中含情暧昧无边，若是一个不小心，就溺死在那目光里。

苏笑别过头，淡淡地应了一声。

因为苏笑的拒绝，下节课凤栖梧就安分了许多，一直趴在课桌上睡觉。

好不容易挨到两节课上完。走出教室的时候，苏笑隐约有一种奇怪的感觉，仿佛芒刺在背。她环顾四周，没有发现什么异常。在去下一堂课所在的教室的时候，她忽然发现了宁蓝。

两人的视线有瞬间的交会，然后宁蓝歪着头与旁边的同学说笑。自己刚刚是跟顾墨坐在一起的，莫非宁蓝误会了什么?

苏笑突然觉得宁蓝很可怜。游戏里，蓝调不是她的。她只能守着自己的79级，守在鹊桥仙，守在那些风景里，看他跟别人结婚。

现实里，她依然没有成功，当然，也许他们在搞地下恋情，大家不知道。但是顾墨身边仍旧桃花朵朵开，她依然很可怜。想到这些，苏笑看着宁蓝的背影，微微地叹息了一声。

曾经入眼即是他的好，只要是他，就什么都好。如今察觉了他的不好，便会发现那些不好会像滚雪球一般越滚越大。或许她的暗恋，会就此画上一个句号。

晚上回到游戏中，苏笑第一时间联系不念情深解除定亲。

两人再次组队出现在荷花姑面前，大概是二次光顾，这回荷花姑倒没有为难他们，只是在最后一步的时候，荷花姑出言提醒：“你们由于不是通过正常渠道定亲的，解除之后宠物属性和资质会下降一半，确定要解除吗？”

苏笑再次愣住。

现在明言和烟罗都是高资质的宠物，要是下降一半的话，就连很多普通宠物都不如了。

<队伍>不念情深：其实一个定亲状态没什么大不了的。

<队伍领袖>许艾以深：前提是你不把称谓亮出来。

<队伍>不念情深：昨天我不亮出来，你肯定只围观不参战，要绑在同一战线。

<队伍领袖>许艾以深：凸！

<队伍>不念情深：只是一不小心，你打了前锋。

<队伍领袖>许艾以深：就是因为你亮出来，害我被倾城一笑惦记。

<队伍>不念情深：（摊手的表情）

<队伍领袖>许艾以深：滚。

商议了一番后，两人最终决定将解除定亲的事情暂时先放下。

苏笑想起了很久以前看过的一个连载小说，作者说她要穷尽毕生的精力去完成那个故事，当时她就泪流满面，此时的心境，竟然与那时相差无几。

<队伍领袖>许艾以深：我要穷尽毕生的精力跟你解除定亲。

<队伍>不念情深：……

既然解除不了定亲，那就组队刷经验带宠物去吧。刷了一会儿之后，时间到了晚上8点，可以组队进入战场了。势力里，乱弹琵琶开始吆喝组队，然后一堆人冒了泡，其中一些名字很陌生，似乎是刚进势力的新人。

【势力】青天白日满地红：组我一个。

【势力】碧海青天夜夜心：+1

【势力】沧海月明猪有泪：队伍有医生没？

【势力】不念情深：有。

于是乎，一群人开始申请入队。

苏笑连忙接受申请，瞬间队伍满员。

【势力】沧海月明猪有泪：呜呜，满了！

苏笑的队伍配置是这样的：医生许艾以深、刺客不念情深、刺客青天白日满地红、弓箭手默默无语、弓箭手碧海青天夜夜心。

苏笑翻了个白眼，然后打开势力列表来看，发现新加入了10个人，并且职业除了刺客，就是弓箭手。

【势力元老】许艾以深：怎么多了这么多刺客和弓箭手？

【势力主】乱弹琵琶：许许你好意思说，一个医生都没给我们拉来，你看不念情深和默默无语多给力，振臂一呼，多少同门蜂拥而来。

【势力】青天白日满地红：跟不念哥学PK啊！

【势力】不念情深：先打过许艾以深。

苏笑："噗……"

苏笑申请了组队战场，战场开启之后，他们传送到了战场门口。

进入战场有1分钟左右的加载时间，苏笑本来在NPC面前等着，岂料青天白日满地红点她申请PK。

刺客专克医生，苏笑果断拒绝。

青天白日满地红继续申请，苏笑再拒绝。

【势力】青天白日满地红：老大，许许不跟我切磋。

【势力】不念情深：真刀真枪才能练出真本事。

【势力】青天白日满地红：哦哦哦，那我野外开红。

【势力元老】许艾以深：晕！

【势力元老】花无情：小小刺客还敢猖狂。许许，为师带你刷战场套装，到时候打刺客小菜一碟。

苏笑觉得，她真的有必要刷一套战场装备了。战场套装抗性高，抵抗刺客的晕睡等技能的几率大。许艾以深现在对刺客束手无策的原因就是容易被控制，导致无法使用技能只能站着挨打。

【势力元老】许艾以深：嗯。

进入战场之后，乱弹琵琶开始骂骂咧咧。

【势力主】乱弹琵琶：对面怎么全是刺客和弓箭手啊，我靠！

苏笑默默地打开战场列表查看，赫然发现乱弹琵琶他们那一队正好在敌对方。

弓箭手和刺客都是战场上最牛的职业，弓箭手速度快，别人追不上，打不过还可以跑。刺客可以隐身，能够偷偷摸摸地洗掉旗子赚分，在敌方旗子底下洗旗的时候，还能跑过去自爆炸死一群敌人。所以，做这两个职业的人可以影响整个战场的局面。

乱弹琵琶骂个不停，最后终于后知后觉地发现，“啊，怎么是你们！”

【势力元老】许艾以深：……

【势力主】乱弹琵琶：果断先杀许许嘛，就她是块好啃的骨头。

号角吹响，战场开始。

许艾以深给队伍里的人上了本脉，然后就慢悠悠地跑去洗旗。

弓箭手跑得快，她根本追不上，刺客要是隐身了她也加不上血。本来这些队友都属于自由活动的职业，她一个医生就成了唯一一个移动的可攻击目标。

不过这次默默无语跑得不算太前，与她相隔不远，一直在可加血的范围之内。这让苏笑感到些许温暖，这么好的孩子，实在是难找了。

还未跑到旗子底下，苏笑和默默无语就遭遇了对方的小队，一行4人。

<队伍>默默无语：别靠前。

许艾以深跟在默默无语的背后，在最远距离给他加血，2对4也是毫无压力。默默无语首先解决了对方的医生，许艾以深在加血的同时还可以空出时间给对方上破甲无助等负面状态，并且不亦乐乎地丢缓行错骨。杀得正酣，她发现自己被睡了。

一个刺客偷偷摸摸地从她背后钻了出来，将她就地晕住，使她动弹不得。

然而就在这时，那个偷袭许艾以深的刺客居然也被晕住了。

队伍里，不念情深和青天白日满地红两个刺客的名字本来都是灰的，现在也都亮了起来。在两个刺客的围攻之下，不过瞬间，偷袭许艾以深的刺客就死了。

好险……解决完对方的刺客之后，不念情深和青天白日满地红又跑了。

战晨默默无语在短时间内连续击杀3人！

<队伍>默默无语：前面杀得太兴奋了，没注意后面的刺客。

战晨好身手！不念情深在短时间内连续击杀2人！

战晨好身手！不念情深在短时间内连续击杀3人！

【势力主】乱弹琵琶：靠，你们好狠！

【势力元老】菘无情：死了5次了……

苏笑本以为跟这么一个队会无比悲剧，虽然赢的几率比较大，但是许艾以深死亡的次数肯定不会少。因为弓箭手和刺客对医生的需求都不算大，不可能在她身边陪着，她一个落单的医生绝对是步步惊心。但事实却是，每次血条一动，就会有刺客如同流星一般闪到她的身边将敌人杀退，又或者弓箭手远远拉弓，将对方送回猪圈，她竟然安全得很。

唯一的一次死亡，是因为她没看地图到处乱窜，正好遇上了对方的大部队，瞬间被秒杀了，队友根本来不及搭救。不过他们4个人也在没有医生的情况下，将七八个人的大部队全部送回了猪圈。除了青天白日满地红因为自爆死掉，其余3个人都异常坚挺地活着。

苏笑隐隐觉得，这群人根本不需要她这个医生啊。她就是个典型的拖后腿人物，想到这里，苏笑顿时觉得自己无限可怜。

战场毫无悬念，苏笑他们以300分的优势赢得了胜利。

之后又下了几次战场，除了有一次对方打出了优秀配合而胜利以外，其他几次苏笑他们都赢了。后来青天白日满地红说："要不我们也上歪歪吧。"

队伍里打字指挥没有歪歪方便。苏笑没有意见，她本来就上着歪歪，只是在某个音乐频道听歌。

<队伍>默默无语：我没麦。

<队伍>不念情深：不喜欢歪歪上说话，很少上歪歪。

<队伍>青天白日满地红：你们两个能指挥的都不说话，那怎么办？

<队伍>默默无语：一般的队伍都可以赢的。

<队伍领袖>许艾以深：大老爷们儿，还不敢上歪歪说话，害羞啊？丢人。

<队伍>默默无语：真没麦，可以上，只能听不能说。

<队伍>不念情深：只说给我喜欢的人听。

<队伍领袖>许艾以深：凸！

5人小队从8点刷到了10点，组队战场才结束。苏笑一共获得了7000多的战场声望。

10点多的时候，陈薇才从外面回来，一进门就在床上坐下，把鞋子一脚就踢飞了。

"累死了！"她半躺在床上唉声叹气，"老娘一把老骨头了还参加什么拉拉队啊，烦死了！"

"对啊，你都大三了，退了呗！"苏笑接口道。

"缺人啊！下个月全市大学生篮球比赛，现在训练都加倍了。"

"哦，顾墨的脚伤好了吗？"

白天见到顾墨，他看起来好像已经好了，没什么异常，应该能参加比赛了吧。

"不知道，我管他好没好。对了，今天宁蓝有意无意地跟我唠嗑……"陈薇还未说完，就被一个声音给打断了。

"苏笑！"一个男声在外面吼。

苏笑吓了一跳，"在叫我？"

"似乎是！"

苏笑的寝室是三楼，她走到窗户边，探出身子去看。

楼下有个人影在跟她摆手，在昏黄的路灯的照耀下，苏笑看清了那人的脸，是大熊。大熊的身边还有一个人，提着两个热水瓶，因为低着头看不清他的脸，但苏笑下意识地觉得，那人或许是播音员。

"苏笑，你下来一下好吗？"大熊很兴奋地朝她招手。

苏笑一脸无奈。此时已经是晚上10点，怕大熊那个大嗓门再吼，她只得下了楼。

旁边那提着水瓶的人果然是播音员，他对着苏笑微微地点了一下头。

大熊塞给苏笑两盒巧克力。

"这个麻烦帮我转交给陈薇，这个是给你的！"大熊道。

苏笑扯了扯嘴角，爱心型的盒子是给陈薇的，方形的盒子是给她的，当做好处费吗？苏笑翻了个白眼，将方形盒子塞回大熊手里，"我会帮你转交的，不过不需要跑路费。”

“那怎么行！”大熊把盒子又推了回去。

似乎对两人的推搡感到很无奈，播音员默默地将头转到了一边。

“又不贵！”大熊急了，“再说钱还是他给的！”大熊指了指播音员，然后讪笑两声，“哈哈，最近手头紧，向他借的，你别告诉陈薇啊！”

苏笑一头黑线。

第17章 沉默是我的告白

苏笑拿着两盒巧克力回了寝室。

“大熊给你送巧克力了！”苏笑将心形盒子放到了陈薇的桌上，然后扬了扬手中的方形盒子，“跑路费！”

“咦，很上道嘛！”陈薇笑着道。

“你什么想法？”苏笑觉得大熊看起来很老实憨厚，不过她觉得陈薇喜欢的不是这类，所以也只是随便问了一下。

“能有什么想法！”陈薇拿着巧克力走到了寝室另一头的衣柜面前，她打开最下面的衣柜，里面堆满了绒毛玩具以及各式各样的礼品盒。

这些是她两年多的胜利果实，还是由非正常渠道得来的，因为直接送给陈薇，她是不会收的，所以好多都是同学帮忙转交给她的。有时候寝室门开着，苏笑一个人在寝室看书或者打游戏，然后过不了多久就会发现陈薇的桌上多了一样东西……

苏笑：“跟你做好朋友压力好大！”

陈薇的手微微一顿，然后忽然朝苏笑猛扑了过去，以极大的身高优势将其抱住，“我最喜欢你了。”

苏笑轻轻地推了推她，“别，让人看见了还以为你性取向不正常呢！”

陈薇哼了一声，很妩媚地一甩长发，然后故意扭着腰走到了柜子面前，毫无形象地蹲下，在柜子里翻东西，最后从角落里掏出几个布满灰尘的盒子。

“其实这些都是给你的吧，你连打开都没打开过！”

看着陈薇拿出来的那几个盒子，苏笑微微地走了下神，“大概是吧，我不记得了！”

大一的时候，她曾经收过几份礼物，当然也是别人转交的，只不过她没有作任何回应，她甚至都没有打开过。所以，后来送礼物的人就渐渐少了，她也变得无人问津。

她与陈薇不同，陈薇经常参加学校的各种活动，又是拉拉队的元老，经常出现在大家的视线里。而她则在图书馆、自习室、食堂、教室和寝室一条线上单调地奔波，日子久了，别人都成双成对了，她还是一个人。

在大学校园里，她只动过一次心。而那次心动，可谓是天时地利人和。昏睡的夏天，如泉水一样淙淙流淌的诗歌，阳光下面目模糊的男人犹如站在神坛上高高在上，让她怦然心动。

苏笑回到电脑面前，现在时间是晚上10点20，游戏里她一个人孤零零地站在战场门口，先前的队友早已跑没影了。

最近苏笑因为忙都没有去管势力领地，于是苏笑将许艾以深传送到了帮派地图里，菜地里的菜不知道是谁种的，早已成熟，并且产量下降到了令人发指的地步，大概很多天没有收菜了。

苏笑默默地将菜全部收了。

【势力元老】许艾以深：菜都熟了，我收了，现在有空地要种的人要速度。

【势力主】乱弹琵琶：当初那些种菜的号都因为被杀退势力了，现在我们几个谁种地啊。

苏笑有些唏嘘。她想起来，以前喜欢种地的都是悠闲玩家或者是刚刚满级装备很差的号，自从被碧海弄潮声的追杀之后，这些人都退得差不多了。

苏笑难免有些郁闷，当初她每天帮他们收菜，每天提醒他们种菜，带他们下副本，真是尽职尽责啊。然而他们离开，却没人告诉她一声。

【势力】青天白日满地红：我来种，我来种，没势力贡献的人伤不起。

片刻之后，青天白日满地红出现在了菜地里，但他没有种地，而是点了许艾以深求切磋。

刺客给苏笑造成的心理阴影太大，这个必须要克服，所以她点了“确定”。

许艾以深第一时间被刺客睡住了，等到可以动弹，她立即对青天上了一个失心，随机封住其几个技能，然后给自己把血加上。她突然觉得刺客间的差距也是很大的，对上青天白日满地红，她还能还手，对上不念情深的话，她只有等死了。

苏笑越战越勇。

青天白日满地红的一套连招下来，许艾以深未死，勉强将自己的血给拉了回去。于是刺客只能再次隐身谋求机会，等到他再次出现的时候，苏笑逮着机会就给他放血，放血是持续掉血的技能，可以有效阻止刺客隐身。刺客的蓝少，苏笑打不死他，到最后竟然硬生生把他的蓝给耗干净了。

没蓝的刺客，就成了案板上的鱼肉。苏笑操纵着许艾以深满菜地追着青天白日满地红跑。当然，医生根本追不上刺客。到最后，青天回了一点儿蓝，在她面前再次消失了。

【势力】青天白日满地红：不打了……

【势力元老】许艾以深：刺客隐身啊，太无耻下流了。

【势力】不念情深：其实……

不念情深对你说：杀你不用隐身。

苏笑本来因为心情愉悦而弯着的嘴角顿时一抽，最后她在陈薇目瞪口呆地表情中，以高分贝的音量大骂了一声：“靠！”

系统：你的好友微笑向暖上线了。

“糟了！”陈薇忽然叫道。

“怎么了？”苏笑转过头问。

“我一上线就看到我的爱徒在我面前，很想动手怎么办！”陈薇一手撑着下巴，朝苏笑抛媚眼，“忘情涯副本门口，快来哦，亲！爱徒身边有护花使者，我一个人搞不定！”

苏笑邀请陈薇组队，然后奔忘情涯而去。

陈薇的微笑向暖是个大天仙，强力攻击职业，搭配上许艾以深这个专职加血医生，两个人挑一个一般的5人小队没有什么问题。

陈薇和苏笑配合默契地收拾掉了秋小小等一群人，由于是在副本门口，人很多，她们两个红名很快被一大群正义之士给杀了。

【当前】清风：浮云阁的狗还真是喜欢乱咬人。

这群正义之士中领头的就是天涯的清风。

“这清风是谁啊？我们学校的吗？怎么这么贱！”苏笑怒道。

陈薇哼了一声，她掏出手机，然后拨了个电话。

陈薇一脸严肃地说了两个字：“傻逼！”紧接着，挂了电话并且关了机。

苏笑一头雾水。

“清风是廖长青。”

“噗……”

廖长青是陈薇的头号粉丝啊！他注定有一个不眠夜了。

游戏里，清风化悲愤为力量，在沉默数分钟之后，开始猛烈地骂人，并且还上了天下传音频道。

“其实玩游戏也不错，有些现实里你看不到的真相，他们会在游戏里毫不掩饰地表现出来。”陈薇指着屏幕，脸上的表情一片淡然。

苏笑想到了顾墨。

陈薇忽然转过头嘿嘿一笑，“还有你！”

苏笑诧异地看着她。

“你在游戏里跟现实中不也是判若两人，动不动就骂人打架耍流氓。若是被你的追求者知道你在游戏里是什么样子，不知道该有多幻灭啊……”

苏笑汗颜道：“我没有追求者。”

陈薇高深莫测地笑了一下，“我有敏锐的洞察力，我们走着瞧。”

苏笑和陈薇都没有复活，两人甚至都没有看游戏屏幕。陈薇打开QQ，群消息提示闪个不停。

“秦濯钧带的寝室的人也加到群里来了。”陈薇慢悠悠地道，“我提议去吃烧烤，怎么样？”

秦濯钧？苏笑只知道播音员姓秦，直到此刻，她才知道了他的全名，是不是太后知后觉了。

“你给钱。”苏笑面无表情地说。

“我觉得，我想给还给不了。”

“定了，明天晚上去，嘿嘿。”陈薇阴险地一笑，搞得苏笑头皮发麻。

时间已经是10点45了，苏笑关了游戏，打开QQ，然后看到了群里的对话。

ICE：“好，就明天晚上吧。”

苏笑偷偷地点开了ICE的资料。那是一个Q龄高达10年的号，资料处一片空白。只有个人说明那里有一句话——“我的沉默，是最惊天的告白！”

苏笑和陈薇早早下线，她们错过了游戏里的一件大事。因为微笑向暖和许艾以深两人屠了秋小小，导致中立势力笑看烟云正式踏上了蓬莱服的征战舞台。

笑看烟云的管理在天下传音频道表明了立场，他们将与浮云阁正式成为敌对，以后见面绝对你死我活。

这又是女人引发的战争，但事实上谁都明白，不可能有永远中立的大势力。玩游戏图的就是一个爽字，当自身实力强大之后，谁不想随心所欲打个风风火火？笑看烟云一直在发展，势力成员等级和装备都不差，只是在平副本休闲游戏口号势力战中没有拿过祭天台，但问题是他们有实力拿下至少一个祭天台，而此次对浮云阁的宣战，无疑是一个契机。

浮云阁的敌对又多了一个。不过他们已经不在乎了，况且剩下的人都是好战分子，对这样的情况并不是很担忧，反而很兴奋。

最重要的是，在笑看烟云向浮云阁宣战之后，浮云阁突然增加了一群人，很大一群人。这些人囊括八大职业，刺客最多，并且个个操作不俗。于是晚上的野外收割，浮云阁也没被虐得太惨，在众多火力的围攻之下，还打得有声有色，激情无限。

苏笑和陈薇第二天上线的时候被乱弹琵琶教训了一顿。

乱弹琵琶说她们是两个惹事精，惹了也就算了，被杀躺尸了还不跟势力的人讲。他们还是看到别人发天下骂她们才知道出了这档子事，等他们赶到事发地点就看到两个姑娘躺在地板上被人鞭尸，他们废了九牛二虎之力将那里的敌对杀干净，这两个尸体竟然早就下线了。

乱弹琵琶很生气，歪歪上使劲地咆哮。陈薇也上了浮云阁的歪歪，等乱弹琵琶骂完了，她没有在歪歪上说话，而是望了苏笑一眼，然后苦笑了一下。

“你们势力真不错。我以前还是笑看烟云的元老，哎……”

“现在这不也是你势力吗？”苏笑随口回答道。

苏笑和陈薇组队下战场。战场打了一半，游戏里的微笑向暖忽然不动了。

“怎么了？”

“有人密语我！”

“谁？”

“笑看烟云的势力主，居安思微。”

笑看烟云是居安思微一手建立的，但是该势力主并不管事，并且有半个多月的时间没有上线过，此时突然上线并且密语陈薇。

苏笑觉得好奇，索性战场也不下了，搬了凳子跑到陈薇的旁边坐下，看他们的私聊。

居安思微：“这件事情很抱歉，不过我很久没上了，现在势力的新人多，都忘记了我这个势力主，笑看烟云和浮云阁敌对也是那群管理商量的结果。”

居安思微：“当初你们在一起，我也算个媒人，现在竟然出了这档子

事，对不起。”

你对居安思微说：“没什么，又不关你的事。”

居安思微：“那是，墨如笙那死小子不地道，不是个爷们儿！”

你对居安思微说：“你说得对。”

居安思微：“现在你待的势力敌对很多啊，这样我会跟他们谈一谈，看能不能不敌对。”

苏笑笑着说：“你们这个势力主其实也不错。”

“大半个月没上过线了。估计现在笑看烟云的也没有几个人把他当势力主了，墨如笙现在才是笑看烟云的主心骨。”陈薇笑了笑，然后犹豫了一下，从浮云阁的歪歪里退了出去，进入了笑看烟云的歪歪频道。

“管理员不让我做了！”陈薇咧了咧嘴道。

她本来是这个歪歪频道的管理员，现在已经被撤销了管理资格，不过也没有做得太绝，还有一个蓝色的会员马甲，拥有进入频道的权限。

陈薇跳到了聊天大厅。因为她带着耳麦，所以苏笑并不知道他们在说什么，只是看到陈薇本来绷着脸，忽然眯了眯眼，笑了。

苏笑果断地拔掉了她的耳麦。音响里，一个男人的声音传了出来。

“这件事情，本来就是你们不对，还好意思跟别人宣战。”

“可是她杀了我们的人。”一个女声道。

“那是女人之间的事，该她们自己解决。如果你老公被徒弟抢了，你愿意装孙子吗，杀一杀消消气又不影响大气氛。”

“是她先动手的。”

“想找激情的话和浮云阁挑战有什么意思，那么一个小势力。拿女人的事情做借口，还要不要脸了。”

“居安，你都大半个月不上线了，也不了解现在的局势，你当初离开就是没把笑看烟云放在心上，现在回来了，什么都不了解就胡扯一通，笑看烟云发展得这么好是谁的功劳？不是你吧！就为了个离开势力的女的，你把辛苦守着势力的兄弟骂个狗血淋头，你有意思吗？”

苏笑看了一眼，说话的叫锦瑟，好像是笑看烟云的管理之一。

“锦瑟别说了。”

“你是势力主，你厉害，大不了我们出去重新建一个势力好了。”又是一个有萝莉音的小姑娘。苏笑瞄了一眼，看名字估计是秋小小的闺蜜。

“别，我都半个月没上线了，这势力发展得这么好，我一点儿功劳都没有，所以我上线就是退位让贤的。只是在临走之前该说的还是得说，将心比心想一想，如果这事落到你自己身上你心里会怎么想，反正我可受不了兄弟和老婆一起来给我捅刀子。散了！”居安思微跳出了频道。

歪歪里，安静了片刻。

陈薇撑着下巴，看着屏幕若有所思。

苏笑对居安思微有了兴趣。她回到自己的电脑前，此时战场已经结束，微笑向暖和许艾以深并排站在战场门口，名字旁边的势力标志分外显眼。

就在此时，一连串的势力申请险些闪瞎了苏笑的眼。

系统：云淡风轻申请加入势力。

系统：居安思微申请加入势力。

系统：一缕白衣申请加入势力。

……

【势力主】乱弹琵琶：什么情况?

【势力】不念情深：……

【势力元老】花无情：欢迎。

【势力】默默无语：+1

【势力】居安思微：对不起啊，对不起。

【势力主】乱弹琵琶：如果我没记错的话，这个是笑看烟云失散多年的势力主。

【势力元老】花无情：你过来刺探我们军情的吗?！瞪眼!

【势力】居安思微：安家的，安家的。

“笑看烟云原来的老人几乎都过来了。”陈薇忽然道。

【势力】一缕白衣：微微你没事吧，老娘早看那小小家族的不顺眼了，就是怀念以前势力的气氛才忍着，现在老安来了，果断跟老安混啊，省得哪天老公就被什么小小给挖跑了。

【势力】云淡风轻：老婆，我不是那样的人。

【势力】一缕白衣：男人都一样。

【势力】居安思微：别乱说，我可是很专一的。

“呵呵……”

苏笑本来在认真地看势力里的人聊天，突然听到陈薇的笑声愣了一下，她转头望向陈薇。

陈薇撇了撇嘴，“当初结婚不是为了任务和奖励吗，我本来准备找他结婚的，你看我叫微笑向暖，他叫居安思微，名字还很搭，结果他拒绝我了，他说有喜欢的人……”陈薇顿了顿继续说道：“现实。”

“好男人啊！”苏笑感叹。

陈薇哼了一声，随意地耸了耸肩。

接下来，苏笑只来得及做完日常，就被陈薇提醒要出门了。

她们约的时间是晚上8点，现在不过才6点30。不过，苏笑依言下了游戏，她扫了一眼自己身上的衣服，然后有些犹豫地拉开衣柜门。

现在是初秋，校园里有很多穿裙子和黑丝袜的姑娘，是学校一道靓丽的风景线。

苏笑拿出自己的薄线衫和棉布裙，在身上比划了两下，结果换来陈薇的一声尖叫：“你竟然要穿裙子！”

惊讶过后，陈薇嘿嘿地笑了起来。

苏笑被她笑得头皮发麻，将裙子又放回柜子里。结果陈薇冲了过来，将裙子塞到她怀里，“别，就这么穿，你看我都穿的裙子。”

两人整整折腾了一个多小时才出门。走在路上，苏笑一直很不自在。她真没想通，出门吃个夜宵而已，她好像脑壳被门夹了一般穿成这副样子，还任由陈薇给她画了淡妆，甚至还修了眉毛。

大晚上黑灯瞎火的，打扮这么漂亮给谁看啊？她深深地忧郁了……

第18章
尴尬或者暧昧

两个人吃夜宵，可以叫约会。即便不是情侣关系，也有很大的可能因为单独相处导致荷尔蒙增加而产生各种情愫。比如说尴尬或者暧昧，当然，很多时候恋情的发展就是从尴尬开始的。

三个人吃夜宵，也可以叫约会。虽然多了一个人，但那个人一般情况下就是感情的催化剂，或许会让两个人发展更加迅猛，因为多了外人的推波助澜，毕竟当局者迷旁观者清。

十几个人吃夜宵，那就另当别论了。

苏笑和陈薇走到桥下的烧烤摊时，那边满满地围了一大群人。虽然她心中感到有一点儿诡异，但仍然没有从一大群人中准确地分辨出播音员，她倒是一眼看见了大熊。陈薇也是，只不过她很不乐意地撇了撇嘴。

“苏笑，陈薇！”大熊站起来跟她们挥手，这个情形就跟上次偶遇一样。

“我们有这么熟了吗？”陈薇侧过头轻声道，声音里充满不屑。

苏笑注意到她嘴角似笑非笑地轻轻勾起，这表情落在对方眼里，大约就是惊艳了。

大熊挥着的手变得僵硬，呼唤的声音也小了一些，最后竟然蔫蔫地坐下。倒是旁边的学弟们嬉笑着让出两个位置，其中一个还迎了上来，“两位美女学姐来啦！”

苏笑脸上一热，她觉得美女学姐这几个字跟她无关，不过此刻被人用异常真挚的眼神盯着夸奖，她还是挺开心的，看来打扮一番的效果还是挺显著的。

苏笑和陈薇径直走过去，在坐下的时候有些犯难。苏笑心里把陈薇骂了一万遍，她真是后悔穿裙子！

这里的桌子是几个四方小桌拼起来的，因为人多，塑料椅子被挪走了，

换上的板凳都是那种方形塑料小凳，很矮，穿裙子坐在小凳子上有漏风的感觉。当然这不是最主要的，她的裙子的长度在膝盖上方，坐下去的话，还得时刻担心别走光。

陈薇一手抚着后面的裙边很自然缓慢地坐了下去，坐下之后两条腿侧在一边，有点儿像跪着。苏笑觉得自己没有那功底，正万分别扭的时候，有人从旁边拖了个塑料椅子过来。

那人是播音员，他脸上没有什么表情，声音都是冷冰冰的，“坐这里。”

苏笑感激地坐下，然而椅子比小凳子高，而且占地面积宽得多，就她一个人这么坐着，显得有些格格不入。

她双手搁在膝盖上，手心里开始流汗，头也微微地低着，尴尬得不知道说什么才好。

有人说苏学姐看起来一点儿都不像大三的，陈薇立即接口道：“那我看着就像了？”

苏笑没有吱声，结果陈薇伸手过来在她脸上掐了一把，“这姑娘全身都瘦，就长了一张鹅蛋脸，配一双水汪汪的大眼睛，很具有欺骗性啊。上次我带着她去拉赞助，那部门经理就问她是不是刚进校门的，被我这老油条带着搞活动。”

陈薇的手在苏笑的脸上掐了几下，然后还挑逗地勾了一下她的下巴。苏笑扯了扯嘴角，然后面无表情地将她的手给拂开了。

“别这么无趣嘛。”陈薇笑得万分妩媚。

苏笑瞪她一眼，“别这么风尘。”

旁边的人都笑了起来，唯有大熊一个人在咕哝：“怎么能用风尘这个词呢，怎么……”

或许是开了个互损的头，后来的话题就围绕着各自的糗事展开了。

大熊说他们大一下学期的时候拍过一个广为传布的电影，讲的是学校创业设计大赛的故事，当时有个角色就是老秦演的。

苏笑有些愕然，那个电影她看过，并且电影刚开拍的时候，还曾有人问她愿不愿意演一个角色，因为觉得她气质合适。

当然，苏笑拒绝了。她对这些毫无兴趣，并且她觉得自己没有丝毫表演的天赋。

那电影的主演是顾墨，她第一次看的时候对顾墨没什么感觉。后来因为喜欢上了顾墨，她特地去校园网上下了收藏，还温习过好几遍，但是对秦同学没有什么印象。

学弟学妹们纷纷询问电影在哪里可以看到，苏笑本来想说可以传给他们，可是这样说的话，似乎有可能暴露她的心思，毕竟她收藏电影的初衷是因为顾墨，所以她就没有吭声。

结果大熊拍着胸脯说他有，然后开始讲述播音员演的角色，“就是那个暗恋辅导员的角色，戴黑框眼镜、小平头、说话结巴的那个人！”

苏笑愣了，她隐约记得有这么一个角色，本来是个不务正业天天打游戏的同学，被同样堕落找不到搭档的主角拉着去参加比赛，镜头不多，典型的配角。

“没想起来？就那个说话结巴的人，男主角去寝室找他组队，看见他在打游戏，想要拉他去参加比赛，中间还有个镜头，啪地一下丢袜子在墙上的那个人……”

大熊十分兴奋，手舞足蹈地比划着，“那个袜子啊……”

播音员很冷淡地打断了他，“那个袜子是你的，寝室也是你们的。”

苏笑想起那个凌乱得如同垃圾场一样的寝室，然后默默地看了一眼陈薇。陈薇正在吃东西，似乎没有注意这些。她又转头看大熊，他如同被霜打了的茄子一般，焉了。

“那个女辅导员是谁演的来着？”陈薇突然发问。

“吴琳！现在大四了。”

“哦。”陈薇点点头，然后眼神诡异地瞄了一眼苏笑。

一群人打打闹闹，互相损来损去，当然话题都围绕着上大三的这几个人，毕竟大一新生在一起不过几个月时间，接触都不是很深，能聊的话题不是很多。

几个小姑娘对播音员的过去似乎很感兴趣，但播音员不愿意多说。最后，就变成了大熊一个人的演讲。

通过大熊的嘴，大家知道播音员进校的时候喜欢装酷，泡网吧，堕落无比。后来不知道怎么转性了，开始去图书馆上自习，本来以为坚持不了几天，结果这家伙竟然坚持了三年，并且风雨无阻，作息时间准确得令人发指。

播音员真的当过播音员，在每天下午6点的校园广播里播音，但是不到一个月就不去了，据说是因为觉得太麻烦。不过，这期间他利用职位之便在校园广播的时候给某个姑娘送了一首歌，可惜至今不知道是送给谁的。

“莫非是吴琳？”陈薇忽然插嘴。

陈薇的搭话让大熊异常兴奋，“我们都这么觉得，哈哈哈，吴学姐都要毕业了，再不抓紧就来不及了啊！”

“真的吗？真的吗？”小姑娘们都非常兴奋，苏笑也转过头，有些认真地看着播音员的侧脸。

播音员摇摇头，轻轻地吐出两个字，“不是。”他与苏笑的视线有瞬间的交会，在短暂的接触之后坚定地移开了，低下了头。

“脸都红了，还不承认。”

“不要胡说八道。”

因为播音员低着头，所以看不到他的表情，但声音很冷，似乎动了气。

大熊与他最为熟络，微微一愣之后便转移了话题，他大约是急于在陈薇面前表现，所以说的太多，以至于说了不该说的话。

不过陈薇似乎对他没有什么感觉，苏笑清楚地看到她眉宇间的不喜欢。不喜欢他一个人喋喋不休，不喜欢他小心又忐忑地关切。

苏笑叹了口气。

夜宵结束后，一群人浩浩荡荡地回宿舍。大一新生的宿舍离北门更近一些，最后就剩下了他们四个人。

走到阳光广场的时候，他们就说拜拜了。苏笑说完拜拜后，看到大熊欲言又止的痛苦表情，她忽然觉得他很可爱，与陈薇以往的追求者不同。所以，这一次，她作了一个令自己讶异的决定。

“大熊，你送陈薇回去吧，我还要去小卖部买点东西。”苏笑说道。

她以前从来不管陈薇的事，哪怕是帮忙带礼物，也绝对不会掺和她的感情问题。但这次，大约是感觉到大熊的真心，所以她决定尽一点儿绵薄之力。

苏笑清楚地看到陈薇瞪了她一眼，她将头扭到一边，微微地耸了一下肩。

“正好，我也要去买东西。”播音员忽然插嘴道。

苏笑有瞬间的呆滞，紧接着就发现播音员轻轻地碰了一下她的手臂，他似乎触碰到了她冰凉的指尖。

“走吧。”他说。

今天小卖部促销的东西是卫生棉，不过因为现在已经很晚了，卫生棉被抢购得所剩无几了，剩下的被翻得乱七八糟，甚至紧紧地挨着旁边盛零食的玻璃罐。

苏笑用右手扯玻璃罐旁边的塑料袋，左手去拿搁在玻璃罐上的勺。当她动作进行到一半的时候，身后响起了一个声音。

“打折促销的会不会质量不好？”声音很轻，透着隐隐的关心，“而且剩下的这些包装鼓鼓的，好像不卫生。”

苏笑回头，发现播音员正皱着眉头打量着那些促销物品，似乎察觉到苏笑的目光，他微微侧过头，神情颇有些不自然。

“我很喜欢吃这里的猫耳朵。”苏笑抿嘴笑了一下，用勺子盛了一些猫耳朵放进袋子里，递给了老板娘，然后她又装了一袋。等两袋零食称完重量，她直接去收银台结账。

“你来买什么的？”

“哦！”播音员在货架面前扫了一眼，随意地抽出一袋方便面，“帮人带的。”

结完账后，两人走出了小卖部。

小卖部的后面有一条小路直接通往苏笑住的女生宿舍，她习惯性地左转进入那条小道，等走了几步她才意识到，身边还有一个人，一个男生。本来这没什么，只是现在是晚上10点，那条路上几乎没有几个行人，也没有明亮的路灯。昏黄的灯光下，两个人的影子拉得很长很长，影子交叠在一起，就好像两个人依偎在一起。

这条路并不长，苏笑却觉得仿佛走了很长的时间。周围的环境很安静，只听得到两个人的脚步声，她甚至能听到他和她的心跳声。

苏笑突然觉得很紧张，这种感觉以前出现过一次。那次，她抬头的瞬间看到讲台上顾墨的身影时，心猛地被攥紧。而此时的感觉，比那次更加强烈。苏笑轻轻张开嘴唇，深深吐出一口气，才有了片刻的放松。

苏笑觉得有必要打破这尴尬的气氛，她用手解开塑料袋，然后迅速地拿出一块猫耳朵放进嘴里，由于心情紧张，她咬得十分用力。于是寂静被打破，周围出现了一声又一声脆响。

走出这条阴暗的小路，女生宿舍已经出现在他们眼前，苏笑觉得松了口气。

两人走到宿舍楼的背后，她一抬头，看到一幅离别的画面：一男一女在墙角处拥吻，而那里是她必经之路。

苏笑没有停下来，但是旁边的播音员却停住了。

她诧异地看着他，他停下来是因为什么？莫非是不想打搅那对情侣？

可是天下最难舍难分的就是相恋的情侣，他们或许会坚持到舍管阿姨来锁门。现在是10点半，锁门的时间是11点30分。

“苏笑！”

“唔？”

这个时候，苏笑嘴里还嚼着猫耳朵，因为播音员忽然开口说话，结果她心里一紧张就被呛住了。剧烈的咳嗽声突兀地响了起来，打扰了那对正甜蜜的情侣。然后他们分开了，女生掉头匆匆地进了宿舍，而男生也依依不舍地离开了。

苏笑仍旧在咳嗽，她以前上课的时候曾经被自己的口水呛住而咳嗽了好久，这大概表示她骨子里是个很二的人。

一只手轻轻地在她的后背上拍打。她可以感觉到那双手很有力道，不急不缓地一下又一下拍着她的后背，心里的紧张感再次扩大，这导致她一直咳嗽不停。

“据说剧烈咳嗽的时候可以扯一下耳朵。”

听到这话，苏笑本来弓着的身子猛地站直，她双手捂住了自己的耳朵。因为一只手挂着一袋猫耳朵，此刻她的两只耳朵上仿佛各自悬挂了一个塑料袋，看起来十分滑稽。

播音员笑了一下。

虽然光线暗淡，但苏笑注意到他嘴角的那抹笑意，没有嘲笑反而充满了宠溺的味道。

“不咳了？”

“不咳了！”苏笑拍了拍胸口，“你刚刚叫我要说什么？”

陈薇一直说播音员可能对她有意思，苏笑虽然神经大条，但也不是超级迟钝的人，他莫非真的对自己有意？难道他现在要表白？

凉风有信，秋月无边。在昏暗的光影里，看不清对方的表情，看不见脸上的红云，这样的时机，应该是用来表白的吧。

如果他真的表白，她应该如何应对？转念之间，苏笑已经想了很多事，直到她面前的袋子里出现了一只骨节分明的手，她才回过神来。

“看你一路吃得这么开心，我也想尝一尝。”

那只手拿起一块猫耳朵，然后清脆的咀嚼声响起。

苏笑紧张的心情瞬间化作泡影，她想：如果自己是日本动漫里画的角色，她的脸上肯定飘扬出了数条黑色的线。

苏笑将一袋没吃过的猫耳朵递到了播音员的面前，“其实本来就是买给你的，尝一尝，味道不错。谢谢你请我们吃烧烤，我到了，我上去了。”

苏笑眯着眼睛笑了一下，然后走进了宿舍的大门。

她回到寝室的时候，陈薇已经在了，并且已经上了游戏。

“咦，你对游戏的热情增加了嘛！”苏笑惊奇地道，“大熊呢？”

陈薇回头翻了个白眼，“你好意思提！看在你是我姐妹儿的面上，这次不跟你计较，对了，跟秦濯钧去买东西，孤男寡女的你们擦出什么火花来没？”

苏笑还了她一个白眼，“什么火花，玩你的游戏去。”

岂料，陈薇叹了口气：“他居然没在，没意思。”

这个时候已经很晚了，上游戏也玩不了几分钟，所以苏笑回来之后并没有开电脑，而是在洗手间里洗漱，听到陈薇的叹气声，她随口问道：“你说谁？”

“没谁！”

几分钟后，陈薇出现在了洗手间。

“人生真是了无生趣啊！”她满口泡沫地沉吟。

“所以我们再次重温一遍创业设计大赛的那部电影吧！”苏笑接腔。

她看过那部电影很多遍，以前是看顾墨，这次是想看看那个她忽略了的角色。

在电影进行到第13分钟的时候，大熊说的那个角色出场，留着小平头，戴着黑框眼镜，一手握着鼠标，一手拿着面包。一只脏袜子被扔在了墙壁上，那只拿面包的手拿起那双袜子，随手扔在了地上。就是那只手，刚刚还伸进了她的零食袋子里。

“真没认出来。不过仔细看，还是能看出来。”陈薇发表评论。

“女辅导员还是很漂亮的。”

“嗯。”

“这家伙躲在门缝后面偷窥的神态很专业嘛。”

直到最后，播音员演的那个角色也没有向暗恋的女辅导员表白。他只是默默地看着她，默默地害羞，默默地红脸，默默地接受辅导员的夸奖，默默地翻看那张偷拍的照片。

“他怎么不表白？”

“废话，这个电影又不是讲暗恋的，是讲创业设计，最后拿第一名不就是完美结局了？再说，电影里这个女辅导员还有未婚夫呢。”陈薇撇撇嘴，

“还有你怎么不跟顾墨表白？”

苏笑撇撇嘴没说话。

第19章 鸳鸯织锦

新的一周，系统更新再次出了两张武器配方——【牙·诛心】和【杖·流年】，是刺客和天仙的武器。根据上周广大玩家总结的经验，武器配方的来源无非是大型副本、唯一任务，爆率极低。

最近苏笑游戏上得不多，每次上线要不是忙得昏天黑地，就是被气得七窍生烟，所以都没有机会上小号做武器。正好昨天花无情说他的武器材料准备好了，苏笑就直接登录了小号笑语凝然。

苏笑上线之后就收到了组队邀请。

<队伍领袖>花无情：徒儿，材料给你，帮我做针。

<队伍>笑语凝然：品质不高别怪我。

<队伍领袖>花无情：为师对你很放心。

<队伍>笑语凝然：九黎锻造NPC这里。

材料交易之后，苏笑有些紧张，因为跟“逍遥”的随机大神赌人品是一件很郁闷的事。她可以想象，若是针的品质不高，以花师傅没脸没皮的个性，他肯定会满地打滚，让她赔偿损失。

酝酿许久，苏笑点了“制作”按钮，进度条极为缓慢地前进，她觉得自己的心都揪了起来。

不过是数秒钟的时间，苏笑觉得仿佛过了一个世纪。最后完成的瞬间，笑语凝然的身上冒起了一道白光。

苏笑点开记录，看到一行蓝色的小字，她顿时觉得自己头顶上也冒出了一个光圈。

<队伍>笑语凝然：瞪眼！

<队伍领袖>花无情：黑了？

那一行小字是：灵光一闪，你制作出了双份的【针 · 尘埃纷乱】。

苏笑连忙打开包裹，看到了两根属性一模一样的针，品质295，属性极品。

歪歪上，花无情一个劲儿地询问到底属性怎么样，苏笑没有搭理，而是将那行小字截图发到了群里，顿时引起了一片哗然。

溪水："许许你是GM吧？"

青成雪："许许你勾搭了GM吧？"

花无情："啊……属性到底怎么样啊？"

苏笑把针的属性截图之后再次发到了群里。

花无情："我靠，徒儿你和GM有奸情吧？"

许艾以深："……"

乱弹琵琶："许许你别玩医生了，就玩小号吧，幸运之神如此眷顾你，你肯定会成长为天下第一弓箭手的。"

默默无语："挑眉。"

因为笑语凝然的运气红得发紫，乱弹琵琶决定组一个暴力团去挑战万鬼窟。

万鬼窟是目前的大型副本之一，以前的浮云阁也只推到老2，上周天涯成功推倒最后的BOSS出了武器配方，所以乱弹琵琶号召大家去碰碰运气。

前面说了，浮云阁突然新加了一群犀利的猛人，职业以刺客和弓箭手最多。所以暴力团的20个成员中，只有2个医生加血，2个战士抗怪，其余的全是攻击高防低的打手。

苏笑本来准备换医生号去给大家减轻压力，刚刚发表意见就被驳回，大家需要她去当吉祥物。所以团里实际可用人数只有19人，这样的配置，能打到万鬼窟的最终BOSS吗？

苏笑觉得相当有压力。

团组好之后，乱弹琵琶兴冲冲地去开了本。

打小怪的时候众人所向披靡，打BOSS的时候众人死去活来。

第一个BOSS倒是推倒得比较顺利，第二个BOSS则会乱仇恨。本来抗怪的天机轮着上，但是每到一定的时间，BOSS会自动消除仇恨，随机攻击在场的玩家，并且群恐和狂暴。

苏笑的小号笑语凝然根本没有下过马，在最远处呆着，默默地看众人在BOSS的怒吼下死死活活。

在某次狂暴下，死掉了一个新来的医生“无聊而已”。并且原地复活的道具CD根本没好，花无情要照顾战士的血量，根本没办法去拉医生。

苏笑并没有进入战斗，连忙在寄售上买了一个救人的【唤魂符】，结果还没走到医生的尸体旁边，BOSS正好群恐了。笑语凝然一身的任务装，被恐得只剩下一层血皮，并且进入战斗之后无法使用唤魂道具，她陷入绝境了。

这时候，主抗乱弹琵琶也牺牲了。花无情的蓝也快耗尽，眼看就要团灭了。

歪歪上，无聊而已在大喊：“坚持住，还有30秒我就可以原地复活！”

青成雪嘶吼着回答：“老娘的血条好惊险。”吼完之后，她也惨烈地倒下了。

两个抗本的战士都死了，苏笑准备跑到BOSS脚底下自杀。结果，转机发生了，弓箭手的速度很快，远程射箭，默默无语一个夜狼过去，成功地吸引了仇恨，然后拉着BOSS绕着面前的大湖转圈……他竟然放BOSS的风筝！

BOSS血量还剩40%的时候，再次清仇恨，随机攻击了另外一个弓箭手碧海青天夜夜心。于是，这个弓箭手依葫芦画瓢，再次得瑟地绕圈圈跑了起来。

BOSS清仇恨之后，除了被他瞄准的玩家外，其余的都会脱离战斗，所以大家连忙趁着这个时间回复、救人，整顿完毕之后再次投入战斗。

最后，这个BOSS被团里的5个弓箭手联合放死了。

【团队】笑语凝然：还有这样的打法。

【团队】碧海青天夜夜心：不要小看弓箭手。

【团队】青成雪：得瑟！

至于第三个BOSS，论坛上的攻略讲只要抽干他的蓝，他的大招便无法施展。正好弓箭手有个陷阱可以抽蓝，苏笑也逮着空上去放陷阱，所以打起来倒是很轻松，比打第二个BOSS要轻松多了。

万鬼窟的最后一个BOSS叫鬼见愁。歪歪上，乱弹琵琶开始介绍打法。

“打鬼见愁的时候要站在固定的坐标位置上，医生站在（257,12），打手和主抗站在（220,12）。每隔20秒散开到四角吃攻击符，全力输出。1分钟没有打完BOSS就无敌了，打不了了。”

“说这么多废话，先试试再说。”

本来打手多，输出够，但是打手太犀利，输出太猛容易抢仇恨，输出不猛又可能打不完。而且战士只有两个，医生也只有两个，一乱仇恨打手就容易死，这么一来倒是异常惊险刺激。

最后，BOSS还有1%的血的时候，无敌了。

看来只有再来一次了，苏笑心想。然而，她听到耳麦里传出整齐的惨叫——这个团里的5个刺客一起自爆了。

【团队】笑语凝然：竟然还有这样的打法。

这是苏笑今天第二次发出这样的感叹……

【团队】不念情深：一切皆有可能。

苏笑被催促着去摸怪物的尸体。她雄赳赳气昂昂地走了过去，伸手一摸。只见黑光一闪，一股黑烟冲天而起。

【当前】鬼见愁：我死也不会放过你们的……

在鬼见愁哀嚎完之后，团队包裹才微微发光，包裹里出现一个医生的极品戒指【牙·诛心】。

花无情是战场装，对这个戒指没需求。苏笑倒是很心仪这个戒指的属性，可惜她上的是弓箭手，自然戒指落到了无聊而已的手中。

【牙·诛心】的配方则分给了苏笑，刺客的武器配方也分给了她。

团队里的4个刺客都纷纷叫嚣着要武器，各种甜言蜜语朝苏笑袭来。

苏笑心里微微一动，然后私聊了不念情深。

你对不念情深说：刺客的武器哦。

不念情深：嗯！

你对不念情深说：想要吧，求我啊？

笑语凝然这号的人品真的不错，摸到武器配方不说，还是刺客用的，苏笑此时心里乐开了花。若是不念情深找她做武器，她一定要好好地欺负他。哼哼，让他磕一百个头！

不念情深说：不想。

你对不念情深说：（瞪眼）别嘴硬嘛。

不念情深说：就算是他们都拿了极品武器，也PK不过我。

苏笑瞬间无语。

不念情深说：这跟你拿了极品针，也打不过我是一个道理。

你对不念情深说：靠！

晚上陈薇回来后，苏笑立即向她炫耀。

“我摸到了新出的武器配方，刺客用的，哈哈哈，我真是天生小红手！”

陈薇站在落地镜前，将脚上的高跟鞋蹬掉，头也不回地嚷道：“哼，今天排练的时候，那几个玩游戏的在议论，说是刺客和天仙的武器，我本来想回来后和你们组个团去下本，结果你们竟然已经去了！你摸个刺客的配方得瑟个什么。”

陈薇换好拖鞋后走到苏笑的背后敲她的头，“你怎么不摸个天仙的武器配方？你还好意思跟我炫耀？刺客的武器？你又不是刺客，我也不是刺客，这么高兴干吗？你跟哪个刺客很熟？”

苏笑顿时愣住了。摸到刺客的武器一度让她心情无比愉悦。势力的刺客哪个不私聊她，就连不念情深……不对，不念情深一直很淡定。不过势力频道里很多刺客都在议论，如果做出满品质的诛心，攻击增加几百，砍人就像切豆腐，打败不念情深夺得刺客门派第一不再是梦。

只是不念情深说过一句让人很吐血的话：“不是普通的梦，是白日梦。”

此时被陈薇一通咆哮，苏笑感觉自己确实兴奋过头了。给刺客做犀利武器，以后跟他们PK岂不是更加没有胜算？刺客是医生的天敌，她的同门战场惨死在刺客的手中，而她却很开心地为敌人提供武器？

苏笑扯了扯嘴角，“呵，武器配方掉率很低，不管摸到什么都开心嘛……”说完这话，她摸了摸自己的鼻尖，有些心虚。

幸亏陈薇不再追究，而是打开了电脑。

片刻之后，苏笑看到屏幕上蹦出一条提示：你的好友微笑向暖上线了。

“你最近玩游戏很积极嘛！”苏笑随口说道。

陈薇没有回答，苏笑也没再问，而是在门派里很欢乐地叫卖【尘埃纷乱】。先前灵光一闪出了两把，因为材料是花无情出的，她本来准备把两把都给他然后要分红的，结果花无情直接给了她一把针做手工钱。于是，她开始在门派里叫卖。

【门派】许艾以深：极品【尘埃纷乱】2000金！

寄售上只有两把【尘埃纷乱】，制作者一个是凤栖梧，还有一个不认识，不过品质都很低，即便这样，也挂了1500金。所以苏笑觉得她喊2000金确实不高，她设置了一个自动喊话后，就随手申请了战场。

苏笑进入战场之后就瞄准了一个强力战士，然后打定主意一直跟着他跑。岂料并不是每一个战士都有自己的职业道德，并不是每一个战士都是冲锋陷阵为了爱与正义。每次遇到敌人，苏笑把战士的血加满，或者千辛万苦把群加血技能放出来后，战士就逃跑了，然后她就被轮了……

如此反复几次之后，苏笑叹了口气独自跑去洗旗。偏偏有一次，她跟这个战士狭路相逢，那人在战场频道喊：“医生，补状态！”

苏笑只当没看见，径直朝着另外一个旗子跑去。

【战场】残阳如血：医生不加血不上状态，干吗吃的啊！

苏笑点开战场成绩查看，看到自己的加血量已经高达30W，并且杀0死11，这等战绩，可谓惨烈至极。

【战场】残阳如血：医生！状态！

【战场】许艾以深：老子开始给你加得还少啊，逆转给你了，你就跑了，对面两个打我，你站在旁边看，给你加血还不如喂狗！

【战场】残阳如血：死人妖。

看到这样的叫骂，苏笑有些醒悟。“逍遥”的开发组为了防止战场潜规则，比如同势力的不杀之类，在进入战场之后就不会显示势力图标，这样的方式被玩家戏称为掩耳盗铃。不显示势力图标难道同势力的就不认识了？这样的结果只是让不知道的人放心地将自己的后背交给队友，然后被队友捅上一刀。如果有势力标志，或许还会掂量一下，那个和敌对是同一个势力的人到底会与自己并肩作战，还是站在旁边围观。

会骂许艾以深是人妖的一般都是天涯的人。而她只记得几个敌对的名字，估计这个残阳如血是天涯一个不出名的小虾米吧。

战场的是非曲直，明眼人还是会分清的。在旗子底下，苏笑给站在一起的队友上了状态，还有人很认真地向她道谢，这也算这场战场里唯一的安慰了吧。

战场完毕之后传送出来，苏笑看到残阳如血的势力果然是天涯，当下对天涯的憎恨值噌噌地上升，至于天涯的势力主，她好像也开始抵触加厌恶了。

一丘之貉！苏笑皱着眉想。

一场打完，就到了可以组队申请战场的时间。陈薇是天仙，跟医生配合起来比较厉害，而且她们在一个寝室，沟通方便，所以苏笑第一个想到的就是陈薇。

她点开好友列表申请陈薇组队，可发现陈薇已经有队了，再点申请入队，对方的队伍竟然已经满了。

【势力元老】许艾以生：组队战场，求组队战场！

【势力】花无情：正在战场里。

【势力主】乱弹琵琶：刚刚开，等我们出来。

【势力】默默无语：同上。

【势力】溪水：+10086。

【势力】青成雪：副本中……

【势力】居安思微：哈哈哈哈，你们在我们对面。

系统：不念情深邀请你加入队伍，同意OR拒绝？

看到这条消息，苏笑下意识地点了拒绝。

只是拒绝之后，苏笑心里又有些不忍，她想：若是他再申请，她就同意好了。结果事与愿违，对方竟然没了声息，苏笑叹了口气，点了申请战场。

进去之后，她在路上跑了没几步，被睡了。

在旗子底下，正在洗旗，读条读了一半，被睡了。

看着队友被围攻，想要冲上去加血，还没跑，被睡了。

【势力元老】许艾以深：不念情深，你怎么不去死啊！

噗的一声，苏笑和一个站在旗子底下的天仙一起死回了猪圈。

系统：不念情深的自爆对你造成了27000的伤害，你死了。

【势力】不念情深：死了。

“我无法用语言来表达此时的心情。”苏笑一手顺着心口，一边咬牙切齿地说。

陈薇戴着耳麦，嘴角含笑，并没有听到苏笑说的话，就连苏笑走到她背后都没有发觉。

苏笑的脑袋凑近屏幕。

陈薇也在战场，不过他们的战斗力极强，几乎全面性地压制住了敌方，队伍频道里几个人在聊天。

<队伍领袖>居安思微：人头又被你抢了。

<队伍>微笑向暖：你让的吧……

<队伍>青天白日满地红：留点儿肉啊，我要吃肉。

<队伍>无聊而已：势力主，杀乱弹琵琶，快上。

【势力主】乱弹琵琶：手下留情啊，你们这群蝗虫！老子们这边的队友都不出来了，就我们一小队人了。

苏笑默默地走回她的电脑前。

游戏人物因为5分钟没有移动，已经被系统取消了战场资格。战场门口人山人海，却愈发显得许艾以深形只影单。就在这时，她收到了陌生人的私聊。

花落无情对你说：【尘埃纷乱】1800金，卖不卖？

你对花落无情说：品质那么差的都挂1500金呢，那把尘埃纷乱很极品的。

花落无情对你说：制作者的幸运很逆天啊，做的都是极品针，那针的成本1000金能拿下来，1800金也不算亏的。

苏笑想了想，觉得1800金也可以接受，就同意了。

【势力元老】许艾以深：针卖了1800金，哈哈哈哈。

势力众人纷纷庆贺，然而这份喜悦并没有维持太久，大家就被分散了注意力。

系统：心若磐石，亘古不移！恭喜玩家深蓝色的海发现鹊桥仙隐藏地图——鸳鸯织锦，获得【秘境之匙】。

系统：游戏将于半个小时之后进行升级维护，维护时间为10分钟，对玩家造成的不便请谅解。

全服公告：蓬莱仙境玩家再次触发甲等隐藏任务，该服全体玩家此次更新之后将获得奖励。不一样的网络游戏，逍遥，一切皆在探索，一切皆有可能。期待玩家揭开逍遥的神秘面纱，玩出一个不一样的天下！

全服沸腾了。

论坛上，苏笑所在的服务器出名了。不到两分钟，天涯的势力主蓝调就发了一个帖子，里面的内容正是深蓝色的海刚刚得到的【秘境之匙】的截图。

【秘境之匙】开启隐藏地图鸳鸯织锦的钥匙，每天可以使用一次。（已绑定不能交易）

蓝调：天涯势力会尽快探明鸳鸯织锦里的内容，天涯期待您的加入。

乱弹琵琶把蓝调的帖子发到了歪歪群里。歪歪上，一群人议论纷纷。

“难道只有一把钥匙吗？我们以后想进去得经过他们的同意？像城战那样给资格才能进？那岂不是太坑爹了？”

“那样的话，老子们一辈子都别想进去了。”

“我去加天涯就能进去了。”一个声音猥琐地笑道。

“你会像许许那样被踢出来的！”

……

讨论来讨论去，大家得出的结论就是形势很严峻，对浮云阁异常不利。秘境之匙不晓得会吸引多少人加入天涯，浮云阁肯定会被虐得很惨。前几天加了一群弓箭手和刺客本来让乱弹琵琶得瑟了好一阵，现在他又深深地忧伤了。

“我希望那个鸳鸯织锦里面什么都没有，最多是个情侣幽会的场所。”乱弹琵琶幽怨地说。

“最好每天还要强制扣维护费。”青成雪跟着补充，“把天涯搞破产！”

有史以来，两个最不对盘的冤家难得达成了一致。

“吃不到葡萄就说葡萄酸。”

“滚！”

10分钟之后，游戏维护结束。一上线，苏笑就看到天涯势力的所有元老都在发天下传音，语气嚣张。用陈薇的话来说，就是土豪脸上敷狗屎当贴金的暴发户！

“我突然有一种想要跟天涯的人进行真人PK的冲动。”陈薇将鼠标一摔，“看看这些天下，真讨厌。”

“我也有同感！”苏笑点头附和。

“敌在明，我在暗！”

“你想做什么？”

“扰乱军心！”

“你不要做傻事啊，亲……”苏笑劝道。

“你想太多了！”陈薇翻了个白眼，“很多妹子喜欢顾墨，对吧？”

苏笑点头。

“但篮球队的那些家伙们喜欢的很多姑娘也喜欢顾墨啊。”陈薇补充。

“例如？”

“上次你不是问凤栖梧喜欢哪个人吗？我瞧出点儿门道，你猜是谁？”陈薇眼睛一眨不眨地盯着苏笑，那眼神让她头皮发麻。

苏笑下意识地咽了口唾沫，“不会是……”

“宁蓝！”

还好她刚刚没说完，不然脸丢大了。糟了，她是不是脑子有毛病，昨天怀疑播音员会对她表白，现在又……明明不是春天啊！

“冬天都快要来了，春天还会远吗？”

见死不救

凤栖梧喜欢宁蓝，来源于陈薇的第六感，准确度不高，毕竟谁都知道宁蓝喜欢顾墨。即便凤栖梧真的喜欢宁蓝，他大概也不曾说出口。

那段青春岁月里，有多少不为人知的暗恋悄悄潜伏，永远也没有见到天日的那一天。或许在许多年之后的同学聚会上，会有眉眼沧桑发丝如雪的老人笑着说：“几十年前，我曾喜欢过你，在你还是如花的年纪时。”

陈薇并没有拿出准确的作战方案，所以苏笑觉得她也是一时兴起。殊不知，第二天在游戏里就发生了大事。

中午在食堂吃饭的时候偶遇顾墨，顾墨请苏笑帮忙做两把针，因为是真人面对面，所以苏笑没好意思拒绝，只是心里想着小号少上线玩消失就行了。帮现实中认识的人做武器，肯定收不了手工费，而且她怎么可能为敌人增加战斗力。所以这事，苏笑转头就忘了。

晚上玩游戏时，又发生了儿女情长的天下大战。经过众人的分析与情报搜集，整理出了事件的来龙去脉。

通过秘境之匙，天涯开启了隐藏地图鸳鸯织锦。因为鸳鸯织锦地图的限

制人数是40个人，所以进入的人是天涯势力主蓝调仔细挑选的。他邀请了碧海弄潮声联盟的几个势力主，所以此次进入鸳鸯织锦地图的都是些装备很牛的玩家，除了深蓝色的海，因为她是地图钥匙的持有者。

地图进入之后是随机传送的，也就是说，本来组好的队伍被传得七零八落。很不凑巧的是，深蓝色的海和惜音以及惜音的亲友随机组合到了一起。然后，深蓝色的海死了。

据说当时只有一个怪，惜音他们站在旁边看，并没有帮忙打怪和加血。深蓝色的海一直是79级，也没有弄过装备，即便是一个怪，她也扛不住，死掉完全是意料之中。不过意料之外的是，鸳鸯织锦大家都是第一次进去，没承想钥匙的持有者死掉之后，所有进去的玩家都被传送了出去。如此一来，事情算是闹大了。

惜音说，因为刚刚被传送过去，读图的时间很长，出来之后只顾着看周围环境了，而且因为当时是组好队的，她习惯按F11屏蔽队友以外的玩家，根本就没有注意到深蓝色的海在被怪攻击，等他们发现那红怪似乎在打人的时候，才点开屏蔽，然而她的加血技能还没完，深蓝色的海就死了。

这话意思就是，深蓝色的海太脆，被怪一拍就死，根本来不及施救。

一个说见死不救，一个说来不及救，至于真相到底是什么？苏笑摸着下巴想了想，然后觉得，这跟她一毛钱关系都没有，瞎操什么心啊。

不过这只是开头，后续发展更加精彩。

惜音是蓝调明媒正娶的老婆，而深蓝色的海曾发天下对蓝调表白。所以，和苏笑没有关系的真相，她们却非要争个明白。自然，所有人的看法对她们来说都不重要，重要的只是蓝调的看法。

【天下】惜音：谁说师娘就会跟徒弟过不去？谁不知道这个徒弟的心思？你说你喜欢他是你的事，那你干吗有事没事就召请一下师傅？

【天下】惜音：你时刻觊觎着我男人，难不成我还要烧香把你给供着，本来就是你自己脆，我技能唱一半你就死掉了，说什么我看着你死，你直接跟我说不就行了，还去密语我老公说，说到一半还打电话，什么人啊！

【天下】惜音：别以为自己拿了个破钥匙就了不起了！

【天下】惜音：密语我做什么，别以为你们在现实中认识就了不起了！你是他女朋友吗？你在游戏里是他老婆吗？

“我觉得惜音说话很切中要害，你看，句句伤人啊！”陈薇指着电脑屏幕评论，“这么美好的时光，竟然被八卦和狗血给包围了，真是无聊。”

【天下】蓝调：别闹了。

“你说蓝调会不会跟惜音离婚？”陈薇再次发问。

苏笑想了想，“惜音带着一个家族的人，有二十来个吧，离婚了肯定会离开天涯，不过有钥匙的话，天涯能够吸引不少玩家，所以很难说。”

“哟，认识顾墨这人了啊？”陈薇笑着调侃，“很难取舍啊，新人肯定没有惜音的人有凝聚力，再说要是隐藏地图里没好东西没好处，那些人过不了几天就跑了，到时候就亏太多了！他得赌一把！”

“游戏嘛，喜欢谁就选谁，想那么多干吗？”苏笑随口一说，然后进了战场继续被虐。

过了半小时，歪歪上，众人嚷嚷着出现了新的攻略。

乱弹琵琶甩了一个链接出来。苏笑点开看，发现是关于鸳鸯织锦的分析与猜测。

因为鸳鸯织锦的隐藏地图不再是秘密，其他服务器也有人通过各种途径获得了【秘境之匙】，甚至有的服务器玩家进去的时间比天涯还早，待的时间比天涯还长。所以，他们发现了很多问题：

1.鸳鸯织锦的随机传送，将玩家的团队配合打散。

2.【秘境之匙】持有者死亡，地图将会关闭。

3.鸳鸯织锦里的怪物等级也是随机的，有的队伍碰到的只是很低级的怪，而有的队伍会遇到80级以上的精英怪。

4.一个80级精英怪要一个小队的人才能磨死，目前一个怪物尸体最多摸出过50金，还未发现其他稀有物品掉落。如果只是掉钱的话，成本太大。

5.有BOSS。

6.有个叫祈愿的BOSS旁边有一棵连理枝，那里有个任务，某服的一个刺客点开看了一下，发现那个任务是将【秘境之匙】变成可交易物品，也就是更换持有者。

看完这个帖子，陈薇又抛出了一个问题："天涯是准备让宁蓝把等级升上去装备弄起来呢，还是去完成钥匙更换持有者任务呢？"

苏笑觉得自己脸上汗津津的，陈薇不要这么血淋淋地剖析别人的内心了吧。

"不知道。"苏笑摇了摇头没再吭声，她其实并不想看轻从前暗恋的对象，毕竟真的喜欢过一段时间呢。

"哎呀，有句话不是说，这年头，谁没爱过一个渣男呢！"

"他都还没做什么，不要这样说啦。"

"那我们赌一车黄瓜！"陈薇站了起来，"赌他是带宁蓝升级弄装备还是让宁蓝把秘境之匙转出来！"

苏笑扯了一下嘴角，皮笑肉不笑地道："你要一车黄瓜做什么？"她斜睨了陈薇一眼，"需求量这么大？一些拿来吃，一些拿来用，是吧？"

"你这个色情狂！"

当事人到底怎么想，苏笑不得而知。而她现在唯一确定的是，战场上，不念情深又在她对面。

【势力元老】许艾以深：别睡我。

【势力】不念情深：嗯。

【势力主】乱弹琵琶：老子看到了什么！

【势力】默默无语：……看我的名字。

【势力】溪水：你看到了奸情。

【势力元老】花无情：许许，难道你这个野百合也有了春天？

苏笑气得脸都绿了。她的本意是让不念情深在战场里要杀就杀，别把她睡个不停，不知道是谁设计的这个鬼技能，谁最开始说睡人的？

可恨的是，乱弹琵琶竟然将这两句话截图发到了群里，然后众人纷纷保存做了表情。

许艾以深：别发了行不行？

乱弹琵琶：你求我啊？

许艾以深：求你。

乱弹琵琶：你求我，我也要发。

许艾以深：靠！

“发个表情有什么嘛！”陈薇发话，苏笑也觉得自己小题大做了，所以她在群里打字。

许艾以深：随便！爱发不发！

青成雪：许许破罐子破摔了。

溪水：你们什么时候勾搭在一起的啊？什么时候结婚啊？求红包啊！

看到这个消息，苏笑很是愤怒，她怎么可能跟那个杀人狂结婚啊！她怎么可能跟那个杀人狂勾搭啊！还老子清白啊！

微笑向暖：其实他们是订婚关系。

苏笑转头瞪了陈薇一眼，陈薇不以为然地耸了耸肩。

歪歪群里，不念情深说了句话。

不念情深：因为宠物的关系，系统直接绑定订婚的。

他这么急于撇清关系是什么意思？虽然这是事情的真相，不过也该她先说啊，而且是用不屑的语气高贵冷艳地说啊……

苏笑深深地绝望了。

战场里，苏笑最讨厌的就是刺客，特别是不念情深。不过和刺客在一队的时候，她又觉得己方的刺客真的太可爱了。现在，她和不念情深以及势力的另外两个刺客组成了一队。

刺客的本职工作是隐身去偷旗和杀人，大概是多了她这个娇滴滴的医生，他们竟然都隐身跟在她身后，这让苏笑生出无限勇气。三个刺客苦着脸绕着她的身子转圈圈，将她保护得密不透风。那些不长眼想要来啃许艾以深这块肉的人，通通被隐身的刺客杀回了猪圈。

结果，苏笑干脆伪装成无公害绿色蠕动肉块专门朝两三个红名的面前跑，跑到一半还要停下，佯装逃跑诱敌来追，紧接着刺客们伺机而动，声望到手。

苏笑觉得她跟刺客们配合得很默契，心中很有满足感。

<队伍>隐遁：放长线钓大鱼，许许你太有做诱饵的自觉性了。

<队伍>寂灭杀：老大说得对，隐身跟在你身边，人头比单独行动还多。

<队伍领袖>不念情深：下战场的都是老油条，知道她好杀，肯定会追着她杀。

<队伍>许艾以深：……

看到这话，苏笑先前心头那股被保护的暖意瞬间全无。

<队伍>许艾以深：我讨厌刺客，下流猥琐背后阴人，腰椎间盘突出。

<队伍>寂灭杀：你说的是刺客的共性，可我们都有可爱的个性。

<队伍>许艾以深：（呕）

<队伍>隐遁：我隐身在你旁边，默默地守护你。

<队伍>寂灭杀：为了你能活着，我不惜自爆与敌人同归于尽。

<队伍>隐遁：你知道那句最流行的话吗，就是形容我们的。

<队伍>许艾以深：哪句？

<队伍领袖>不念情深：默然相守，寂静欢喜。

<队伍>许艾以深：……

虽然受了诸多邪气侵人，不过连赢数场之后，苏笑的内心还是比较欢快的，直到一个电话将她从游戏世界里剥离出来。

那是一个陌生号码，锲而不舍地响了很久。

苏笑战场被围，一直忙着加血，开着群加血技能抵抗数秒，终于将敌对红名全部解决之后才腾出手来接电话。

玩得正酣，被陡然打断，苏笑自然是十分不快，她凶巴巴地说：“喂！谁啊？”

对方显然愣了一下，然后语气有些犹豫，不过声音听起来很熟悉悦耳，“你好，请问是苏笑吗？”

“嗯嗯！”苏笑不耐地点点头，肩膀将手机抵在脸侧，双手又搁在键盘上继续战斗。这场战场打得太激烈了，双方都不要命地扎堆杀人，作为医生，她责任重大，不能分心。

“我是顾墨。”

苏笑的肩膀一抖，然后"啪"的一声手机掉地上了。

竟然是顾墨？他怎么知道她的电话号码的？

苏笑慌忙将手机捡起，脑袋还有点儿发懵。对方的声音未断："喂，喂，怎么了？"

"没，没事。"苏笑瞥了一眼游戏屏幕，此时尚且安全，她收敛心神开始跟顾墨通话，"嗯，你找我有什么事吗？"

"你现在能上游戏吗？我把材料给你，麻烦你帮我做两把针。"

"我不保证能做出极品啊，你知道那个是看运气的。"

"每个号的生活技能都有隐藏幸运属性，看得出来，你的号隐藏幸运很高，差不到哪里去。"说到这里，顾墨轻轻地笑了一下，"你知道吗，肖慈做了两把，品质都只有230，攻击也低，还没隐藏属性，跟副本针差不多了，势力里的医生都嫌弃呢。"

他大约是想讲笑话来活跃气氛，可是苏笑觉得一点儿也不好笑。肖慈就是凤栖梧，就属他骂人最厉害，此时听到他的消息，只会让人心烦。

"呵呵。"苏笑皮笑肉不笑地哼了两声。

"那你现在方便上游戏吗，我材料都准备好了。"

话题又绕回来了。苏笑本想说她现在在图书馆，晚上再说，毕竟笔记本双开很有压力。特别是许艾以深正在下战场，本来就很卡，要是再登录小号，肯定会卡得动弹不得。

结果她还未开口，就听对面继续说："你在玩游戏了？没看到上线啊。"

陈薇开着音响，游戏里的声音轰隆隆的，背景音乐也响亮，想来顾墨已经听到了。

"是陈薇在玩。"

"陈薇以前一直不怎么喜欢玩啊，她那个号最近才练起来吧，想带她去刷装备都找不到人，咦，她的号没在线啊？"

"她刚重新建了个号，说是医生不好玩，打不死怪。"苏笑随口胡诌。

陈薇一直是小号挂在天涯势力给她做卧底，以前很少上线，前几天跟着她的弓箭手一起升了几级，现在又搁着没怎么玩了。

“哦，她叫什么？我们好带她升级。”

“不知道，我没注意。”

“我在九黎城的锻造NPC这里等你好吗？”

苏笑此时不知说什么好。

如果有一个人，你喜欢了很久，即便现在那感情淡了，大约也是不忍心拒绝吧。其实这也不是一定不能做的恶事，苏笑这么想着，也就答应了。

挂了电话之后，她火速回到了游戏里。战场还未结束，她竟然还站在旗子底下，并没有死掉。

<队伍>隐遁：我就说女人麻烦，上个WC都比咱们久。

苏笑汗了一下，她有说自己去WC吗？往上翻了翻聊天记录，不禁无语。

因为她一直没动，队伍里大家喊了数声之后纷纷揣测她去了哪里，最后得出结论，应该是去了WC。又由于时间过长，大家又觉得莫非是大姨妈来了。总之两个纯爷们儿各种猜测，很有妇女之友的架势。然后，苏笑看到不念情深很淡定地咨询他们，女生来大姨妈了要如何注意身体的事情。

苏笑觉得自己的脸上飘起了数根黑线。她挪了一下鼠标，紧接着就看到隐遁大呼：“姑奶奶你可算回来了。”

<队伍>许艾以深：？

<队伍>隐遁：刚刚废了九牛二虎之力才保你不死啊。

<队伍>许艾以深：啊，谢谢。

战场里面敌对跑来跑去，一直站在旗子底下未死，想来他们的功劳颇大。

<队伍>隐遁：怎么谢，以身相许怎么样？

<队伍>寂灭杀：许也是许给我啊，为了保护她，我刚刚死了好多次。

<队伍>隐遁：你死得多证明你菜。再说了，我杀得最多。

听到这样的争论，苏笑哭笑不得，她点开了战场战绩看。因为是顺风局，排在前面的都是己方的队友，而不念情深高高在上，杀26死1，隐遁杀17

死3，寂灭杀杀10死5。

这么说，该许给不念情深吧，苏笑想。只不过这个念头刚刚闪过，她就猛地拍了一下脑门，“靠，脑壳被门夹了啊！”

就在这时，战场结束，苏笑果断地点了游戏屏幕上的叉。她深深地吸了口气，然后才重新双击游戏图标，登录小号笑语凝然。

游戏加载是一个很漫长的过程。正在等待的时间，陈薇突然开口：“你把针卖给天涯的了？”

苏笑颇有些心虚，她不是卖，是免费帮人家做。要是被势力的人知道了，他们肯定指着她鼻尖骂她傻，胳膊肘往外拐。

“顾墨让我帮忙做两把，都是同学，找不到理由拒绝啊。”苏笑叹了口气，“除非我告诉他们，我是许艾以深，估计他们得当场揍我。”

“不是，是你用花无情的材料灵光一闪做出来双份的针。你过来看！”陈薇招了招手，苏笑立马奔了过去。

陈薇把天下传音频道给拉了出来。

【天下】惜音：【尘埃纷乱】谢谢老公送我的针。

陈薇将鼠标移动到【尘埃纷乱】上，上面的制作者，赫然写着笑语凝然，而在签名的位置，则有一行绿色小字——执子之手，此生相牵。

苏笑记得，当时买针的是门派的一个小医生，叫花落无情，难不成那是顾墨的小号？那他还要定做两把针干什么？

……

第21章 原来是你

“我不知道啊，当时买的针是个小号。早知道是他们买，我就咬着2000

金不松口了。”苏笑撇了撇嘴，回到了电脑面前。游戏已经登录完毕，势力频道里花无情他们纷纷询问针卖了多少金，要求分红。可惜钱在许艾以深那个医生号上。

【势力】笑语凝然：卖的1800金，等会儿分。

本来就是意外之财，给大家伙儿意思一下也没什么大不了的。

【势力元老】花无情：卖给天涯的人应该更贵啊，死死的敲竹杠啊，许许你太善良了。

【势力】笑语凝然：我怎么知道啊，又不是天涯的大号买的。

在这个问题上，苏笑没有作过多的纠结，她跑到了九黎城的锻造NPC处，蓝调已经等在了那里。

她在蓝调面前转了转，没反应。她点蓝调交易，仍旧没反应。

苏笑万般寂寥地等在那里，见蓝调很久没反应，她最小化游戏界面，顺手打开学校的论坛，她一般只看游戏版和水坛，在“逍遥”的版块则看任务攻略和隐藏任务的分享。

看了几分钟，陈薇开始嚷嚷了：“2011年跨年狗血天下大戏喂亲，当现实遭遇游戏，当师娘遭遇徒弟，爱恨纠缠，谁对谁错？”

“犯什么病呢？”

“你看天下传音频道。”

苏笑的八卦之魂熊熊燃烧，连忙将游戏最大化，天下传音一个接一个跑了出来，她将先前的调出来看了一遍，又结合从陈薇上小号和歪歪里得到的第一手资料，这才理清了事情的来龙去脉。

顾墨似乎也和宁蓝说过要送她一把【尘埃纷乱】，而且应该就是先前惜音发天下的那把。因为当初许艾以深是在医生门派叫卖的，所以她们对那把针的属性十分清楚，而且很心仪。

深蓝色的海和蓝调在歪歪上挂了一个带锁的频道，当时惜音没上歪歪。后来惜音上了，而惜音又是频道管理员，密码房间对她来说是不存在的。惜音好奇地跳到了那个频道，然后听到了深蓝色的海对蓝调的质问：“你不是说那把针买来送给我的吗？”

看到这些话，惜音闹了。

只不过后来势力舆论的风向不知为何会偏向深蓝色的海那边。譬如说，深蓝色的海的默默等待多么痴心，她又没做什么，惜音就不要闹了。深蓝色的海不过是想要一把针，蓝调作为师傅，送一把针没什么大不了的啊。深蓝色的海现在还是势力的功臣，蓝调作为势力主，奖励一把针给她也是应该的。而且喜欢一个人是不可控制的，何必在大家面前大肆宣扬自己的幸福，作为势力主夫人，要有一颗宽容的心，否则只会把老公逼走。

诸如此类的言论，让惜音发了飙。

【天下】惜音：你们是现实认识的，所以都帮她说话！我为什么要发天下秀幸福，还不是想让那些时刻惦记着我相公的人知难而退，我看着我老公有错吗？

【天下】惜音：难道她一个徒弟时刻想挖我的墙角我还要把她供着？知道她喜欢我男人，我还要宽容大度，免得自己秀恩爱把她的玻璃心给伤了？

【天下】惜音：她每天等在鹊桥仙，就是痴心，痴心感动上天，才发现了隐藏地图。那我呢，每天帮势力下各种本，每天调解势力里的关系，每天跟着他野外收割，累得跟狗似的，那我算什么？

【天下】惜音：蓝调，你不把这些乱七八糟的关系扯清楚，我跟你没完了！

【天下】惜音：蓝调，你给个话啊，别装死！

【天下】惜音：蓝调，你就是一坨屎。

“噗……”看到这里，苏笑乐了。

“其实惜音说得好像也没错，明知道那谁对自己老公有私心，谁能宽容起来。又不是圣母，再说了，这还是游戏，肯定要自己心里舒坦才行啊。”

“惜音这妹子不错，你看，蓝调是一坨屎，这句话多带劲儿啊。讽刺了蓝调，还夸了自己。”陈薇点头道，“鲜花插狗屎嘛。”

苏笑滚动鼠标滑轮，想要看看有没有漏掉的天下，确定其他当事人都没有出现，她才不舍地关掉了天下频道，将普通聊天频道打开。

不过等她回过味儿的时候，又发现自己的私聊频道也是密密麻麻一片，

而且都来自蓝调。

蓝调对你说："来了啊。"

蓝调对你说："看笑话了，呵呵，你在吗？"

蓝调对你说："在没？"

蓝调对你说："哎，游戏里还是不要结婚的好。（笑脸）"

蓝调对你说："再不出现我要打电话了。（小恶魔举叉大笑）"

苏笑看着桌上的手机，顿时头皮一阵发麻。

你对蓝调说："来了，刚出去了下，材料给我。"

回复之后，蓝调还是没反应。苏笑看了一下先前的私聊时间，是几分钟之前，顾墨又跑哪里去了？

这次等待时间很长，苏笑又翻看了几个游戏攻略，还在学校的论坛上跟了几个水帖。她再次刷新论坛的时候，一个加长帖子蹦了出来——【直播】学校北门外银杏苑男生宿舍发生板儿砖暴力事件，有图有真相。

苏笑好奇地点开。因为是晚上，照片并不清晰，依稀可见两个扭打在一起的人影。她得出一个结论，劝架的比打架的人多。

翻帖子期间，陈薇接了个电话。苏笑只听到她咋呼地叫："什么？哎呀，关我什么事，就这样了。"

等陈薇接完电话，正好与苏笑的视线相会。

"顾墨跟肖慈打架了，你要不要去看？"陈薇道。

苏笑指了指电脑屏幕，"我在看现场直播，帖子已经更新到有妹子哭哭啼啼地出现了。"

"他们这个周末还有全市大学生篮球比赛，打残了就悲剧了。这学期结束，我就退拉拉队了，哎哟，这些破事才懒得理。"

陈薇把板凳拖过去坐到了苏笑的旁边，和她一起看那些现场照片。

"这楼主手机真破，照片一点儿都不清晰。"

"你说他们会记过吗？"

"小打小闹呢，我问了，没板儿砖没啤酒瓶。别闹大了，应该不会。"

"论坛上都吵得沸沸扬扬了。"苏笑说完再次刷新，结果赫然发现错误提示“你所查找的帖子并不存在”。

被删帖了！水坛都没有言论自由了？

发帖的楼主也受了伤害，又开了一个水楼：“没天理了没天理了，为什么删帖？”

苏笑连忙蹦进去，果断跟帖。SX2012：“就是就是！哪个版主删的，太无耻了！”

再刷新，她的楼下已经有人出现了，并且还是个版主。

ICE：“……”

苏笑气势汹汹，ICE不就是播音员吗，删帖者既然是认识的更加不能饶恕。

SX2012：“楼上的家伙，干吗删帖？！”

ICE：“……不是我，我是游戏版主，这里是水坛，我没权限。”

苏笑：“……”

好吧，她一时激动，手抖了。

顾墨和肖慈的战斗并没有持续太长时间。楼主告知打架已经结束，参战双方被各自拉回寝室，下文没有了……

“虽然打架不严重，不过影响团队和谐，肖慈也是篮球队的主力，这次比赛有影响没？”苏笑托着腮帮问。

“青春期男人打架有利于身心健康，促进团队和谐。不过如果起因是女人的话，很难说！”陈薇沉吟了一下道，“你管那么多干吗？要不要我打电话帮你问问顾墨伤得怎么样？现在怎么不关心了？”

“唉……”苏笑长长地叹了口气。

就在这时，她刷新了一下论坛的页面，结果听到站内短信提示音欢快地响了起来。

“难道又被斑竹删帖了？”这是苏笑的第一反应，等她点开站内信，然后眼睛一瞪，果然是红大衣！

系统提示：你收到了来自斑竹ICE的操作。

学校论坛的斑竹名字都是红色的，全论坛管理员名字则为金色。苏笑对这类信件从来不会点开看，这次因为想搞清楚播音员到底删了她什么帖子，毅然点了进去。

没承想，这是一封私信。

ICE：“你刚刚毁了我清白。”

苏笑托着腮的手一抖，下巴差点磕到了桌上。

你回复ICE：“……”

几秒钟不到，对方就回了信息。

ICE：“要还。”

你回复ICE：“怎么还？”

ICE：“（笑脸）要不请我喝杯奶茶？”

ICE：“对了，还有猫耳朵。”

苏笑摸了摸鼻尖，总觉得有点儿怪。

你回复ICE：“你知道我是谁？”

ICE：“我看得到IP啊，苏笑。”

你回复ICE：“斑竹了不起啊，要自由，还要人权。”

ICE：“要奶茶，还要猫耳朵。”

苏笑无语。“好吧，你赢了。”她默默地想。

你回复ICE：“那店门口等。”

学校里有家奶茶店，门脸极小，目测不足一米，勉强能摆下一个柜子。卖奶茶的是个漂亮姑娘，在学校论坛上拥有异常高的人气，于是奶茶店的生意也很红火，男生们一般相约出去，特别是论坛水民，都是一句话：“走啊，去喝杯奶茶。”

对于播音员的奶茶爱好，苏笑暗暗地撇了一下嘴。

最近温度降得很快，晚上更是凉风瑟瑟。苏笑内穿长袖T恤，外面套了件粗毛线外套，宽松样式，她人算得上苗条，用陈薇的话来说就是一根竹竿上套了个麻袋。她走到门口忽然瞥了一眼落地镜，停住了，眉头紧锁纠结了一阵，然后跺了一下脚，回到衣柜前选了一件白色针织衫。至于脚上的板鞋，她犹豫了一阵，终于打消了换成高跟鞋的念头。

“这么晚出门还换衣服？见谁去？”陈薇眼尖，游戏也不打了凑到苏笑面前，“去探望顾墨伤势？还是另外约了人？”

“论坛水友，让我请他一杯奶茶。”

“男的女的？”

“论坛上的马甲，我怎么知道男的女的。”苏笑扯了个谎，她有些心虚，“你不知道我在学校论坛上多有威望，穿那件衣服太损形象了，不论面对谁，我都要高贵冷艳啊！”说完，苏笑冲出了寝室。

刚刚折腾了许久，不知道播音员是不是等急了，不过转念一想，在奶茶小妹那里多等等，男生们应该没什么不乐意的吧。

没想到刚走到楼下，苏笑就发现播音员站在宿舍楼前，见她下来还扬了扬手。

在宿舍楼下等，这太引人遐想了！

宿舍楼到奶茶店还有一段较长的距离，而卖猫耳朵的小卖部在学校的另外一头，苏笑算了算如果两样都要买的话，估计来回得走上30分钟，这真是够麻烦的。

“哎，小卖部也有奶茶卖哟，要不去那儿买？”

播音员走得微微靠前些，听到苏笑的话后身形一顿，微微侧身回头，目光专注。

苏笑心头一抖。

他缓缓摇头，昏黄的路灯下，一双眼睛反倒显得格外明亮，并且说话的语气严肃得让苏笑觉得她犯了什么严重错误。

“不要。”

苏笑一愣。

“要有诚意！”

苏笑哭笑不得。

播音员说完之后又转过身去，步子迈得不快但没走几步就领先了苏笑一大截。

苏笑只得快走几步跟上，心想：这家伙难道是玩弓箭手的，跑这么快！

她差点喊出来："医生腿短，你等等行不行啊，死了我不负责。"

玩游戏玩得太入迷了，苏笑摇了摇头。播音员此时放缓了步子，于是他们并排走到了一起。苏笑似乎听到播音员嘟囔着解释，"小卖部的奶茶不好喝。"

"小卖部的大叔也没奶茶店的妹子好看。"苏笑接腔道。

"嗯！"播音员轻轻地应了一声，然后身子一顿，步伐显得十分诡异。

苏笑语重心长地提醒他，"虽然你是游戏版主，电脑高手，外表也是身强体壮的，但是我看你脚步虚浮，肯定是很少锻炼，长期对着电脑对身体也不好，别只顾着打游戏把身体搞垮了。"

见播音员一副受教的样子，苏笑突然起了说教的兴致，变得喋喋不休起来，"要经常锻炼，打打篮球啊，跑跑步啊，健康的体魄是人之根本……"

播音员忽然就停住了，"你很喜欢篮球？"

苏笑微微一愣，"还好，挺喜欢的。"

播音员不再吭声，没过几分钟，两人就到了奶茶店门口。奶茶店门口还站了好几个人，并且还有熟人——顾墨和宁蓝。

他们刚刚买了奶茶离开，苏笑只看到两人的背影。因为曾经关注了顾墨很久，她还是一眼就认出了他。

苏笑有些好奇顾墨打架的结果，不由得多看了两眼，谁知面前忽然伸出一只手，那手上还拿着一杯奶茶。

"哎，不是说我请客的吗？"苏笑接过奶茶捧在手里，但看到播音员面无表情的样子，剩下的话都噎回了肚子里。

难不成他也喜欢宁蓝？苏笑咬着吸管闷闷地想，不过话说回来，顾墨和宁蓝看起来还是很般配的，男俊女俏，身高也合适。她忍不住又回头看了一眼，灯光下两人的影子拉长，在青石路上映出一幅和谐的画。

转过身的时候，苏笑打了个喷嚏。手里捧着热奶茶，她才觉得有些冷。

"走快点啦！去买猫耳朵。"苏笑加快了脚步，不料播音员并未动。走了几步，苏笑只得回头，看着还站在原地的播音员，"怎么了？"

"不买了，送你回去吧。"

“哎？”

“穿这么少，别感冒了。”

“还好啊……”话音未落，她怔怔地愣在那里。播音员脱下了自己的外套，然后将衣服递到了苏笑面前。

播音员里面穿的是短袖T恤，外面是一件运动服，看起来他似乎并不觉得冷。

“不用了！”

她怎么可能穿男人的衣服啊！更何况还不熟！苏笑面红耳赤地摆手，“你穿这么点儿会感冒的！”

没承想，播音员竟然一声不吭地伸手过来，将衣服披在了她肩上。

苏笑只觉得面红耳赤，耳朵好像被烫了一般发热，全身僵住不敢动弹。只听播音员一字一顿道：“虽然我是游戏斑竹，电脑高手，但是我也经常锻炼，我每天晨跑，上自习，生活习惯良好，偶尔踢足球，有健康的体魄，没有脚步虚浮。”

苏笑低着头，窘迫得不知道说什么好。

“不是打篮球的、不玩游戏的人身体就好。”播音员顿了一下，继续说，“我可以背着你绕操场跑5圈，你要不要试一下。而且你最近似乎很久都没上自习了。”

苏笑脸一红，“啊，是啊。”

“干什么去了？”

她干什么去了有必要向他汇报吗？虽然这么想，但苏笑还是有些不自在地说，“跟陈薇一起玩了个游戏。”

“刚玩？”

“嗯！”

“因为陈薇玩，你也玩了？”

苏笑愣了一下，她玩游戏的初衷并不是这个，只是那个理由现在已经不重要了。

“算了！”播音员没有等她的答案，“是在蓬莱仙岛吧，我也在玩，你私聊我吧，我带你。”

苏笑猛地抬头，“你也在玩？跟顾墨他们一起的吗？我们学校的同学几乎都在那里。”

转瞬间，苏笑的脑海里已经转了千百个念头，如果播音员是天涯的人，那会是谁，天涯的人她没有一个看顺眼的，莫非曾经和她对骂或对杀过？那必须果断划清界限啊！

“不是。”播音员语气森冷，竟然比秋夜的冷风更凉了几分，让苏笑没来由地打了个哆嗦。

“我游戏里叫不念情深。”

苏笑彻底崩溃了。

第22章 掩耳盗铃

播音员在“逍遥”里的ID叫不念情深……

苏笑受到了巨大的刺激，走路都轻飘飘的。这个刺激还未退去，播音员又说话了：“陈薇游戏上得少，没空带你，你现在多少级了？叫什么？”

苏笑的脚停止挪动了。

叫什么？叫什么？难道她要嘶吼：“我就是被你杀得死去活来、缠缠绵绵到天涯的许艾以深？”想到此处，苏笑憋了一肚子气，她侧过头，恨恨地看了播音员一眼。

播音员一怔，然后微微皱眉，“还是很冷吗？”

苏笑无语，心里咆哮：你哪只眼睛看到我冷了，我是愤怒，是气愤啊！她准备哼两声以泄心头之愤。岂料播音员微微弯下腰，在苏笑大脑空白的情况下，将穿在她身上的外套拉链扣上，并轻轻地拉到了脖颈下。

苏笑捧在手里的奶茶差点掉地上，不过播音员从头到尾与她没有视线接触，替她拉好拉链后目不斜视，一副淡定的表情。

苏笑深吸口气，在心里默念："要淡定，要淡定，没什么，他手贱……"

两人在诡异的气氛中走到了女生宿舍楼下，苏笑松了口气，说了声拜拜后正要转身上楼，忽然听到播音员那充满磁性的声音再次响起，"对了，你游戏里叫什么？"

苏笑心里忽然产生一个想法，难道播音员知道她是谁？此时，他是不是正用一种居高临下、扬扬得意的表情望着她！

苏笑猛地转过头，看见播音员脸上淡淡的表情，她的表情顿时又扭成了一朵花。她忽然想起了陈薇说过的一句话："妖娆型女人遇到不愿意回答的问题，妩媚一笑便能解决问题。至于苏笑这种类型的，还是卖卖萌吧。"

于是在电光火石的瞬间，苏笑回眸一笑并眨了眨眼，朱唇微启，娇滴滴地吐出两个字："你猜？"

播音员没猜，他毫无反应。

等了片刻，苏笑自觉没趣，挥挥手万分镇定地走进了宿舍楼。刚刚走上楼梯，苏笑忍不住猛拍脸颊，"叫你装傻，叫你卖萌，被无视了吧，还你猜你猜，猜你个头啊，好丢脸。"

一路嘀咕着走回寝室，刚刚进门，就听见陈薇一声尖叫。

苏笑猛一抬头，发现陈薇已经三两步跨到她面前，瞪大眼睛一眨不眨地看着她，她深吸口气后退半步并翻了个白眼，"干吗呢你！吓死我了！"

陈薇摸着下巴一副了然的模样，"我观你芙蓉娇面脸色潮红，乃春情萌动之相，快说身上这衣服是谁的？"

苏笑觉得自己的脸烧得更红了。刚刚一直沉浸在"播音员是不念情深"的巨大刺激中，以至于忘记把衣服还给他了。现在被陈薇抓个现行，少不了盘问一番。而且外面天气还很冷，他穿个短袖还要走回男生宿舍，不知道会不会感冒？

就这么一愣神的工夫，陈薇已经将她往床上拖，"谁的谁的，老实交代。”

苏笑无奈地回答：“播音员的。”

“你去见的论坛水友就是他？ICE？我早说他对你有意思，嘿嘿。”对这个答案，陈薇比较满意，点了点头继续说，“我瞧他人不错，可以考虑一下。”

苏笑没说什么，把衣服脱了丢床上，准备明天白天洗了之后再还回去。然后她换了拖鞋坐到电脑面前，打开“逍遥”的图标，犹豫了一下便登录了小号笑语凝然。

上线之后，第一件事是查看势力在线人员名单，不念情深的名字是灰色的。她站在九黎城的锻造NPC处发了一小会儿呆，正要换号的时候，一直站在旁边挂机的蓝调动了。

系统：蓝调申请与你进行交易，同意OR拒绝？

蓝调给了苏笑两套做针的材料，苏笑接受之后便开始制作。以前做武器的时候会紧张，怕出来的品质不好难以面对朋友期待的目光，然而这次她的心情却平静得很。等两把针都做出来，她甚至都没去看一眼属性怎么样就直接点了蓝调申请交易。

蓝调对你说：“苏笑你的幸运值真的很高。”

哦？看来属性还都不错，苏笑暗暗地想。

蓝调对你说：“谢谢。”

谢什么谢啊，给手工费再好不过了。

蓝调对你说：“来我们势力吧！到时候进隐藏地图帮你刷装备。”

苏笑心思一动。

你对蓝调说：“你要两把武器送给谁呀？”

蓝调对你说：“势力里的医生朋友。”

你对蓝调说：“宁蓝？还有呢？”

蓝调对你说：“我让要做针的人准备材料，然后再来找你，势力还有几个医生也想要呢，只是材料没收齐。”

你对蓝调说：“（笑脸）哈，那以后要收加工费哟。”

蓝调对你说：“（笑脸）一定一定。”

“老子可是认真的！”苏笑咧了咧嘴，正要再八卦一下就看到势力频道的提示信息，然后整个人瞬间僵了。

【势力】不念情深上线了。

怎么会觉得这么紧张呢？这紧张的后果直接导致苏笑脑门发热，一下把游戏给关掉了。大约思索了两三分钟，她才哆嗦着再次打开了游戏图标。

苏笑在登录角色界面犹豫了很久，她最终没有登录许艾以深，而是新建了一个小号。

职业刺客，性别女，想的几个名字都被人用了，最后索性选择了系统随机。片刻之后，一个叫墨如衣的女刺客在刺客门派出生了。

“陈薇，快点来带我。让我半个小时到40级啊，把几个小本都刷满！”刚刚升到15级，苏笑便开始吼。

“干吗呢，又玩小号，我没空！”陈薇头也不抬地回答。

“不带绝交！”苏笑恶狠狠地说。

“咦？”

苏笑又补充道：“认真的，我是认真的！”

“可是我在跟别人组队下战场嘛。”虽然这么说，但陈薇还是询问了苏笑的ID，加了她的好友并邀请她组团。

“为什么玩小号？”

“深入了解刺客这个职业，然后报仇。”

进团之后，苏笑发现团里还有一个人，满级战士居安思微。势力里上次进来的人，似乎跟不念情深还有些交情。想到此处，苏笑连忙道：“千万不能暴露墨如衣这个号是许艾以深和笑语凝然的小号。”

“为什么啊？！”

“不为什么，不想别人知道啊，他们不都不知道微笑向暖就是火树银花不夜天吗？”

“我是不想跟天涯那群人一起玩！所以才不暴露的嘛。”陈薇撇撇嘴之后没有再问，拉着苏笑开始刷本。

陈薇和居安思微带本没有老白专业，但是由于陈薇输出暴力，加上居安思微的配合，刷起本来比老白一个人带还快很多。墨如衣身上的经验刷刷地涨，一个小时不到的工夫，就升到了45级。

45级可以去调戏不念情深了吧，苏笑心想。她长长地吐了口气，然后打开好友列表，在搜索框里输入了不念情深的名字。

系统：你与服务器断开连接……

11点，学校断网了。她最终还是没有加不念情深为好友。

星期三，游戏例行更新。

关于隐藏地图又出了新的设定，只不过依然是那句话：一切皆在您的探索之中。

尽管抱怨不断，仍然有大量玩家守在电脑前，不断刷新服务器，希望抢在众人之前，探寻到隐藏地图的秘密，从而获得生财之道或者游戏乐趣。

苏笑上课的时候用手机逛论坛看了一下更新内容，没有多大兴趣，毕竟他们没有隐藏地图的钥匙，就没有进入隐藏地图的权力。并且他们跟天涯仇恨那么深，根本不可能达成和解，既然没有机会进去，自然也没心思再去关注了。

没想到她回到寝室，刚刚登上歪歪，就听到势力的人在狂吼！

“刷坐标了，枫叶林西422，南134！”

什么东西？莫非又出了新的BOSS？

“许许，快上号！”

乱弹琵琶设置了进入频道语音提示，他第一时间发现苏笑的到来，立即喝她上游戏。苏笑撇了一下嘴，她要是知道自己该上哪个号，早就登录游戏了。

在等待游戏加载的时间里，势力的人七嘴八舌地介绍了一下游戏的新内容。总结了一下就是，秘境之匙变成了可交易可掉落不可寄售的物品，钥匙持有者的坐标会每30分钟更新一次并且系统通告。最重要的是，钥匙持有者在安全区的时间超过15分钟就会被随机传送到野外，而且10分钟之内不能再次进入安全区。也就是说，钥匙持有者相当于兜里揣着一个定时炸弹。

玩网游为的就是高兴，很多闲散玩家，不会因为你是大势力，就不敢动你。所以，即使天涯和碧海弄潮声联盟已经达成一致，刷天下宣布钥匙归属，但仍然有不少玩家伺机而动，准备趁乱抢夺。

“杀蓝调，抢钥匙！”溪水用猥琐的腔调在歪歪上叫道。

原来，钥匙已经不在宁蓝手里了。苏笑默默地叹了口气。

苏笑脑海中不自觉地设想了一下顾墨对宁蓝的说辞：“你太脆，就算是有数量众多的玩家护航，也有可能被远处的弓箭手秒杀，周围虽然都是联盟的玩家，但到时候肯定会哄抢一气，要是被别人捡了，就有苦说不出来，还是把钥匙转交给我，我是战士血多，不容易死，好不好？”

想到这里，苏笑“扑哧”一声笑了，昨晚顾墨和宁蓝一起喝奶茶，估计有说这件事吧。

苏笑刚刚上线，就看到系统通告。

系统：秘境之匙持有者蓝调出现在江南河田村（西225，南130）

苏笑觉得这坐标很眼熟，她下意识地瞅了一眼周围环境，顿时发现自己竟然与蓝调仅一人之隔。

“蓝调在河田村，速度！”乱弹琵琶喊。

【当前】倾城一笑：有浮云阁的！

苏笑泪流满面，她是无辜的。

趁着上线保护时间，苏笑往传送点狂奔，奈何此处离传送石稍远，蓝调他们自然不会在传送点旁边等人来攻。所以，苏笑跑了一半的路程，系统保护消失，她还来不及给自己加上一口血，便含恨而死。

【当前】碧海弄潮声：浮云阁的人渣别想来捡便宜。

歪歪上，苏笑开口：“别来了，这里至少有5个团！”

满地图密密麻麻的玩家，比打城战还卡。

乱弹琵琶沉吟了一声，“今天才第一天，他们能够这么团结，过不了几天肯定不是这样了，再说我都看到好几个碧海弄潮声的高端玩家退了势力，估计是为了日后抢钥匙下黑手，我们今天冲了几波给本服玩家带个好头，估

计过不了几天，全服都要动了，今天就到此为止，大家该干吗干吗去吧！”

苏笑站在九黎城安全区望着一块没有发育完全的小矿石发呆。然后她眼睁睁地看着不念情深上线出现在她面前。苏笑一愣，傻乎乎地扔了鼠标用手揉了一下双眼。

面前那个黑衣黑发的刺客的确是不念情深，势力频道的上线提示对此也作了证明。

苏笑大囧，她今天是做了什么孽，先是上线正好出现在蓝调的旁边，现在随便找个地方伤春悲秋，居然遇上刚刚上线的不念情深，难道这就是传说中的孽缘？

幸好这里是安全区，否则说不准不念情深一个高兴，就刷刷两刀把她当做了下酒菜？到时候她该怎么做呢？在播音员还没干的衣服里塞几条虫子？

现在知道不念情深就是播音员，苏笑的心里五味陈杂，虽说当初的杀戮是为了教训她的无意伤害，但潜意识里，苏笑仍旧觉得播音员骨子里是个变态杀手。都说从游戏里可以看清一个人的本性，就好像她看清了顾墨一样，此时，她却害怕看清播音员。

苏笑用手撑着下巴，眼睛注视着屏幕，深深地叹气。

不能否认的是，她对播音员有好感，可是当播音员跟不念情深合体后，似乎对他的怨念多过了好感，之前那些被杀的经历被无限放大，她此时恨不得戳他几下以泄心头之恨。

不念情深上线之后没有动静，他站在许艾以深面前，两个游戏角色面对面地站立，四目相对，许久不动。

游戏人物在不动的时候会有一些细微的动作，譬如伸懒腰或转转头。当苏笑注意到两个角色突然一起转头，脸颊贴在一起仿佛接吻一般时，她的脸颊瞬间变得绯红，下意识地想要挪动鼠标将人物移开，却又觉得有些尴尬，只能在心里安慰自己：我们都按F11屏蔽了玩家，他看不见我，我也看不见他……

系统无情地鄙视了苏笑的掩耳盗铃。

系统：你与不念情深深情凝望，情义值+1。

系统：你与不念情深深情凝望，仇恨值-1。

GM！你真是无孔不入了！

既然如此，装看不见已经不行了，苏笑索性在当前频道打字。

【当前】许艾以深：组队战场？

【当前】不念情深：或许可能没时间。

【势力元老】许艾以深：组队战场啊，亲们！

系统：默默无语邀请你加入队伍。

苏笑进去之后，发现里面已经有了4个人，战士青成雪，刺客青天白日满地红以及医生花无情。

<队伍领袖>默默无语：庸医靠不住。

苏笑流了一滴冷汗。

<队伍领袖>默默无语：还好你来了。

“原来不是说我……”苏笑松了口气。

<队伍>花无情：老子是毒医，是输出，再说老子哪里不可靠了！

花无情开始发飙了，然后队伍里的吵架模式是这样的——

<队伍>花无情：自己脆还怪医生，鬼才奶你！

<队伍领袖>默默无语：嗯。

<队伍>花无情：看到人了跑得飞快，怕死别下战场。

<队伍领袖>默默无语：嗯。

<队伍>花无情：你大爷的！

<队伍领袖>默默无语：嗯。

<队伍>花无情：我靠……

<队伍领袖>默默无语：说完没？

<队伍>花无情：可恶！

<队伍领袖>默默无语：战场开了。

花无情师傅吃瘪的样子，苏笑还是很乐意见到的，不过此时看见这二人的相处模式，她浑身打了个冷战，花无情是人妖地球人都知道，而默默无语看起来与他很和谐，难不成他们两个人有可能？

呃……不要小看男人之间的友谊!

刚刚进入战场，苏笑就发现自己的QQ在响，因为有30秒准备时间，所以她点开了QQ，ICE很热情地询问她。

“上游戏没？”

“没！”

对方回了一个挖鼻的表情。

苏笑有一种被人戳穿的感觉，于是战场上表现得心不在焉。等到战场结束，她返回到账号登录页面，上了小号墨如衣。

系统：你将添加不念情深为好友，等待对方答复。

系统：不念情深拒绝了你的好友申请。

苏笑：“我晕……”

第23章
鼻子插大葱

QQ上，苏笑苦着脸告诉播音员：“你拒绝我加你好友了。”

ICE：“刚刚那个墨如衣？”

苏笑：“嗯！”

对方大约沉默了5分钟。苏笑感到无聊，开着墨如衣在地图上漫不经心地做任务。

5分钟后，ICE：“名字真难听。”

游戏里，不念情深的好友申请发了过来，对于不念情深这个孽障，苏笑恶狠狠地点了拒绝。对方的申请再次发过来，苏笑想了想，等了几秒钟之后，仍旧点了拒绝。

QQ上，她装傻卖萌，“电脑好卡，可能是因为笔记本，又开着Q，鼠标都是缓慢漂移的，一不小心就点错了，你再申请下？”

ICE：“明天去图书馆上自习的话，把笔记本带上，我帮你看看。”

ICE：“先把QQ关了也行，我在游戏里M你。”

装傻装到底吧！

苏笑：“M？什么意思？游戏里按了M，出现了地图呢！”

话刚发过去，苏笑恨不得抽自己一个耳刮子，这是不是装得太过了，反而会露出破绽？

对方没有回复，苏笑切回游戏，发现播音员已经私聊了她。

<陌生人>不念情深：在系统设置里把游戏背景技能特效等都关了，就不会那么卡了。

<陌生人>不念情深：M=MI，密语也就是私聊的意思。

你对不念情深说：……哈，我是游戏小白，你要照顾我哈！

<陌生人>不念情深：……

<陌生人>不念情深：好。

加了好友之后，不念情深邀请苏笑组队，两人开始清任务。

这时候，苏笑体会到了当年绿沁儿的升级路程，骑在马上，什么都不用做，打怪的任务完全是瞬秒。至于其他的，全程有人解说指点，她连脑瓜子都不用转一下，只要跟随就万事大吉。并且遇到有剧情的任务，还有人在队伍里打字介绍游戏背景和感人故事，真是贴心的良师益友啊。

只不过，不念情深并没有要求她拜师。既然他没要求，苏笑自然不会主动提，她对不念情深仇怨这么深，若是拜他为师，指不定会生出多少闷气呢。

<队伍领袖>不念情深：这个游戏里有很多感人的剧情，可以看看这些人物对话。

<队伍>墨如衣：任务做得太快，都没空看。

<队伍领袖>不念情深：那你上歪歪，我说给你听。

苏笑瞬时愣住了。片刻之后，她哆嗦着敲出了一行字。

<队伍>墨如衣：歪歪是什么？

<队伍领袖>不念情深：一种语音聊天工具，陈薇在没？让她告诉你。

<队伍>墨如衣：哦，我去下载先。

<队伍领袖>不念情深：嗯。

苏笑最小化游戏，然后重新注册了个歪歪的账号，磨蹭了几分钟之后才切回游戏，紧接着她看到自己的游戏人物站在原地，而不念情深则站在一旁，黑衣已经换成了系统商城里的时装，白衣翩翩仙风道骨，杀手的猥琐气质荡然无存。

苏笑翻了个白眼，把先前的那一丝震惊给忘得一干二净。

<队伍>墨如衣：安装了，申请了。陈薇说要进房间，让我问你房间多少？

<队伍领袖>不念情深：20204X。

进入频道之后，叮咚一声，苏笑被拉到了楼下的房间，她扫了一眼频道的名字，发现并无新意，就叫Q，大约是他姓的缩写。底下的房间则有AZ以及SX，此时，播音员将她拎到了S打头的房间里。

“现在这个任务……”播音员的声音戛然而止。

仅仅几个字便让苏笑脸颊一红，因为耳麦贴着耳朵，播音员的声音温柔又有磁性，仿佛他在她的耳边说话，这让她耳朵尖都微微发烫。在这个时候，苏笑想起了很久以前，不念情深曾经说过：“我只说给喜欢的人听。”

此时并不适合煽情，播音员话没说完的原因是游戏里遭受到了攻击。

苏笑最小化的游戏窗口闪了几下，等她发呆完毕点开游戏窗口，赫然发现53级的墨如衣蜷缩在地面上成了一具冰冷尸体，而不念情深则游走在一堆红名之中。

苏笑感叹，操作好就是牛，一个刺客正面对敌也能坚持这么久，若换做是她，恐怕一个照面就被秒杀。不过这个感慨并未持续多久，数秒之后，不念情深惨叫一声，英勇就义。

杀人的乃是碧海弄潮声的人。

自从天涯和碧海弄潮声抱在一起后，碧海弄潮声就跟浮云阁成为了敌对关系，野外也是杀得格外起劲。

苏笑眼见碧海弄潮声的人越来越多，正欲复活到别处，瞥见不念情深已经复活过来。因为两人组队，所以她看见不念情深一路潜行。对方这群人似乎没有道士和弓箭手，有可能已经吃了暗亏，所以有天仙在四周放群攻技能，不念情深隐在一侧，似乎在等待时机。

苏笑想了一下游戏小白遇到这样的场景会做什么，然后她开始在队伍频道里打字。

<队伍>墨如衣：哎呀，我怎么死了？

<队伍领袖>不念情深：点开人物关系，看仇人那一项，上面的名字就是杀你的人。

苏笑暗自撇嘴，老子的第一大仇人就是你啊。她点开仇人列表，上面仅有一个名字——涧水。

苏笑发现那个涧水是个天仙，正在哼哧哼哧地放天罚，想必她刚刚是被一不小心给群死的。可怜的小号，在大号的攻击下，完全没有反抗能力。想到此处，苏笑还是翻了一下战斗记录，却发现战斗记录里，有一行灰白小字出现了多次——你的队友不念情深死了。

<队伍>墨如衣：仇杀？我刚不小心点到记录，看到你死了好多次。

<队伍领袖>不念情深：杀你的是谁？

<队伍>墨如衣：涧水。

<队伍领袖>不念情深：嗯。

大约过了几分钟，对方见他们久无动静就放松了些，三三两两往传送点走，大约准备转移阵地。就在这时，不念情深绕到了涧水旁边，然后身子半腾空，一双黑色羽翼将其身体包裹住，紧接着“轰”的一声，他自爆了。

这个自爆炸死了连同涧水在内的四个人。

对方在当前频道骂个不停，不念情深并未搭理，只是在队伍里让苏笑复活到别处。

歪歪上，他还轻声细语地作了说明：“复活到别处，就是在死了之后屏幕上有个血色的方框提示，点开之后会出现地图，你随便选哪里都可以。”

系统：秘境之匙的持有者蓝调出现在九黎荒村，坐标（南110，北150）

看到这条消息，苏笑下意识地复活到了九黎荒村。

片刻之后，不念情深跟了过来。

先前乱弹琵琶他们说今天不追了，没承想苏笑刚刚站稳，就看到浮云阁的一票人也传了过来，只不过个个都没有去掉保护，蹲在传送点观望。

也有一些没有势力的玩家跟着传了过来，大家纷纷围着传送点，估计都存了打酱油的心思，见势不对就立即撤退。

蓝调周围依然有超过3个团以上的玩家保护，并且各个职业都有，刺客也不能偷偷溜进防线，大家见偷鸡无望又陆续撤退。

苏笑觉得自己等级低没任何压力，所以站在原地不动，苏笑未动，不念情深自然也未动。

蓝调的保护大军朝着神石压了过来，然后呈碾压之势，向周围活着的非联盟玩家攻击。大部分的玩家能够扛着火力点，开传送点逃逸，但墨如衣挨不了任何一击。

【当前】倾城一笑：清场，误伤的抱歉。

苏笑本欲离开，却被晕在原地，还没任何反抗就瞬间倒地。与此同时，一道天雷滚滚直下，在原地劈出滚滚尘烟。

系统：蓝调作恶多端，终被天降神雷所击毙，天理昭昭，报应不爽！

场中有片刻的沉寂，之后犹如煮沸了一锅开水。那些还未离去的玩家如出闸的洪水猛兽，瞬间涌了过来，场面顿时失控。

【当前】蓝调：妈的，我就拍了个地板，拍死了两个小号而已！

苏笑的墨如衣是其中之一，而躺在地上的另外一个名字很耳熟，竟是上次一起做过任务的贰逼青年欢乐多。

苏笑乐了。被天雷劈死的红名玩家会掉装备的，更何况是【秘境之匙】那样的易掉落物品。可惜刚刚系统已经播报了一次持有者位置，距离下次通报还有30分钟的时间。当前频道那些大玩家一个劲儿地刷屏，让捡到【秘境之匙】的人把东西交出来。不知道是否被他们联盟的人捡了偷偷藏起来，唯一确定的是，蓝调的钥匙丢了。

<队伍领袖>不念情深：【秘境之匙】。

苏笑倒吸了一口凉气，然后拍着桌子大笑，“我靠，秘境之匙被我们拿到了，哈哈哈！”

“秘境之匙？”陈薇立即接腔，“在你那里？”

“在播音员那里！”

<队伍>墨如衣：这是什么？开启隐藏地图鸳鸯织锦的钥匙？是什么啊？

<队伍领袖>不念情深：……

<队伍领袖>不念情深：是钥匙。

这解释，也太坑爹了吧！

“我先下线了！”

播音员在歪歪上给苏笑简单地介绍了一下【秘境之匙】的用途，然后就下线了。

今天蓝调他们已经进过一次鸳鸯织锦，似乎没有爆出什么好东西，因为他们没有发天下炫耀。而鸳鸯织锦每天只能进入一次，所以他们现在也不能进隐藏地图长见识。

蓝调是势力主，不知道是过于自信，还是对势力里的人过于不相信，自己不下线也没有将钥匙交给势力的其他人，结果把钥匙给掉了。基于这两点原因，浮云阁众人商量后，一致同意不念情深下线，保证钥匙的安全。

不念情深下线后，系统上的通知变成了钥匙持有者已经云游天外，如果24小时不出现，该钥匙会随机掉落在“逍遥”地图的任何位置。

看到这个通知，大家唏嘘不已，群里也是不断刷屏。

溪水：我觉得这个钥匙是个烫手山芋。

默默无语：太麻烦了。

顾熙白：官网论坛上有消息了，天涯海角服的打出了80套金色装备。论坛管理员已经开了置顶帖，据说一会儿会出80套金色装备全部属性和外形展示。

乱弹琵琶：那我们不是发了？

青成雪：守得住那钥匙吗？用一个小号拿着钥匙，每次开门之后就下线？

顾熙白：有人说了，钥匙在开启地图之后不能交易，直到出隐藏地图才可以，用小号开门的话进去之后容易死，死了所有人都会传出来。

乱弹琵琶：那就找个很少上的、装备牛的大号负责开门。

溪水：我们有吗？

青成雪：我是不会把我的号贡献出来的。

顾熙白：要不把许许的弓箭手装备弄上来，那个锻造号她很少上，专门负责开门？再说弓箭手灵活，遇到麻烦跑得也快。

花无情：肯定还有什么不妥，可惜我们还没进去过。

乱弹琵琶：许许没上线啊，她死哪里去了？

看到这里，苏笑眼皮一跳。她此时登着两个歪歪，因为怕串频道，所以把那边歪歪的声音给关了，自然听不到乱弹琵琶他们说话。而且她两个歪歪频道都设置不同的按键发音，所以她险些分不清到底该按什么键说话，万一该用许艾以深在势力频道说话的，却不小心说给不念情深听了，那不就惨了。

最后苏笑揉了揉额头，心想：她到底是造了什么孽？搞这么多号为难自己啊！

“我的号暂时不能上线，要不我建个小号陪你吧！”歪歪上，播音员突然对她说话了。

苏笑顿时抓狂，又是小号，她现在都快被小号整崩溃了，不光有游戏小号，现在歪歪都用马甲，搞得她手忙脚乱，差点精神分裂啊！

不过就在苏笑按下发音键的时候，她的声音瞬间变温柔了，“啊，不用了，现在都10点了，我睡觉前喜欢听音乐，现在去洗漱正好差不多，你也早点儿休息吧。”

对方似乎沉吟了一会儿，半晌之后，他才回了个“嗯”。

苏笑将游戏关掉，歪歪也退了，只是时间尚早，躺床上肯定睡不着，她索性开了学校的论坛，去看看有什么八卦趣事。

结果，在水坛子里刷得正高兴时，她收到了来自于斑竹的系统操作。

ICE：“还没去看书听音乐吗？”

你对ICE说：“我准备到音乐版看有没有什么好歌推荐。”

ICE：“嗯，最近听了一个take my heart。”

你对ICE说：“哈，我去听下。”

苏笑打开网页搜索了这个歌，发现女歌手的声音轻快又有磁性，曲风是她一直以来比较喜欢的，于是下载到手机里。就在她准备谢谢播音员的时候，对方又来信息了。

ICE：“11月末了。”

看到这个消息，苏笑一愣，是啊，11月末了，他说这个是什么意思？难道说天气凉了要多穿点儿衣服？

想到此处，苏笑有些脸红，不料对方的下一条信息险些让她喷出一口鲜血。

ICE：“要期末考了。”

期末考试在1月份好不好！你是要我提前2个月开始进入紧张的复习期吗？老子头脑很好，IQ很高，平时基础牢固，临时抱佛脚都能拿奖学金啊！苏笑恨不得以头撞桌，最后她愤愤地关了电脑。

大约是受了播音员的鞭策，苏笑竟然有些心慌，第二天就鬼使神差地跑去上了自习。因为不是考试前期，图书馆的空座位不少，只不过这年月热爱学习的大学生真的很多，即使这样，图书馆里也坐了一大半的人。她以前经常坐的地方——长方形的红木桌上已经摆了一个水杯，只是那里并没有人。

那个座位的斜对角的位置上有一个人，那人低着头。苏笑站在门口，距离那个位置很远，所以看不清那人是谁，只是她潜意识里觉得那人是播音员。

好像以前在图书馆也遇到过播音员一两次，他就坐在她附近的位置。

苏笑朝着那边走去，最里的靠窗位置已经被一个水杯占着了，她只得坐在了旁边的位置。拖动椅子的时候斜对面的人抬起了头，是个戴着眼镜的小青年，苏笑不由得松了口气，然而心底却有一种很奇异的感觉。

其实昨晚，她心里有一种想法，播音员似乎在暗示她去上自习，莫非这是比较另类的约会方式？这个想法让她有点儿紧张。而现在看到对方根本没

出现，她松了口气却又有些失落，不知何时起，她已经到了如此自作多情的地步了？

上次看到陈薇朝自己挤眉弄眼的表情，她差点误以为凤栖梧喜欢她，现在又老胡思乱想，以为播音员对自己有好感，难道真的是年龄大了，雌激素在体内作祟？

苏笑暗暗地咬了一下她的舌头，然后拍了拍脸颊开始看书。

这个月，图书馆开了暖气，随着上自习的人越来越多，呆在里面就觉得憋闷。而且已经过去两个小时了，占着窗户边座位的人还没有出现。苏笑想了想，就挪到了靠窗的位置，把那个水杯移到了中间。

“等那人来了再换回去就好了。”苏笑想。不过一直到中午12点，占位置的人也没有出现。

苏笑下午有课，就收拾好东西去食堂吃饭，在路上遇到了她带的几个学弟。

“苏学姐！”

“小R啊！”

“学姐我们过几天社团有个联谊晚会，邀请你来参加啊！”叫小R的男生笑得一脸灿烂。苏笑问了下具体时间，就随口答应了。

“把陈学姐叫上，一起来啊！”

苏笑心想：敢情她自己不是主要邀请对象啊。不过她也没放在心上，只是说会帮忙叫的。

转眼又是一天过去，苏笑回到寝室登录游戏，刚刚上线就看到势力里的人在闹腾。

【势力主】乱弹琵琶：念念什么时候上线啊？你们谁有他的联系方式，电话号码谁有？

【势力】青天白日满地红：我只有老大的Q，也没上线。

【势力尚书】顾熙白：超过24个小时不上线，钥匙就会随机掉落，昨天几点拿到的？9点多？

【势力】默默无语：谁知道不念情深的账号？

此时已经是晚上7点30，势力里闹成了一锅粥。到最后病急乱投医，一看到苏笑的许艾以深上线，纷纷逮住询问。

【势力主】乱弹琵琶：许许你那奸夫去哪里了啊？

【势力元老】许艾以深：你才奸夫……

【势力元老】花无情：不奸不奸，是明媒正娶的，快联系他上线啊！

【势力元老】许艾以深：……

就在这时，苏笑的手机响了。

播音员："账号ICE2000，密码QWASZX2012。我游戏里的账号密码，我现在在外面上不了，你登上去，有点儿急事。"

播音员："有不懂的问陈薇。"

苏笑默默地抹了把汗。

对于一个"刚刚进入逍遥"的游戏小白，播音员对她的期望是不是过高了？

第24章 撞上枪口

苏笑退了自己的号，登录了播音员的不念情深账号。在角色选择的界面，苏笑看着手持双刀的刺客不念情深，心里唏嘘不已。

以前被这号杀过无数次，现在她却亲手控制着仇敌，她真是不敢相信这就是事实。要不上线之后就把钥匙交给乱弹琵琶，然后她开着不念情深这号跑到一个人迹罕至的僻静处，对着系统1级的怪物自爆百次以泄心头之恨？

刚一上线，苏笑就看到系统通知。

<系统>秘境之匙的持有者不念情深出现在九黎荒村，坐标（南110，北156）

看到这条消息，苏笑顿时焦急起来，连忙上马往传送点方向狂奔，争取进入安全区。她此时不敢直接走荒村的传送点，因为到那里还有一段距离，如果直接过去肯定会跟刚刚传送过来的人对上，到时候绝对脱不了身。

离荒村最近的传送点是凤凰岭，而此时凤凰岭的传送点也有几个玩家。因为兜里揣着钥匙，苏笑看谁都胆战心惊，她以最快的速度冲到传送点，点开神石，直接传到了鹊桥仙。这一系列动作如行云流水一气呵成，陈薇今天没在寝室，苏笑在等传送的时候想：若是播音员知道她对游戏如此熟悉，并且还没人教，会不会用异样的眼神默默地看着她，直到她心虚地招供？

因为系统消息的通报，钥匙的下落终于明朗。天涯和碧海弄潮声在知道钥匙落入浮云阁的手中后，开始在各个地区和天下传音频道骂人，并且四处追杀浮云阁的玩家。

溪水他们准备反击，却被乱弹琵琶喝止，歪歪上清点人数后，浮云阁也组了一个半团的人，准备探探隐藏地图。

大家集合在鹊桥仙的NPC前，苏笑正要开门，就听到乱弹琵琶在歪歪上喊：“许许呢，许许死哪里去了？”

“让她上小号啊，她那号人品那么好，进去肯定能摸到好东西啊！”

苏笑扯了扯嘴角，一声不吭地装死。

【势力】不念情深：不是本人，不会操作。

【势力】不念情深：我开门了啊！

【势力主】乱弹琵琶：（瞪眼）

【势力】默默无语：……

【势力尚书】顾熙白：没事，先开。

苏笑使用秘境之匙打开了隐藏地图的机关。鼠标刚刚点了确定，就发现她的屏幕变得一片朦胧，几秒之后出现了传地图的进度条。等到读条读完，苏笑发现她被传送到了一棵大树底下，周围很是寂静，并没有任何势力里的玩家。

【势力主】乱弹琵琶：那个上念念号的，会上歪歪吗？

难道还要登录歪歪马甲？苏笑觉得自己快愁死了……

【势力】不念情深：我的坐标（西110，北120），隐遁了等你们。

刺客这个职业还是很有优势的，苏笑的运气不错，传送过来没有直接掉到怪堆里。此时她将刺客号挪到一棵大树背后，与前面的几个80级的精英怪形成死角，然后才在一堆技能里找出了隐遁，猫在那里等势力里的人过来。

势力里其他人就没那么幸运了，花无情他们直接掉进了怪堆里。不过幸好大家都有准备，事先买了元宝商城里满状态回血回蓝的秘药。虽几经波折，却没有团灭。

苏笑百无聊赖，点开不念情深的包裹，看看里面有没有值钱的东西。一打开包裹，苏笑愣了一下，然后她就起了羞愧之心。

她所有号的包裹里都是乱糟糟的，杂七杂八的东西都留着，整整两页的包裹都塞得满满的。有时候做任务都会提示包裹空间不足，然后还要犹豫该丢哪个。然而不念情深的包裹却非常整齐和干净。

第一页整整25格，只有第一排有东西：【秘境之匙】，两组【战场号角】，两组【战场红药】，底下有1000元宝和2600金。

苏笑吐了吐舌头，她的包裹虽满，不过里面东西的价值还不足这里的零头，人比人真是气死人！

苏笑下意识地点开下一页，赫然发现第二页的包裹竟然是满的，并且全部是装备。鼠标移动上去她就愣住了，这些装备全是刺客的紫色套装，有手工套装也有副本套装，全部都是未装备过的可交易物品，从60级开始，60套，70套，80套……

这种装备说起来并不算顶尖，与副本刷出来的禁交易装备还是有差距的，不过其样式好看，属性也算中上，所以收集齐全价格也并不便宜。折算起来，也要花几百元。

最主要的是这个游戏升级很快，60级和70级套装使用时间很短，买来根本不划算。

因为是刺客的装备，苏笑不自觉想到，莫非这是播音员给她准备的？就在她心绪不宁的时候，苏笑突然发现不念情深的隐身状态不知道什么时候消失了，而刺客号的头顶上不时飘出一个数字，看样子是中毒了？

【势力】不念情深：还有多久过来，求医生，中毒了！

每隔5秒，会降血500点，不念情深的血量有21000，现在已经降到了18000，一个战场红药可以回复9000血，但是CD有一分钟，所以她坚持不了多久。

【势力元老】花无情：来了来了，吃药顶住！

苏笑紧张地注视着周围，因为有中毒状态，她不能再隐身，只能躲在死角里密切注意那些移动的精英怪，就怕被他们发现后一巴掌拍死。

远远的，她看见势力的人奔了过来。

因为许艾以深的歪歪号挂在势力频道装死，所以她听到乱弹琵琶吼了一声："我靠，那个上念念号的傻瓜站在BOSS的脚底下做什么啊！"

苏笑顿时吓了一跳，连忙朝着队伍跑去，离近后，一个清明落到了身上，掉血的状态止住了，她这时才松了口气。

此时离大树有了较远的距离，苏笑才看到，那个参天大树的顶上竟然有一个红色的巨长血条。

沉睡的树灵，名字上的五颗星表示，这家伙是个BOSS。

苏笑扯了扯嘴角，刚刚她被直接传送到了大树底下，所以根本没有发现这树竟然是个BOSS，难怪会中毒。

"状态补好，打BOSS了！"

"要不先把那边的精英怪清了？省得到时候冲过来捣乱。"

"可是那BOSS那么大，我们绕不过去啊，打精英怪肯定会引到BOSS的！"

歪歪上，众人七嘴八舌地讨论。苏笑想也没想，开始在势力里打字。

【势力】不念情深：那个BOSS似乎不会主动攻击，在沉睡中？大概靠太近会中毒。

【势力尚书】顾熙白：你上了歪歪？哪个是你？

【势力】青成雪：歪歪上没有多出人，唯一可疑的就是许许。

【势力】不念情深：？我只是汇报我遇到的情况，不需要的话我不说了。

妈呀，这群人都是火眼金睛啊！她愈发觉得自己被戳穿的日子已经不远了，即使不被戳穿，她也要变成神经病了！

“小怪都这么难打！”

废了九牛二虎之力，大家才将几个小怪清掉，随意摸尸体的时候，忽然听到歪歪上一声咆哮：“靠，我摸到什么了！”

系统：花无情一掌打出，铁骑不甘地倒下，【秘境之匙】再现江湖，此等宝物定会引得八方争夺！

“秘境之匙原来并不是唯一的！”

“肯定啊，不然玩家肯定要抗议！”

“不过越早出的越值钱啊！”

“发达了！”

“20000金卖怎么样？”

“天涯和碧海弄潮声的要，就卖25000！”

众人议论纷纷，乱弹琵琶吼了好久才让这些人收声，“准备准备了，打BOSS了！”

“要不别打BOSS了，咱去找小怪打吧！”

“这爆率肯定低，刚刚杀了那么多小怪都没有！别想那么多了，反正赚了，咱又有钥匙，明天再来也行，这BOSS不就是个大木头吗，试试，试试。”

【势力主】乱弹琵琶：准备，医生看好主抗的血，嗯，还要看好念念的血。

说完之后，乱弹琵琶冲了上去，刹那间，整个大树犹如倩女幽魂里面的千年树妖，树枝如疯魔一般四处狂舞，所到之处，玩家血条锐减，三个医生都看不过来。

不过瞬间，一个半团人全灭。

【势力主】乱弹琵琶：不会吧！

【势力】默默无语：……

【势力元老】花无情：这东西难道要上百人来推？

【势力尚书】顾熙白：虽然不至于要上百人，不过我们这30个人的确不够人家塞牙缝。

【势力】青天白日满地红：散了散了，我去战场了。

因为全军覆没，不念情深也被传出了隐藏地图，刚刚出去苏笑就看到系统提示再次播报了不念情深的位置。

系统通告：【秘境之匙】的持有者不念情深在14分钟之后将被传出安全区鹊桥仙。

系统通告：【秘境之匙】的持有者花无情在14分钟之后将被传出安全区鹊桥仙。

【天下传音】花无情：出售【秘境之匙】，要的M我。

【天下传音】倾城一笑：25000金，你神经病！

【天下传音】蓝调：杀了你自然就爆出来了。

【天下传音】花无情：嘿，老子放小号身上，隔24小时就上一次线，反正我们还有一把，又不用去开门，你杀啊，我看你怎么杀？

发完天下之后，花无情忽然在歪歪上哦了一声，“我把钥匙给小号，每次上线的时候再交易给大号来开门，不就行了？”

两分钟之后，势力里一个60级的弓箭手花无缺上线了。

不到30秒时间，歪歪上，又是一声怒吼：“靠，等级不足80，装备评价不足50000者不能携带此物品。坑爹啊，歧视小号啊。”

【势力】默默无语：论坛上早就有人说过了。

【势力元老】花无情：那你不纠正我，害得老子都发天下了，他们肯定都在骂我傻。

【势力】默默无语：没事，要有人骂你，你说我是你小号好了。

【势力主】乱弹琵琶：脑子被驴踢了的人会相信。

【势力元老】花无情：大不了老子不上线，重新玩个号。

【势力元老】花无情：嘿，好多人M我问钥匙呢，蓝调和碧海弄潮声都在M我。

苏笑一边注意势力里的动向，一边看着被传出安全区的时间，眼看还有2

分钟就要被传送出去了，她索性点了屏幕上的叉，退出了游戏。

本来想登录许艾以深的账号，可是这边刚下线那边就上线难免会有人起疑，所以她就打开了学校论坛，准备看看有什么新信息。结果刚刚翻了一下水坛子，苏笑就听到歪歪上花无情嚷嚷：“他们沉不住气啊，碧海弄潮声买了，25000金，哈哈哈！蓝调也说要买，让我等等，我回他碧海弄潮声比他出价高，于是被那边买了。快点儿来分红啊，我在鹊桥仙。”

苏笑抿嘴笑了一下，然后退出了歪歪频道。就在这时，门开了，苏笑回头一看，陈薇一脸阴沉地走了进来。

“怎么了？”苏笑感到有些奇怪，陈薇一向大大咧咧，甚少看到她有如此表情，莫非出了什么大事？

“没什么……”陈薇放下包之后坐到了电脑面前，“今天排练的时候跟舞蹈队的撞了场地，然后吵起来了。”

“体育馆那边？”

“嗯！”陈薇哼了一声，“老子最讨厌女生吵架了，唧唧喳喳的，动手能力又不行。”

“你们事先没联系好？”

“谁知道，反正这些事情跟我关系不大。宁蓝和舞蹈队的人起了争执，不一会儿两边就吵起来了，我在旁边杵着没动，看着她们推搡起来，我就回来了。”

“那你臭着一张脸干吗？”苏笑不解道。

“靠，我手机登歪歪容易吗，明明看到居安思微在线，M了他一天都没理我！”陈薇拍了拍桌子，怒道：“他大爷的！”

片刻之后，又听陈薇继续说道：“咦，游戏里也没在线。你也没在线，在干吗？”

“无聊，看看论坛。”苏笑说完，又刷新了一次水坛，然后随手点开了一个帖子——【灌水】今天早上有个家伙下楼梯蹦蹦跳跳把腿给摔断了。

内容：RT。当时我没忍住，笑了。

底下人纷纷跟帖骂楼主不厚道，楼主辩解他当时也不知道会摔那么严重，还以为是崴了脚，结果刚刚才知道，都骨折了。

苏笑心里默默地同情这个走路不长眼睛的家伙，关了页面正要刷新，桌上的手机响了起来。苏笑拿起手机，等看清来电显示的时候心头一跳，莫非播音员来检查游戏进度？她有些紧张地接了电话，喂了一声之后发现对面很吵，有很多人说话，但手机的主人没有吭声，他不小心摁错键了？

苏笑本来还刻意压着声音装斯文，到最后恢复了本性，大声喂了几声。没人应声，她就准备挂掉电话，就在这时，对方出声了，“喂，能听到吗？”

苏笑打了个激灵，“能！”她顿了一下接着说，“有事吗？”

对方轻声笑了一下，“没事就不能打电话吗？”

苏笑顿时觉得浑身起了一层鸡皮疙瘩。印象中播音员的话一直不多，属于很沉闷的性格，甚少说这种言语轻浮暗含挑逗意味的话，难道他撞邪了？

大约播音员说完之后也觉得不妥，电话里传出了两声轻微的咳嗽。

“那个，我先前帮你上号了。”

“嗯！”

播音员似乎对这个不是很关心，难道他打电话不是问这个？苏笑有些纳闷，就在这时，对方又说话了，“你借我的衣服难道不准备还了？”

“哎呀！”苏笑一呆，然后尴尬地摸了摸后脑勺，上次穿回来的外套她洗了，因为最近经常下雨，而她们寝室又没晒衣服的阳台，所以就把衣服晾到了楼梯拐角，再然后，她就给忘了……

苏笑飞奔出寝室，看到绳子上的男式外套，这才松了口气。

“呵呵，最近有点儿忙，你什么时候有空？”

“你有空的时候给我电话。”

苏笑看了一眼头顶上飘动的外套，“呃，我现在就有空。”

“嗯……”

播音员顿了一下，“我现在没时间！”

一问一答完毕，两边都没了声音。因为站在楼道的角落里，所以周围很安静，苏笑觉得四周都沉寂了，她能清楚地听到自己的心跳声，电话里还能听到播音员的呼吸声。犹豫了一下，她想着是否应该找个话题来调节一下气氛，结果就听到对方说："早点儿休息，晚安。"

苏笑突然有一种很憋屈的感觉，不过她还是回了一句，"晚安。"

挂了电话之后，苏笑看了一下时间，不过晚上10点，她正要将手机揣到兜里，就发现屏幕又闪了一下，来电显示为顾墨。

苏笑微微地皱了一下眉头，"喂？"

"苏笑吗？还没睡吧？"

"嗯！"苏笑一边回答一边往寝室走，她一回身就看到楼梯口出现一个人，竟然是宁蓝。

苏笑忽然觉得拿着手机的手有点儿发烫。

"最近看你都没上线，一直想找你做武器呢。"顾墨的声音里含着笑，宁蓝正巧与她擦身而过，不知道是不是错觉，苏笑总觉得宁蓝似乎瞟了她一眼。

"嗯，我没空，要期末考试了嘛。"

"真用功啊，难怪能年年拿奖学金，像我就不行，门门低空飞过！"顾墨笑着道。

苏笑苦大仇深地笑了一下，为了革命需要，她不得不伪装成埋头苦学的书呆子啊！

"你的号能不能借给我玩一下。"对方顿了一下，"要不卖给我也行？"

苏笑无言以对。

"都是朋友嘛，互相玩玩号也很正常，你要是有兴趣也可以玩我的战士。"

"我不喜欢玩别人的号，我也不喜欢别人玩我的号。"苏笑一边推开寝室门，一边继续道，"我有轻微的洁癖！"

这话正巧被陈薇听到，她扬起头来略带嘲讽的一笑，"洁癖，就你那狗窝，还洁癖，你要逗死姐了！"

苏笑死死地捂住手机，她不确定顾墨有没有听到陈薇的话，此时顾墨并

没有出声，估计被苏笑的洁癖论给震惊了，当然他反应还是很快的，“那你能上线帮我做几把武器吗？我材料已经准备好了。”

“哦，好的，明天吧，我现在要睡了。”

挂了电话之后，苏笑长长地叹了口气，她是真的把顾墨放下了。当初心里的美好画面逐渐失去了颜色，就仿佛发黄的信纸，轻轻一捏，就碎成了细渣……

苏笑在回忆往昔时，就听到陈薇在拍桌子大叫：“居安怎么还没上线！”

苏笑走到她旁边，伸手摸了摸她的额头，“没发烧吧，你最近对游戏很上心啊，难不成喜欢上了那个居安思微？”

陈薇哼了一声，“谁会喜欢他，战场有他比较安全而已。”

苏笑挑眉，“我是医生，你天仙，战场有我更安全，怎么不喊我上游戏？”

陈薇不再说话，苏笑看她脸色不好也没多说什么，正要洗漱隐约觉得她似乎忘了什么事，打开水龙头的瞬间她才想起，播音员的外套还挂在外面，刚刚忘记收了！

等苏笑抱着衣服回到寝室，发现陈薇已经关了电脑，坐在床上玩手机。苏笑摇了摇头，心想：这陈大美女竟然会对游戏里的人物如此上心，莫非动了真情？

网恋不靠谱啊，当初是谁说，玩游戏，认真就输了？

苏笑回到电脑面前，她闲着无聊，又登上歪歪，只是没有进入房间。浮云阁的歪歪群里有2000多条聊天记录，苏笑好奇地点开，发现“逍遥”官网出现了一个新活动，即明星玩家。

众多网游都有这么一个活动，“逍遥”也不能免俗。

“陈薇，有明星玩家活动，你要不要弄张照片去发，然后搞个美人倾城的称谓回来？那称谓能加1000的血和50点全属性，牛！再说头上顶那么个称谓多拉风啊，不知道有多少暴发户会一掷千金为博红颜一笑？到时候我跟着你吃香的喝辣的，要什么有什么啊，亲！”

“去你的！”

陈薇心情不好，苏笑的玩笑正好撞到了枪口上。

苏笑讪笑两声，嘀咕道：“你还可以像网游小说里写的那样，一举夺魁之后戳着当初负心男的脊梁骨说，瞎了你的狗眼！要是居安思微看到你的照片顿时心动，猛烈地追求你呢？”

陈薇头也不抬，“以貌取人的男人都是人渣！”

苏笑心想：那是你容貌太盛，掩盖住了你的内涵，好不？

歪歪群里，对这个活动的讨论也是异常激烈，最后默默无语来了一句总结。

默默无语：“这个活动出来，得捧出多少极品小三。”

“哟，您的话真是太精辟了。”苏笑赞叹道。

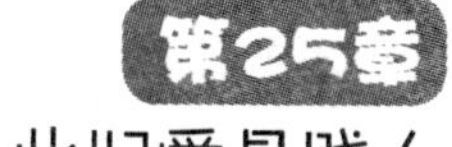

第25章 从此旧爱是贱人

一连好几天，播音员只上过一次线，他把【秘境之匙】交给了乱弹琵琶。当时苏笑正好没在线，所以错过了。

因为手持钥匙的缘故，浮云阁吸引了不少玩家，与之相对的，就是天涯的人员减少了。只不过蓝调因为手里有大量的高品质武器，所以也留住了部分玩家。

当然，这个原因让乱弹琵琶他们很是恼怒。

“许许，你吃里爬外！”乱弹琵琶怒吼。

“坦白从宽，抗拒从严！”老白声音严肃。苏笑似乎看到他坐在面前，手推鼻梁上的黑框眼镜，然后镜片上“刷”地闪出一道精光。

“你是不是真的喜欢那个蓝调？我真命苦啊，闺女都是替别人养的！胳膊肘往外拐！”花无情则是哼哼唧唧，在苏笑面前“痛哭流涕”。

苏笑心存愧疚，左思右想之后，还是选择了坦白。

“我跟蓝调是一个学校的，并且还认识。他在现实中找我帮忙，我就没好意思拒绝！”苏笑弱弱地道。

“你跟天涯那群人是一个学校的？”顾熙白的声音很是震惊。

“对啊！”

“你果然看上他了！”花无情吸了吸鼻子，“见色忘义！”

“他知道我是笑语凝然，但不知道我也是许艾以深。”苏笑叹了口气，“我错了，以后不给他们做武器了，跪求原谅！”

“那下次他来找你，你怎么拒绝他？”青成雪一针见血地问。

“我就说其实笑语凝然是我小号，我大号是许艾以深好了。”苏笑摸着下巴想了想，也只有这样回答了吧，不晓得顾墨会是什么表情，会不会一脸菜青色？想到此处苏笑竟然隐隐有些期待，只不过估计播音员也会知道许艾以深就是苏笑，到时候，又会是怎样的光景？

苏笑没想到这一天来得如此快。

小R所在的社团联合会组织的舞会定在12月7号，当晚苏笑拖着陈薇前去参加，进门的时候一人领了一个面具和一张写了数字的卡片。苏笑拿的是川剧脸谱，脸谱将整张脸都遮盖住，她的数字是29。

陈薇拿到的面具则美艳许多，银白的底色泛着冷艳的光，右边眼眶的位置镶有一排水钻，左边则有一些羽毛缠绕。因为参加的是舞会，陈薇画了妆，她的红唇在面具的映衬下显得格外妖艳。

苏笑瞟了陈薇两眼，嗤笑她是从坟墓里爬出来的吸血鬼。陈薇最近怨气很重，她狠狠地剜了苏笑一眼。

小R他们大概是想搞个化装舞会，也许是因为时间仓促准备不足，苏笑她们呆了几分钟之后就觉得非常无趣，最后两人站在场地边缘围观。

这里平时是舞蹈室，周围一圈都是把杆，苏笑站得累了，索性双手一撑把杆，身子坐到了上面。陈薇无语地瞥了她一眼，斜靠着把杆，身子倚在苏笑的腿上，样子娇媚极了。

舞台中央，主持人热情洋溢地让大家邀请自己的舞伴，场中倒是有不少人响应，很快就凑成了几对。

也有人朝陈薇走来，不过她都懒得搭理，连客气话都省了，将脸扭到一边，让不少人碰了钉子。

苏笑晃了晃腿，用脚尖踢了一下陈薇，“你最近吃了火药啊？”

“没有。”陈薇哼了一声，“吞了炸弹。这么无聊的舞会你居然把我拉来，简直是浪费时间！”

这群人跳了10分钟的恰恰舞，苏笑感觉实在无聊，从杆子上跳下，拉着陈薇准备回寝室。岂料走到门口的时候被工作人员拦住，“同学，别走啊，马上就有活动了，再玩一会儿吧！”

那人声音很熟，应该就是小R。

就在这时，主持人宣布了游戏规则：“先前进门的时候给大家发了号码牌，单数号码牌为女生，双数号码牌为男生。被叫到的人来到舞台中央，和自己的搭档完成默契考验游戏，得分最高的有神秘奖励……”

苏笑将号码牌递回给小R，正要解下面具，就听到主持人喊；“29号女生，40号男生！”

苏笑愣住了。

小R拿起手里的号码牌一看，立即挥手大喊：“29号女生在这里，在这里！”说罢，他把号码牌塞回苏笑手中，将她往舞台的方向推。

苏笑的肠子都要悔青了，偏偏陈薇还在旁边幸灾乐祸，“好了吧，活该，快去跟你搭档玩游戏，最好是什么啃苹果、压气球的，让你这老姑娘春心荡漾一下！”

陈薇一开口，小R就听出了声音，“原来是陈学姐，那更不能走了！”他从身后拿出一个凳子，“要是累了先坐着休息一下。”

陈薇不客气地坐下，苏笑则硬着头皮走到了场地中央。

主持人宣布了默契游戏的规则，苏笑这才舒了口气，幸好不是咬苹果和压气球，否则她会死的！

40号男生戴的是吸血鬼面具，他的身材很高大，看起来似乎有点儿熟悉。

“你们谁比划，谁猜啊？”主持人笑眯眯地问。

苏笑自认为肢体很僵硬，比划动作实在不适合她，于是果断地选择猜谜，那男生倒没有忸怩，也同意了。

开始之后，苏笑看到男生双手抱头，做了一个蹲下的姿势。接着他站起来，伸出两根手指。

莫非是两个字？苏笑脱口而出：“投降？”

对方摆手，又抱头蹲下，还转身用背对着她。

“战俘？”苏笑又道。

这次对了，男生似乎松了口气，主持人接着出下一题。

很简单嘛，苏笑心想。

不过这一局似乎有些不妙，因为周围围观的人全部都在笑，想来那谜题应该很难用动作表达出来。

男生很犹豫，片刻之后才伸出两个手指，接着他两个手心叠在一起，然后慢慢张开，五指张开，微微抖动。

苏笑瞬间想到了水母。

结果对方摆手，用手指在空中画了一个圆，又接着画了一圈小半圆，苏笑琢磨着莫非是花？小时候画花就是这个样子，两个字的花，是什么花呢？

她绞尽脑汁说了一大堆花名都没猜对，最后主持人很遗憾地说：“可惜，你们只回答对了一题。”

苏笑转头看了一下那个屏幕，顿时喷了，只见那屏幕上赫然写着——菊花。

苏笑嘟囔道：“若是他指一下自己的菊花，肯定就猜得到了。”没承想声音虽小，但对方离得近，似乎听到了。她感觉到那人正隔着面具瞅着她，幸得这川剧脸谱将她遮得严实，否则该多尴尬呀。

他们只猜对了一个，得了一个纪念品，即铅笔一支。苏笑脑门上滴汗，深深地觉得这个奖励是一种嘲讽，这是2B铅笔啊！

苏笑回到了陈薇的旁边，因为小R的热情挽留，她不得不再呆一会儿。这时，那个戴着吸血鬼面具的男生就走到了她面前。

“一会儿能不能请你跳舞？”

先前做猜谜游戏，男生不能说话，所以一直没听到他的声音。此时他一开口，苏笑便身子一抖，没承想，她的搭档竟然是他。

他是顾墨。

顾墨说苏笑做的武器品质很好，势力里的人都喜欢，她可以开一家专卖店了——笑语凝然出品，品质保证童叟无欺。

苏笑讪笑了两声。

顾墨又说：“等下去跳舞吧！”

苏笑用极其平缓的语速回答：“我是许艾以深！”

“噗！”听到这么没头没脑的一句话，旁边的陈薇顿时喷了。

苏笑本来在默默思考应该怎么跟顾墨谈这个话题，只不过被顾墨的邀请给刺激了一下，索性在对方毫无准备之时吐出这么一句话，本意是想看看对方的表情，岂料刚刚说完，她就后悔了。他戴着面具啊，不管什么表情都看不到的！

顾墨果然震惊了，他的身子甚至微微一晃。苏笑略有些害怕，悄悄往陈薇的身后缩了缩。

“笑语凝然是我小号。”苏笑很认真地继续补充，“所以我一点儿也不想给你们做武器。为敌对提供精良武器，到时候受伤害的是我自己啊！”

顾墨一言不发地杵在那里，苏笑见他无反应，索性继续说：“你们势力的人平均每天会杀我2次，刷屏骂我10次以上，并且问候我全家5次以上。再给你们做武器，我会崩溃的。”

许久之后，顾墨终于开口了。

“游戏是游戏，现实是现实。要是早知道许艾以深是你的号，我们肯定不会杀你的。晚上回去我去找你们势力主谈一谈，看看能不能谈和，以后不敌对了，怎么样？”

苏笑轻轻地耸了下肩，“乱弹琵琶说了才算，我做不了主。再说一直打

了这么久，势力里的人也不是说停就能停的，要是搞得势力内部产生矛盾就麻烦大了，你也说了，游戏是游戏，现实是现实，我不会因为你们游戏里杀我骂我，现实里就找人来揍你们的！”

面具底下，苏笑抿嘴偷笑，心想：你们一群大老爷们儿，肯定不能因为游戏里的事情而在现实里找我麻烦吧？

“大家都是同学，以前以为许艾以深是人妖，才会痛下杀手的，要是知道是你，巴结都来不及，怎么可能杀你。”顾墨轻笑了一声，“说起来，我们杀了这么久也是缘分，要不一起去跳个舞？”

就在这时，苏笑兜里的手机响了。现场很嘈杂，她还是开着震动才感觉出来，根本没听见一点儿铃声，拿出来之后发现是播音员的电话，苏笑将面具摘了还给小R，“我出去接电话，这里太吵了！”

借着这个理由，她顺利脱身，几步跑出门外，才将电话接了起来。

“喂！”

“在做什么？”播音员的声音一如既往的好听，吐词清晰又有磁性，起码能当个电台主播啊！

“被小R拉着参加了个舞会，在三教这边的舞蹈室。不过我出来了，很无聊。”苏笑吸了吸鼻子，刚刚舞蹈室里人多嘈杂，还觉得闷热，现在出来，冷风一吹，她就打了个喷嚏。

“现在有空吗？”

“有啊！”

对方沉默了，片刻之后，才“嗯嗯”了两声，好像他有事要说，却又难以启齿。

苏笑觉得自己脸颊有些发烫，播音员到底要说什么？就是这么一瞬间的工夫，她感觉到自己的心跳在加速，竟然越来越紧张，连手心都沁出了汗。

其实对方没有沉寂很长的时间，只是对于苏笑来说，那一段时间的空白，仿佛是沧海桑田。

“喂？”终于她忍不住了，“在吗？没信号了吗？”

苏笑将手机拿到眼前，确认还在通话中，并未断线，她很是郁闷地踢了一下脚下的石头。

“在。”播音员声音很轻，像是在耳边呢喃。

月光皎洁，冷风吹得她缩着脖子，然而贴着手机的脸颊却是发烫，她隐约觉得自己和播音员之间有一种淡淡的情愫，只是她还不确定，那是否只是自己的错觉。

下一刻，她确定了。

播音员说：“你把衣服还给我吧！”

苏笑泪流满面，你就只惦记着那件衣服吗？

她捂着破碎的心肝儿说道：“好，我在回寝室的路上。等下拿了给你送过来，你住一楼对吧？”说完之后，她恍惚记起自己曾经看过播音员半裸的样子，顿时气血上涌，又感到有些遗憾，她当时没看仔细，现在脑子里已经回想不出当时的画面了。

苏笑情绪低落地挂了电话，然后随手将手机揣进了兜里，往前没走几步，就看到迎面来了个人。

她诧异地瞪大双眼，这人不是播音员吗，他怎么跑这里来了？

播音员手里捧着两杯奶茶，他走到了苏笑的身侧，将其中一杯奶茶很自然地递到了她手中。

“暖的。”播音员道。

此时，苏笑脑子里只有一句话：“你就是我的优乐美。”

“现在天冷了，怎么穿这么少？”播音员忽然停住，眼睛注视着苏笑，眉头皱起，“脸都冻红了。”

苏笑正在喝奶茶，听到这话，结果一口呛住，咳嗽不停。

她的脸不是冻红的，是因为含羞而变红的啊……

“感冒了吗？”播音员伸手拉下了自己外套的拉链。

苏笑看着播音员的动作，顿时尴尬不已，她连连摆手，“我穿得很多，我不冷。”

播音员沉默地看着她。

苏笑脑子一热，“你是不是懒得洗衣服啊，所以每次都这样，大冷天

的，洗衣服不容易啊！”

播音员默默地将拉链拉上。他的嘴角微微勾起，本来面无表情的一张脸瞬间融化，就像是冰天雪地之中，从铺满白雪的墙壁上探出了一枝梅花。

苏笑看得有些呆了。

一路往回走，播音员在缓缓地说些什么，她都没太注意，只是一个劲儿地想：完了，她真的是细节控，那个瞬间真是太萌了。

当初，顾墨在讲台上念诗，就那么一个瞬间，便叫她念念不忘。

而此时，播音员的这一个动作，突然就扎在了她的心里，让她觉得呼吸无力，脑子里一片混沌。

她才跳出暗恋的泥沼，难不成现在又要跳进去？

第26章

我爱上你了吗

苏笑恍恍惚惚地回到寝室，然后一屁股坐在凳子上，发了很久的呆。她喜欢播音员了吗？

这个转变似乎来得太快了，让她一时有点儿接受不了。现实里的播音员寡言沉默，性格闷骚，并不是她喜欢的类型。至于游戏里的不念情深，杀她的次数数都数不过来，最重要的是，要是他知道了她就是许艾以深，不知道会有什么反应？

不念情深应该不大喜欢许艾以深吧？

苏笑趴在桌子上揉着头发，游戏里因为一个玩笑把他的徒弟给弄得不玩了，所以播音员才会用那样的方法追杀她。后来他似乎明白了她不是故意的，也指出了她情商不高。她的一个无意之举，却给别人带去了伤害，所以她在他心里应该留下了比较坏的印象吧？

苏笑崩溃地撞了撞桌子，她又隐约觉得播音员之后对她不错，拉着她下战场刷怪，也没去解除定亲，难不成不念情深对许艾以深有那么点儿意思？

玩网游的男生最不靠谱了！想到此处，苏笑用下巴磕了几下桌子。但是，他在包里放全套的刺客装备，对她的小号有求必应，纯粹是因为同学关系，还是真的对她有意思啊？

天啊，她要疯了！

所以说，感情这玩意儿一丁点儿都不能沾，任凭你智商多高，遭遇了爱，便蠢得跟个二百五一样。苏笑软绵绵地趴在桌子上，幽幽地叹了口气。

隔了许久，她才伸出手在笔记本的电源上戳了一下，正要坐直身子玩游戏，兜里的手机震了一下。

拿出来看，是一条来自播音员的短信。

播音员：“衣服忘拿了！”

苏笑：“刚刚上楼之前你怎么不提醒我！”

之前，播音员一直送她到寝室楼下，由于她心不在焉所以也忘记了这事，现在看到短信分外无语，明明是来拿衣服的，他怎么也给忘了。

此时电脑已经打开，苏笑登了游戏，她打开好友列表一看，发现不念情深竟然在线，于是她下线了。又等了两分钟，她再次打开游戏，只不过这次，登的不是许艾以深，而是墨如衣。歪歪也直接上了小马甲。

墨如衣刚刚上线，就收到了来自不念情深的组队邀请。

<队伍领袖>不念情深：来了。

<队伍>墨如衣：嗯。

<队伍领袖>不念情深：上歪歪。

<队伍>墨如衣：喔。

进入了播音员的歪歪房间，苏笑听到里面正在放歌，那人在唱：“You are my frist love……”

然后，其他的她一句都没听清，苏笑有些纠结，正想问问这歌的名字，就发现播音员已经把音乐给关了。

“做任务还是下副本？”

苏笑叹了口气，她什么都不想做，她想表白。啊，不对，她想坦白……

播音员迟早都会知道苏笑是许艾以深，与其让他从别人那里听说，还不如她自己坦白，只不过在这之前，她想试试播音员对自己的态度。

<队伍>墨如衣：我觉得刺客跑起来的姿势很好看。

<队伍领袖>不念情深：你品位很另类。

<队伍>墨如衣：特别是那个自戳菊花，然后一路飙血往前奔的动作，叫什么来着？

<队伍领袖>不念情深：加速度的是化血。

<队伍>墨如衣：挺好看的，你脱了装备绕城裸奔一圈吧，不许骑马。

刺客的装备也有加移动速度的炼化，脱掉装备，人物的奔跑速度要慢很多。

这句话刚发出去，苏笑就觉得她太二了，无缘无故地让人家裸奔，正常人都不会答应啊。

<队伍领袖>不念情深：好。

苏笑惊呆了。虽然心头窃喜，但语气仍万分平静。

<队伍>墨如衣：那就从九黎荒村一直跑到青丘的桃林。

“可能要跑2个小时。”播音员大概没忍住，终于在歪歪上发言了，“跑完了会有好处吗？”

“呃……”苏笑迟疑了一下，“我告诉你一个秘密。”

“嗯。”

苏笑本以为播音员会问她什么，结果没想到那边不再说话，而游戏里的人物却传送不见了。等她点开地图，发现不念情深已经出现在了九黎荒村，那里是她刚刚随口说的起点。

就在这时，苏笑发现耳麦里传出了电流声，播音员又开口了。

“对了！”

“哎？”

“刚刚短信没回，其实我问了你的。”

苏笑一愣，紧接着她听到对面轻笑一声，“不过你似乎在走神，于是衣服只好下次再拿了。”

“我开始跑了。”播音员说完之后，不念情深动了。

苏笑紧跟着过去，骑在系统赠送的枣红马上，看着不念情深开始撒丫子狂奔。

<队伍领袖>不念情深：对了，包裹满了，两个耳环没脱下来。

苏笑悄悄点开不念情深的装备查看，赫然发现他真的已经把装备给脱了，只是由于他穿了时装，所以此时并非裸体男。

不念情深在前面跑，苏笑在后面骑着马亦步亦趋地跟随。

两人一直沉默，只听见游戏里的背景音乐，以及播音员使用化血技能时系统所配置的一个“噗”声。

那个声音，她曾经觉得好笑，现在，她却觉得有些动听。

喜欢一个人，才会包容她的任性和无理取闹，这是否说明，播音员的心里有她？只是她又有些担心，等到了青丘桃林，她就要坦白自己是许艾以深。游戏里的许艾以深就是一个地痞流氓，会骂脏话，曾经跟天涯的人刷屏对骂过一整天，还发天下传音向蓝调表白过。播音员是游戏版主，肯定知道蓝调就是顾墨。她还会用恶劣的法子整人，并且还情商低……

陈薇曾说过，游戏里的许艾以深跟现实里的苏笑，是完全不同的两个人。

她从游戏里看清了顾墨，所以不再喜欢他。播音员若是知道了她是许艾以深，对墨如衣的喜爱会不会演变成失望？

想到这些，苏笑的心揪成了一团乱麻。

不知何时，播音员开始放歌，温柔而又磁性的男声，也是苏笑一直喜欢的声音。

等听到副歌部分，她才发现，这就是先前刚刚进房间时听到的歌，“You are my first love……”

苏笑心跳加速，脸颊泛红，连陈薇回来都未察觉。

陈薇的一声大叫终于唤回了她的神智，“靠，那家伙终于舍得上线了！”

苏笑翻了个白眼，这时候她终于发现，播音员已经领着她穿越了6张地图，到达了云梦泽通往青丘的渡口。再过十几分钟，她便要告诉他那个秘密：我就是许艾以深。

先前告诉顾墨这句话的时候，她的心头平静无波。

而此时，站在云梦泽的竹筏上，她早已心慌意乱。

湖面平静无波，簌簌的风声像是情人之间的低语。两只木筏并排在一起，偶尔重叠，就好像两个人并肩站在木筏上一样。

苏笑的墨如衣站得累了，会坐在木筏上双脚踏水，哗哗的水声响起，让人有身临其境之感。

曾经觉得十几分钟的水路异常烦闷，而此时，苏笑却觉得时间太短，她的心跳还未回落到正常速度，墨如衣的双脚就已经踏上了桃花林的土地。

他们到了。

桃花林红霞似锦，落英缤纷，而此时苏笑眼中，却只有那个白衣黑发的人。

“到了！”歪歪上，播音员语气平静。

“嗯。”苏笑轻轻地应了一声，然后她深吸口气脱口而出，“我是许艾以深。”

对方没有反应。

苏笑觉得刚刚的声音很小，莫非他没听清？于是她一咬牙，再次重复了一遍，“我是许艾以深。”

播音员说：“嗯。”

就这样？苏笑愣了一下，寻思着那家伙是不是脑子没转过弯，咳嗽了一声之后继续说道：“我……”

就在这时，播音员打断了她，“要不你换号，我们去战场？”

你接受能力要不要这么强大啊，当初得知播音员就是不念情深，她足足震惊了一个晚上。不过，苏笑转念一想，当时她也很镇定，莫非这家伙其实跟她一样，表面上不动声色，其实暗地里酝酿了一场大风暴？

她心里有些后悔，早知道当面说了，还可以从他的表情观察出他对自己的态度，现在，她实在是不知道播音员到底想什么，失策啊失策……

好吧，她换号了。

苏笑上线之后还没来得及跟不念情深组队战场，就被乱弹琵琶叫到团队里，开了鹊桥仙的隐藏地图。

【团队领袖】乱弹琵琶：今天论坛上看了那个树妖的打法，我们4个团的人，再去试试看。论坛上说树妖最简单，其他的BOSS还没被哪个服推倒了呢！

苏笑看了一下团队配置，他们自己势力有3个团，然后一个中立势力有一个团，大概是乱弹琵琶去跟人家势力主谈了什么条件，苏笑对这些不太感兴趣，只是心想蓝调到底有没有来谈和呢？

你对不念情深说：“得先去隐藏地图。”

不念情深：“嗯。”

【团队】不念情深：把我跟许艾以深调到一队。

【团队】花无情：我看到了什么？

【团队】默默无语：真相。

因为有了论坛上的攻略，这次打树妖就没有上次那么惨。在经历了一个多小时的死去活来后，大家终于推倒了BOSS，只是后果惨不忍睹。用乱弹琵琶的话说，那就是屁都没摸出来一个……

把BOSS推完，已经是晚上10点50，快到断网时间了，苏笑只得下了线。

晚上睡觉的时候，苏笑睡不着，躺在床上翻来覆去，不承想下铺的陈薇也是一样，最后还是陈薇发飙了。

“你在老娘头顶上滚来滚去，搞什么啊！”

“睡不着。”苏笑闷声回答。

“我也睡不着。”

寝室里又安静了一会儿，苏笑平躺在床上，看着房顶心绪不宁，她要不要告诉陈薇她已经不暗恋顾墨了，但是她似乎又暗恋上了别人？她就是个暗恋的命啊，为什么不是“我喜欢的人也正好喜欢我”？

她忽然想起了一句话：这世上最幸福的是我看着你的时候，你正好回头凝视我。

“我觉得我抽风了，我很不甘心啊，我真的想去参加那个明星玩家活动了。”陈薇忽然出声，把苏笑给吓了一跳。

“明星玩家？”

“对啊，现在很多玩家都传照片了，一群色狼在群里评头论足的。男人都以貌取人，还在群里截些特征部位！”说到这里，陈薇语气不善。

苏笑估摸着居安思微肯定在群里说过话，没准还夸奖某个妹子漂亮。

看来这姑娘最近有些入魔，不过网恋不靠谱，谁知道那光鲜的人物角色下到底是个什么样的家伙啊。还是不念情深好，游戏里算是正义吧，现实里看起来也靠谱……

想到这里，苏笑猛地晃了一下脑袋，她真的是想太多了。

“哎，那个秋小小传照片没？”苏笑突然问道，她其实有些好奇那姑娘长什么样子，做小三儿的姑娘应该有一颗不甘寂寞的内心，没准儿还真会参加。

“没注意。”陈薇哼了一声，“我才没那闲工夫关注她！”

“你对你前夫可真是……”本来苏笑还想说“你传照片闪瞎你前夫的狗眼”，结果看陈薇志不在此，她也只好作罢，只是追问了一句，“你真要传？传了以后你的游戏生活肯定不会平静了！你就偷偷传给居安思微好了嘛。”

“没有切入点，他从来没问我要过照片。”陈薇叹了口气，用被子蒙住了头，“算了，睡觉。”

这注定是一个难以入眠的夜晚。

第二天早上没课，本来苏笑准备上自习的，但因为晚上没睡好，一觉醒来已经是11点20了，可以直接去食堂吃午饭了。

人生肯定是由无数个巧合组成的。在食堂里，苏笑遇到了播音员。播音员比她来得早，已经打好了饭。他坐的那张桌上只有他一个人，只不过旁边的位置上放了两本书和一个水杯。那水杯看起来很眼熟？

苏笑默默地瞅着水杯，播音员忽然抬头，她猛地别过脸取了个餐盘跑到了另一边，她那不争气的小心肝儿如同小鹿乱撞般狂跳，这叫她情何以堪？

等打好饭菜，她挣扎很久，还是朝着播音员的位置挪去，该怎么打招呼呢？

“哈，吃饭？好巧？”

“哎？一个人？”

她低着头苦苦思索，没承想撞上了一个人，汤水洒到了对方的衣服上。

苏笑连忙抬头道歉，看清对方的脸后瞬间犹如被雷劈中，她以前千方百计设计的邂逅情景苦苦不能实现，现在偏偏送上门来！她好想大吼一句：“喂，你走路不长眼睛啊！”

被撞的人是顾墨。所以说，人生际遇都是由无数巧合组成的，只是有些缘分让你心跳，有些缘分让你哭笑不得。

“对不起。”苏笑垂着脑袋一脸苦相。

“没关系。”顾墨言语也算温和。

“既然没关系了，那我就借过好了。”苏笑正要侧身移开，就听顾墨接着说：“吃饭啊，好巧，一个人？”

这不是她刚刚想跟播音员打招呼的台词吗？巧什么巧啊，现在是吃饭时间，在食堂遇到再正常不过了，好不好！

顾墨将手中的餐盘轻轻抬了抬，“坐一起吧，我也一个人。”

“我朋友在那边！”苏笑很诚恳地说，然后伸手一指，“在那儿！”

她随口一说，没承想一直低头吃饭的播音员忽然抬头，于是她的指尖和播音员的视线遥遥相对了。

苏笑真想在食堂的地板砖上挖个坑，然后跳进去……她浑身僵硬，然后机械地挪了过去。

“好巧，早上有课啊？我们早上没课，呵呵。”苏笑内心万分激荡，但她面部表情格外淡定，应该不会被他瞧出异样吧？

“我也没课。”播音员放下了筷子。

难道他不吃了要闪人？看到播音员的动作，苏笑心头犹如大风刮过，凉

透了。

他并未起身，而是从兜里掏出了一包纸巾，然后伸手抽出一张递了过来，见苏笑久无反应，索性替她擦拭起来。

苏笑的双手还未离开餐盘，此时她才注意到，自己的左手因为刚刚的碰撞沾上了番茄鸡蛋汤……

她丢脸丢到家了。苏笑猛地缩回手，淡定神功此时终于破功，她一把抢过纸巾然后飞快地将手指擦干净，紧接着拿起勺子开始扒饭，这期间一直没敢抬头，只是用眼角的余光瞟了几眼播音员，他应该吃完了，只不过还没离开。

他在等她吗？就这么闷头吃饭是不是太傻了？她该说点儿什么呢？

苏笑琢磨了一阵子，终于抬头与播音员对视一眼，“我是许艾以深。”

昨天耿耿于怀了一晚，就让她再说一次，看看播音员到底是什么反应吧……阿门！

第27章 挖人墙角

苏笑：“我是许艾以深。”

播音员略一错愕，而后微微低头，似乎不忍与其对视。

因为面对面坐着，苏笑发现播音员的睫毛很长，她有些情不自禁地想伸手摸一摸。

有些人总是不可理喻，一些小小的细节便能让她抓心挠肺。此时，苏笑想起了一句话：恰是那一低头的温柔。虽然还看不出他到底是否娇羞……

就在苏笑的心七上八下之际，播音员抬起头，眼神深邃。许久，他说话了：“对不起，我不该杀你那么多次。”

苏笑无语。我不是要听你道歉的！难道你就这个反应吗？

苏笑觉得她要憋出内伤了，她三两下将饭菜吃饭，跟播音员说了个“拜拜”后火速闪人，结果走到门口又不甘心地回头一瞥，顿时泪流满面。

学校的规矩是，在食堂吃完饭要将餐盘主动放到回收车那里。刚刚她因为情绪激动给忘了，所以她看到播音员一手端一个盘子倒剩饭。苏笑顿时觉得心灰意冷，完了，她这次真是丢脸丢大了。

大约是觉得太过丢人，苏笑两天都没有登游戏。不过老天爷都在跟她作对，她以为不上游戏就遇不到播音员了，偏偏她上自习、打开水、买零食的时候，经常能看见他。有没有搞错，偌大的校园，怎么就这么巧，随时都可以偶遇呢？

偶遇的次数多了，心情也从紧张变成了麻木，到最后，她终于可以挥着自己手里提的猫耳朵，很自然地跟他打招呼：“嘿，出来买夜宵啊？”

“嗯，怎么买这么多东西。”播音员看着苏笑手里的大包小包，眉毛微微一拧，“我来吧！”说完之后，他伸手拎过苏笑手里那堆塑料袋。

这个动作，直接让苏笑后退了两步。

“不用，不用，很轻的，一点儿都不重。”

上次陈薇买的ABC被她用光了，结果陈薇震怒，支使她出来采购。因为陈薇的需求量大，所以她专门拿了个黑色塑料袋来装，看起来倒是很大一堆，但卫生棉能重到哪里去！

万一这东西被播音员看见了，她岂不是又得丢脸一回？这真是倒了八辈子血霉了。

从超市出来，苏笑手里提着几大袋东西，播音员双手插在衣兜里，两人并肩走在一起，气氛显得十分诡异。

又走了一小段路，苏笑手中的塑料袋第3次撞到播音员腿的时候，他终于转过身，面无表情却又异常坚决地将苏笑手里的塑料袋给夺了过去。

苏笑有心挣扎，却怕动作幅度过大导致他看清里面的东西，只得松手。

没承想播音员大概以为苏笑会死不松手，就用了点儿力气……结果黑色塑料袋裂开了，一堆卫生棉滚了出来……

此时不过晚上8点，通往超市的这段路上行人颇多，苏笑羞得面红耳赤，她连忙弯下身子去捡，却发现播音员脸色并无异常。他已经走到了滚得最远的那包卫生棉面前，弯腰将卫生棉捡了起来，大约是上面沾了灰尘，他还用手轻轻地拍了几下。

苏笑的脸更红了，不过她忽然很想问："秦同学，你是天生面瘫吗？"

黑色塑料袋坏了，其他袋子都装的吃的，也塞不下这几大包东西，而且从这里走回寝室还有一大段距离，她就算一手拿两包也拿不了。难不成让播音员也一手拿两包？

正犹豫不决时，她发现播音员脱下了自己的外套，然后将几包东西全部都包在了他的衣服里。

"走吧！"

做完这一切，播音员依然没什么表情，他走了几步之后发现苏笑并未跟上，便停下脚步，侧身站立，"怎么了？"

休闲外套里面依然很单薄，只有一件衬衫，因为手里抱了一包东西，他把衣袖挽起，手臂露了出来，在昏黄的路灯下，苏笑觉得格外诱人。

"没，没什么……"她这是造了哪门子孽，才出虎穴又进龙潭！

苏笑小跑两步跟上去，等到与他并肩之后，她小声问道："你不冷吗？"

这个天气，苏笑已经穿了一件棉外套，而播音员手上的那件外套显然不厚，身上只穿了一件衬衫，她看着都觉得冷。

"不冷。"播音员难得笑了一下，"我说过，我体质不错。"

"是啊，还能背着我绕操场跑5圈是吧。"苏笑默默地想，只不过上次听到这话感到无语，现在她倒有些后悔，当初应该回答他："真的吗？我不相信，要不，咱们试试！"

她一路胡思乱想，直到播音员叫她名字才回过神来。

"啊，什么？"

“圣诞活动出来了。”

从来没想到，许艾以深和不念情深的操作者会一起并肩走在校园里，讨论游戏里的活动任务。

“哦，是什么？”苏笑这两天没上游戏，自然不知道活动任务是什么。

“堆雪人，还有个什么天降福缘。”

没意思，苏笑撇了下嘴。

“还有个夫妻跨服对战。”

苏笑眼前一亮，正要询问细节就听播音员继续说道：“我们去把宠物练到满级。”

苏笑顿时心花怒放，这么说来，播音员的意思是要跟她结婚，然后去参加夫妻跨服对战？

“奖励很不错。”播音员很认真地补充。

苏笑的心瞬间碎成了渣……你就是为了那点儿奖励吗！

在寝室楼下，苏笑给陈薇打了电话，让她拿着袋子下来，播音员将东西从衣服里一件一件拿出来放进袋子里。期间，苏笑一直在偷偷观察他的脸，面无异色，倒是耳朵尖有点儿红，不知道是冷的还是害羞。

跟播音员道谢后，苏笑和陈薇走进了宿舍楼。上楼梯的时候，陈薇朝着苏笑挤眉弄眼，“我看他靠谱，不过就是看起来有点儿沉闷。”

不是有一点儿闷，他简直就是闷骚中的极品啊……

回到寝室之后，苏笑路过陈薇身后，看到她正在上游戏，想到先前听播音员说的圣诞活动，顿时好奇地询问细节。岂料苏笑的话勾起了陈薇的心酸事，只见她将手里的袋子一扔，“别提了，气都气死了，现在很多人组合结婚去参加比赛啊，我就跟居安说我们也去吧，结果他竟然拒绝我了！”

陈薇出道以来，鲜有男人拒绝她吧，想到这里，苏笑有点儿理解她为何如此暴躁了。

“我到底要不要发照片啊？”陈薇在寝室里来回走动，嘴里不停地念叨着，“发还是不发呢？”

“有一句话叫做，虽然她不是世界上最漂亮的女人，但是是我最爱的女

人，或者说，在我眼里，她就是最漂亮的。所以，既然他有喜欢的人，那么不管你发的照片有多漂亮，他也不会选择你。”苏笑伸手拍了拍陈薇的肩，“如果他因为你的照片就变心，那你还会喜欢他么？”

陈薇不再说话，最后她默默地走到了电脑面前，将游戏给关了。

“还好吧？”

“让我发会儿呆。”

见陈薇如此，苏笑也没再多说什么，转身打开了电脑。因为好几天没上线，等她登录游戏后，发现离线消息多得吓人，大都是势力里的兄弟向苏笑预定武器，没什么大事。只不过她刚刚关闭信息，就发现自家势力主发了个天下传音。

【天下】乱弹琵琶：小雪啊，你回来吧！

苏笑纳闷，小雪是谁？难不成她不在的几天，乱弹琵琶已经勾搭上了妹子？

【势力元老】许艾以深：小雪是谁？

【势力元老】花无情：青爷呗！

【势力】青天白日满地红：青爷退势力了。

苏笑点开势力记事簿，发现青爷于三天之前已经脱离势力，她觉得不可思议，大家风风雨雨一起走了这么久，怎么会突然离开了呢？带着疑问，她立即私聊了青爷。

你对青成雪说：“怎么了，发生了什么事？”

隔了几分钟，对方才回信息。

青成雪：“许许你死哪里去了？乱弹琵琶那狗日的天天喊着要找个医生结婚打比赛，我受不了就退了，我在外面泡男医生，别担心我。”

你对青成雪说：“……”

【天下】乱弹琵琶：小雪啊，我想了一下，其实两个战士打比赛也没关系啊，你回来咱结婚去，别想着什么医生了，医生那小身板儿不适合你。

【天下】花无情：小雪快回来，那蠢家伙要唱“你是风儿我是沙”跟你表白！

看到这里，苏笑咧开嘴笑了，因为那个夫妻跨服比赛，看来势力里很多情人都修成正果了。就在这时，苏笑的电脑屏幕上弹出了一个加势力的图标，不过她正要点“同意”时，发现其他管理已经眼疾手快地将青爷加了回来。

【势力】青成雪加入了势力。

【势力主】乱弹琵琶：小雪啊，咱去结婚吧。

【势力元老】花无情：等等等等，刚好情义满了，一起。

【势力元老】许艾以深：啊？师傅你跟谁结婚？

【势力元老】花无情：我是人妖号泡不到妹子，随便找个家伙结了呗。

【势力】默默无语：不去了。

【势力元老】许艾以深：噗。

【势力】秋天花花：别去了别去了，默默我们去吧，跟人妖结婚多糟蹋！

【势力元老】花无情：小丫头死一边去，默默啊，她没我厉害。

【势力】默默无语：……

势力里增加了很多新人，苏笑还是点秋天花花的名字才发现这是一个满级的女医生。看到势力里多了这么多医生，她心里有点儿失落，曾几何时，势力里的医生就她和师傅两个人，离了谁都不行，现在，她已经没那么被需要了吧？

【势力尚书】顾熙白：许许最近干吗去了，菜地里的菜都没人收了，也没人挖矿了，我好想你。

【势力】惜音：想谁呢？

【势力尚书】顾熙白：我错了。

看到惜音的名字突然冒出来，苏笑有点儿头晕，如果没记错的话，惜音是蓝调的老婆，不过曾发天下骂蓝调是一坨屎，怎么她跑到浮云阁来了？

你对顾熙白说：“你挖了蓝调的墙角？”

顾熙白说：“我们要给人改过自新的机会。”

【势力】惜音：老白，做师门要【珍珠颗粒】，快去买。

【势力尚书】顾熙白：是，马上送来。

你对顾熙白说：……

又过了几分钟，不念情深终于上线了。这一次，苏笑主动发了组队邀请过去。

<队伍领袖>许艾以深：刷怪？

<队伍>不念情深：嗯。

烟罗和明言都只有50多级，所以他们传送到了成都城外的龙泉村。刷怪是个单调的活，势力里，花无情喊大家上歪歪，乱弹琵琶在跟青爷表白，苏笑无所事事，就去凑热闹了。结果刚听了一会儿，她就笑岔了气。

乱弹琵琶是东北人，平时说话嗓门大，跟青成雪吵架像敲锣一样，可是今天表白的声音却弱得跟个蚊子似的。

“小雪啊，自从第一次看见你，我就心想，这游戏里怎么有这么单纯的姑娘呢……”就这么简单的一句话，他至少说了四五遍大家才听清。结果，青爷听得不耐烦了，“好了，下一句呢！”

乱弹琵琶接着说：“别说，老子开始就以为你是一纯爷们儿。”

“噗……”歪歪上，大家哄堂大笑，又听乱弹琵琶咳嗽几声，“错了错了，忘记照着念了，重来。”

结果青爷恼了，说了一句“我服了你了”。这下乱弹琵琶慌了，“我这人容易紧张，我一紧张我就会说错话，所以我一般紧张了都憋着不说话，现在你们逼着我说……”

“谁逼你呢？”青爷再次发飙。

“好了，我豁出去了，就一句，小雪，我们结婚吧！”

老白适时地将背景音乐换成了结婚进行曲，片刻之后就听青爷无比娇羞地说：“我都在鹊桥排队了。”

众人：ORZ……

<队伍领袖>许艾以深：我们去鹊桥仙参加婚礼，现在去还能抢个送亲的位置。

<队伍>不念情深：嗯。

自从上次蓬莱服婚礼卡图造成服务器崩溃之后，鹊桥仙结婚已经没有那么多BUG了，只不过鹊桥只有一座，过鹊桥还是有时间先后。譬如说你先申请，就会先通过，后申请的就得等着，等人家的送亲队伍过了再上。

平常日子肯定不存在交通堵塞，现在因为夫妻跨服比赛，每天结婚的人数猛增，结婚就好像下高速公路的收费站一般，得排队啊……

一整晚，歪歪上欢声笑语，苏笑本来心情不错，可是她隐约听到了抽泣声，转头去看，顿时惊慌失措，陈薇竟然哭了。

“怎么了？别吓我！”

“没事。”陈薇吸了吸鼻子，然后指了一下歪歪的对话框，“他说他圣诞节会去跟喜欢的人表白，我祝他顺利。”

苏笑轻轻拍着陈薇的后背，此时也找不到什么话来安慰她，只好说：“游戏不是现实，或许他长得很蹉跎呢，你别纠结了，咱就想他是个大龅牙啊什么的不就行了。”

没承想，陈薇很是恼火地瞪了苏笑一眼。

“他说他喜欢那个女生很久了，只是因为自己的兄弟也喜欢他，所以一直没说，前段时间他兄弟表白失败了，他觉得自己也应该试试，结果好像因为这个还跟兄弟闹了点不愉快，不过后来又和好了，因为他兄弟说他肯定也会失败的。”

呃……听起来好复杂的样子。

陈薇忽然拍了下桌子，“哪家的女人啊，这么水性杨花！这个喜欢，那个也喜欢，搞什么啊！”

苏笑默默地别过脸去，“被人喜欢跟水性杨花完全不沾边吧！”

“诅咒他失败！”苏笑眼见陈薇变脸，立马狗腿道。

“算了，我希望他能成功。”陈薇抽出一张纸巾将眼睛擦了擦，“我先睡觉了，你慢慢玩儿。”说完之后，陈薇钻进了被窝。

苏笑叹了口气回到电脑面前，立即被眼前的画面震得心惊肉跳。

许艾以深还站在鹊桥仙境，此时，不念情深正温柔地抱着她。

周遭的人群和喧嚣全都消失不见了，只有他和她，相依相偎，形成了她

心里最美的风景。

苏笑把周围的玩家屏蔽，然后将画质调到最高，开启风景模式准备截图留念。结果她忘了，这里是曾经卡图导致玩家掉线服务器崩溃的鹊桥仙，而且现在还有很多人在结婚。她同时也忘了，自己的笔记本已经用了两年多了。

在点击确定之后，苏笑的游戏屏幕卡住了，鼠标变成了一个小圆圈，再也不能移动。就在她焦急地等待游戏恢复正常的时候，游戏里的风景蒙上了一层灰，紧接着，周围的一切都消失，屏幕上只显出一行字：你与服务器断开连接……

不知不觉，已经晚上11点了。她的截图最终没有成功，虽然有些遗憾但心情还是很愉快，不念情深抱了她，是否表示他也喜欢她呢?

第28章

我一直爱着你

第二天是星期五，苏笑和播音员刷了一整天的怪，终于把明言和烟罗都升到了满级。期间两个宠物在大庭广众之下搂抱数次，而不念情深没有任何动作。

苏笑很纠结，她要不要冲上去抱一抱他呢?

晚上，两个人结婚的过程也非常没有情趣。

<队伍领袖>不念情深：满级了，去结婚吧。

<队伍>许艾以深：哦。

没有求婚，没有表白，就连提出结婚也是在游戏里打字，明明两人都上了歪歪，房间里却静得吓人。

一点儿都不浪漫……苏笑觉得她快憋屈死了，就连乱弹琵琶那个大老爷们儿都知道唱你是风儿我是沙呢！难不成播音员只是为了任务奖励才会如此没有诚意？

因为以前系统强制绑定了两人的订婚关系，所以他们结婚的过程并不复杂，不需要再刷情谊，直接到月老那里登记，然后换上礼服过鹊桥。他们并没有通知势力里的其他人，所以送亲的队伍全是NPC。等两人拜了天地、系统刷新通告出来，势力里的人才知道他们结婚了，纷纷在势力里骂二人偷偷结婚，不厚道。

因为憋着一肚子气，苏笑在势力里打字。

【势力元老】许艾以深：比赛需要。

播音员没有说话，苏笑只当他是默认了，心里头更加难受。

就在这时，又一条结婚信息飘了出来，让大家一惊。

【新婚大礼】新郎蓝调对新娘倾城一笑说，“猪婆。”

【新婚大礼】新娘倾城一笑对新郎蓝调说，“猪公。”

【势力】默默无语：其实猪公那两个字应该倒过来。

倾城一笑不是碧海弄潮声那宝贝妹妹吗，当初不念情深不娶，默默无语也不娶，现在让蓝调给娶了？

【势力】惜音：唉……

【势力尚书】顾熙白：（挑眉）看到别人再婚，你不高兴了？

【势力】惜音：找死啊你。

每个人都想有一个浪漫的婚礼，哪怕只是在游戏里。苏笑看着许艾以深穿着红嫁衣站在鹊桥的连理枝下，身边的不念情深虽然离得很近，却又觉得很远。莫名的情绪让她受尽折磨，最终，她决定下线了。

<队伍>许艾以深：我先下了。

<队伍领袖>不念情深：嗯。

下线之后，苏笑打开了衣柜。播音员的衣服还在，她仔细叠好了放在袋子里，但一直忘记还。她把手伸进袋子里轻轻地摸了一下，触手冰凉，就跟她此时的心情一样。明天是圣诞节，陈薇晚上不在，寝室里空落落的，仿佛

从地底生出了一股凉气。

她叹了口气，将衣柜门关上之后，准备出去走走，刚把门打开就看到隔壁寝室的人抱着一堆零食回来，“苏笑，一起喝酒啊。”说完，她们便把苏笑给拉了过去。

一群女生喝酒吃肉聊八卦，划拳行酒令，一直折腾到了11点半。苏笑大约是因为心情不好，多喝了些，回到寝室的时候，走路三步一晃，脑袋也是昏昏沉沉，倒头就睡了。等到第二天早上醒来，已经是11点半，手机上有3个未接来电，都来自于播音员。

她回了个电话过去，因为刚醒，还打了两个哈欠，“不好意思，昨晚喝多了没听到，找我有事吗？”

“没什么事。”对方声音很轻，说完之后又没了声。

沉寂得可怕，苏笑觉得气氛太压抑终于开口，“既然没事我就挂了啊。”

“少喝点儿酒。”

“嗯。”挂了电话，苏笑觉得头还有些晕，又在床上躺了一阵儿，直到陈薇从外面回来，她才从床上坐起来。

“还不起来，今天圣诞节。”陈薇抬头瞄了一眼苏笑，“你看你什么样子，圣诞节也不打扮打扮，万一谁想跟你表白，结果看你这么蹉跎，肯定改变主意了。”

“你以为我是你。”苏笑一边往身上套衣服，一边嘀咕道。

“快起来，我们去买衣服。”陈薇敲了敲苏笑的床，“动作快点儿！学校外面那家欧货店今天打折，划算死了，速度！”

在陈薇的连番催促下，苏笑不情不愿地跟她出了寝室，等出了寝室楼，她才发现，节日的气氛已经这么浓了。

寝室楼门口放了两棵圣诞树，楼外有几个捧着鲜花的男生在等人，路旁掉光了叶子的银杏树上都挂着气球和红丝带，时不时有戴着红色圣诞帽的人从面前走过，到处洋溢着节日的喜气。

前几日下了雨，天空已经被洗成了蔚蓝色，冬天的阳光暖洋洋的，直抵人的心房。苏笑的心情也变好了许多，跟着陈薇到了那家店里，也很热情地帮她参考。

陈薇胸大腰细皮肤白，穿什么都好看，于是陈薇试的衣服，苏笑都回答好看。陈薇大概觉得苏笑心不在焉，十分恼怒地说："不看了，这件怎么样，你去试试！"

陈薇递给苏笑的是一件浅黄色的学院派大衣，大衣上有一圈白色的狐狸毛，帽子两边还悬挂着两个白色的圆球，风格很萝莉。

苏笑看着衣服不说话。

"瞪什么瞪，你那身材就适合这样的衣服。"陈薇毫不留情地抨击她。

苏笑试了衣服，发现上身倒也合适。

"好看！"陈薇笑道，"再配条裙子和靴子。"苏笑站着没动，陈薇又去给她拿了条卡其色的棉布裙，"你不是有双流苏长靴吗，搭那个正好。"

苏笑点了点头，然后让服务员开单，刷卡消费了。

她的行为倒让陈薇愣了一下，"太阳打西边出来了，买衣服都不问价了！"

苏笑回头白了她一眼，"全场打折，我觉得我卡里的钱肯定买得起。"

"知道你是小富婆。"

苏笑没有吭声，她想起了一句话，"女为悦己者容"。

购物之后回到寝室，苏笑一直瞅着手机，除了一些好友祝福，并没有其他的信息，而她心里牵挂的那个人，更是没有只言片语。

晚上，她上了游戏，赫然发现不念情深竟然也在线，似乎还在跟人做圣诞节的猜谜堆雪人活动，她更是觉得心情郁闷。后来在势力频道里听大家吹牛聊天，她的心情才稍微放松了点儿。

【势力主】乱弹琵琶：哈哈哈，我得到的状态是神祝无敌，10分钟防御血量闪避上升50000点，小的们，流云渡求死！

【势力】青成雪：得瑟。

苏笑上线之后，不念情深倒是组了她。

<队伍领袖>不念情深：在流云渡的许愿树可以许愿求祝福。

<队伍>许艾以深：嗯。

苏笑骑着小马跑到了流云渡，刚传过去就看到乱弹琵琶体型巨大地站在场地中央，头上不断刷着一行大字。

【当前】乱弹琵琶：哈哈哈哈，老子无敌。

<队伍>许艾以深：真得瑟，真想戳死他。

没想到，她说完这句话后，不念情深不动了。

片刻之后，场中气氛变得诡异起来，默默无语他们全都站在了最边缘角落，花无情本来正在戳乱弹琵琶，也被他叫了回去。

然后，苏笑发现不念情深隐身了，不过因为组着队，她能看见他。

不念情深绕到了乱弹琵琶的背后，他自爆了。

苏笑叹了口气，刺客的自爆的确是无视防御和闪避的，但是乱弹琵琶现在至少8W的血，他的自爆完全起不到任何作用。

不知道是什么原因，场地中央似乎起了一地烟尘，等到烟尘散尽，苏笑看到流云渡满地尸体。

【当前】默默无语：一个团的刺客一起自爆，果然是盛况。

【当前】乱弹琵琶：靠，你们太贱了。

【当前】青成雪：你活该，叫你得瑟。

苏笑跑过去想要把不念情深拉起来，没走两步就听到寝室楼外有一群人在喊：“陈薇！陈薇！”其中有个破锣嗓子，似乎是大熊。

陈薇一脸寒霜地站了起来。苏笑也跟着跑到了窗户边，她们寝室窗户外面是一个花园，面积不大，但有一块空地，空地中央有一座假山。此时假山旁边站了十几个男生，中间空地上则用蜡烛摆出了一个爱心，有一个人站在旁边。

因为听到了大熊的声音，所以苏笑以为是大熊在表白，没承想他并不是主角。

苏笑的心头一抖，连忙跑回电脑面前。

你对不念情深说：“在没，在吗？”

不念情深：“嗯。”

你对不念情深说："是本人不？"

不念情深："是。"

那就好，苏笑松了口气，大熊打前锋，她刚刚差点儿以为来跟陈薇表白的人是播音员……

外面太吵，陈薇怕那群人继续叫她名字，气冲冲地下了楼。

【势力元老】许艾以深：有人点蜡烛跟我寝室的人表白啊。

【势力元老】许艾以深：哇哇哇，唱歌了，好浪漫。

你对不念情深说："怎么大熊在打前锋啊，那人是谁？"

不念情深："大熊寝室的那个人，安乐。前几天才把腿摔断了，现在还打着石膏。"

你对不念情深说："你跟大熊不是一个寝室？"

不念情深："我们住对门。"

不念情深："对了，他也玩游戏，叫居安思微。"

苏笑险些喷出一口血，她连忙跑到窗台边，陈薇已经出现在了爱心中央。

苏笑连忙翻出电话，拨通之后，陈薇接得倒很快。

"怎么了？"

"大事，大事……"苏笑觉得自己都快结巴了，"你回复那个人了吗？表白的那个！"

"回了啊，怎么了？"陈薇随口道。

糟了，苏笑一跺脚，然后小心翼翼地问："那你怎么回的？"

"我说你选了个好日子表白，我不喜欢你，但我瞧着好笑，要不咱试试？"

"好笑？"

"对啊，他瘸着腿。"

"呃……"苏笑松了口气，压低声音道，"我告诉你一个秘密。"

"什么？这里太吵，我听不清，大熊闹着要去喝酒呢，有什么回来再说……"陈薇挂断了电话。苏笑听着手机里嘟嘟的忙音，忽然就笑了。

真好，你喜欢的人，恰好也喜欢你。就在这时，她的心里突然涌起了无限的勇气……

苏笑坐回电脑面前，屏幕上，不念情深正蹲在许艾以深旁边。

<队伍>许艾以深：有空吗？

<队伍领袖>不念情深：嗯。

<队伍>许艾以深：我把你衣服给你送过来。

<队伍领袖>不念情深：不急。

<队伍>许艾以深：我20分钟后到你楼下。

说完之后，苏笑直接下了游戏。然后她把新买的衣服翻出来穿上，又换了流苏靴子，晚上倒不用化妆，只不过她又洗了回脸，然后用陈薇的卷发棒开始卷头发。

虽然动作很快，但是一切弄完也花了15分钟。苏笑看了一下时间，拿好钥匙就冲出门外，等她来到宿舍大门口，愣住了。

播音员已经等在那里了。

“你过来了啊！”苏笑尴尬得不知道手该放到哪里，忽然想起一件事，她又把衣服给忘了。

现在是要上去拿衣服吗？苏笑颇有些犹豫，最后一咬牙，径直走到了播音员面前，定定地看着他。

苏笑深吸了一口气，两手死死地捏着袖子，“我喜欢你。”

播音员似乎很震惊，身子都颤了一下。

好不容易鼓足勇气表白，对方除了震惊没其他反应，苏笑缩着脖子站在那里，委屈得都快哭了。就在这个时候，她觉得自己的后背被轻轻揽住，然后那只手微微用力，就将她拥入怀中。

苏笑全身都僵住了。这太快了吧，她还没准备好。这么近距离的接触，让苏笑察觉出一丝异样，他在发抖。

苏笑抬起头，想要看看播音员的表情，却发现他低下了头，与她的头贴近，声音带着微微的颤音，“正好，我更喜欢你。”

幸福来得太快，只会让人觉得不真实。

两个人虽然彼此依靠，却都僵硬得如同木桩，直到某个时刻，苏笑从他怀里挣脱，结巴道："那我先上去了。"

说完之后她转身匆匆地上楼，在二楼的楼梯口停了下来，一手撑着墙壁，一手捂着胸口，仿佛要把心底那惊涛骇浪般的情绪给死死地压下去。

她竟然那么直接地表白了。

他竟然那么简单地答应了。

她竟然因为紧张、害羞就傻傻地跑了……

他竟然都不知道抓住她，任由她傻乎乎地跑了。

这都是什么事儿啊！

苏笑站在楼梯间的阳台上往下看，播音员还站在原地，仰着头看着她。巨大的幸福感涌入心田，就好像明媚的阳光洒进来了一样。

这是她人生当中的第一次恋爱，应该做些什么呢？苏笑回到寝室之后坐在凳子上思考，他会约我看电影吗？唱KTV？一起上自习？手牵手在校园里散步？去逛公园？光是想想，心里就乐开了花。

等陈薇回来，苏笑迫不及待地向她咨询谈恋爱需要注意的事项，陈薇略一惊讶之后，很认真地道："注意带套。"

苏笑的脸噌地一下红成了火烧云，"去死啊你。"

"播音员跟你表白了？"

"没，我跟他表白了。"苏笑摇了摇头道。

"你，表白？"陈薇大为惊奇，"当初暗恋顾墨那么久都没见你行动，这次怎么这么给力。"

苏笑摸着下巴想了一下道："大概是因为当初顾墨身边的姑娘很多，我不是最漂亮的也不是最好的，没有信心，而秦濯钧……"

苏笑忽然想起，她其实经常遇见他。在超市、在图书馆、在食堂，在很多地方，她从未见过他的身边有别的女生，一次都没有。

"他的身边就我一个而已，所以就有勇气呗。"苏笑笑眯眯地道。

"傻！我看他早就喜欢你了，就是等你上套而已，那家伙就是大尾巴狼！"陈薇指着苏笑，大骂她不争气。苏笑不以为然，"早喜欢我了，那就更好啊。”

“我就希望，他早就喜欢我了。”苏笑一脸花痴。

陈薇很无奈地敲了一下她的头，然后瞟了一眼苏笑的电脑，“你没上游戏？”

“啊，下楼的时候关了，没上。”

“大家都还好吧？”陈薇表情奇怪，“居安他有上线吗？”

听得陈薇询问居安思微，苏笑这才想起来，她嘿嘿笑了两声，“我要告诉你一个秘密。”

“什么？”

“你别高兴得受不了啊！”

“切，怎么可能。”陈薇不以为然地翻了个白眼，“老娘什么风浪没经历过。”

“居安，思微。”

“他怎么了？”陈薇有些焦急地问。

“居安……思微呀。”苏笑眨眨眼睛，再次重复。

“别卖萌，我问他怎么了！”陈薇语气急促了许多。

“安乐，陈薇啊！”见陈薇急了，苏笑终于抖了出来，不料陈薇仍旧是一脸诧异，她只得大吼一声：“居安思微是今天跟你表白的那个人啊！”

陈薇愣了，而后狂笑了数声。

苏笑拉了拉她的衣服，“你别高兴疯了啊！”

陈薇回过头，阴沉沉地笑了一下，“他死定了。”

第二天周末，苏笑一整天都看着手机，没想到播音员早上跟她问了声好之后再无声息，这让她心里充满怨念，索性在被子里趴了一整天。

直到傍晚才被陈薇扯起来，她给苏笑带了汉堡包。

“你们出去玩的？”苏笑啃着汉堡，心里甭提多委屈了。她也谈恋爱，陈薇也谈恋爱，陈薇的对象还是个瘸腿的，一大早就约陈薇出去玩，而自己的男朋友就发了一条短信，果真应了那句话“在感情的世界里，谁先开口，谁就是弱者”。

苏笑用力地啃着汉堡泄愤，结果一不小心噎着了，咳得面红耳赤，眼睛里还流了泪。

就在这时，她听到了学校的广播。

每天晚上6点半，都会有学校广播，这没有什么好奇怪的。奇怪的是播音员的声音。他刚一开口，苏笑便听了出来，播音员是秦濯钧。

“大家好，欢迎收听A大之声，我是小C。今天是我们准备的圣诞专辑，由我们的特邀嘉宾秦学长为我们主持。”

“大家好，我是秦濯钧。”

“咦，他怎么去做广播了？”苏笑万分诧异，虽然他的声音很好，有播音员的潜力，不过苏笑从来没有想过，秦濯钧真的会去主持学院广播啊。

“每年的12月25日是圣诞节，基督徒庆祝耶稣基督诞生的节日。圣诞节是很多西方国家的公共假日，这天全家人会围坐在圣诞树下共进美餐。”

因为秦濯钧是主播，所以苏笑听得格外认真。他先是介绍了一下圣诞节的由来和各地的庆祝习惯，接着又放了几首比较舒缓的情歌，然后就是短信送祝福专题，编辑祝福留言到某个手机号，便可以通过全校广播向大家送出祝福，也可以去论坛跟帖。

苏笑撇了下嘴，心道：圣诞节都过了一天了还搞这些名堂。不过她边抱怨边掏出手机，广播里说的手机号不是秦濯钧的，不过她走个后门直接发给他，应该会播吧？

说点儿什么好呢？

最后，苏笑发了这样一条短信：祝陈薇幸福，祝我们幸福。

发完之后，她竖着耳朵听，听了许久，也没发现自己的祝福短信被念到，顿时憋了一肚子的气，在心里头把播音员骂了一百遍。

就在这时，广播里没有了音乐声，也没有了说话声，只有细微的电流声在告诉大家，广播并没结束。

难道机器出故障了？苏笑正疑惑，突然听到播音员开口：“李梦曜一直爱着梦姬。”

她愣了一下，这不是“逍遥”游戏里的NPC吗？那个游戏剧情曾深深地

感动过她。

几秒之后，广播里，播音员的声音再次传来："苏笑，我一直爱着你。"

苏笑愣住了，片刻之后，陈薇爆发出一声尖叫："靠，好浪漫。安乐那傻子，只知道摆蜡烛！"

播音员没有再说话，但是此时的背景音乐却让人明白了他的心思。

"因为爱情，不会轻易悲伤，所以一切都是幸福的模样，因为爱情，简单地生长，依然随时可以为你疯狂……"

苏笑忽然觉得，此刻，没有谁能比她更幸福。

你喜欢的那个人，恰好深深地爱着你。

（正文完）

番外1
谢谢你回头看我

大一那年，因为天天泡在网吧里打游戏，寒假的时候他胃穿孔进了医院。A大是冬天军训，他爸妈怕他伤口裂开，去医院给他开了假条。结果，兄弟们都在室外吹冷风挨冻的时候，他在寝室里摸鼠标，只是晚上的拉歌和看军事纪录片他得参加。

有次晚上对歌，他兴致缺缺地坐在最后边，训练他们的教官跟他开玩笑："小伙子年纪轻轻的就逃军训啊。"

他辩解道："没逃，确实是生病了。"

那时候跟他一般大的教官嘿嘿一笑，"真病假病，你看人家小姑娘，脚冻伤了肿得跟馒头一样，还坚持出操呢！"

教官随手一指，他顺着那方向望过去，就看到了她。

那时候，他已经知道了她的名字——苏笑。

那不是他第一次看到她，不过以前注意力几乎没在她身上。她寝室有个女生叫陈薇，刚刚进校就成了红人，号称魔鬼身材天使脸蛋，被寝室里的人成天挂在嘴边上念叨，对门的陈文浛更是偷拍过那女生的照片。在那张照片里，有苏笑的小半张脸，他印象最深的是她笑成了月牙状的眼。

"你看，那小姑娘走路都一瘸一拐的了，早上还跟着站军姿。"教官继续补充，说完之后还拍了下他的肩，"我看你是懒病。"

他没有回答，只是看着她。因为女生队下午正步没有走好，她们还在罚站，他看到她咬牙坚持着，脸皱成了一团。

他当时就笑了，心想：都大一的人了，怎么脸看起来好像还没断奶的样子……

只不过，他还没笑完，脸色就变了，因为她摔倒了。

几个女生将她团团围住，至此，他的视线里便看不见她，他只看到有人将她背到了背上，然后有两个女生一左一右地护着她往寝室的方向走去。直到看不见她们，他才收回了视线。

第二天，他开始去参加军训，只是再也没有搜索到她的影子。

直到军训结束，大家聚在一起跟教官合影，他才看到她。她身上穿着迷彩服，脚下却穿着一双棉拖，这身打扮别提多奇怪了，可是他心里却隐隐觉得，她很可爱。

不知从何时开始，或许喜欢只是一瞬间的事……

他知道她成绩很好，喜欢上自习。他经过长时间的观察，掌握了她的作息时间，图书馆、教室、寝室楼、食堂，在固定的时间里总能遇到她。

他看着她的脸蛋从婴儿肥变成了细细的瓜子脸，他很想告诉她多吃一点儿，别刻意去减肥。

他看到她平时冷冷淡淡的，跟熟悉的人在一起时却笑得像一只狡黠的猫。

他想跟她说话，可是每每经过她身边，仿佛连路都不会走了，他从来不知道自己竟然会这么容易紧张……

直到某一天，他看着她的时候，发现她在看着另外的人。她喜欢上了顾墨。

陈文谂也是篮球队的，他听说过篮球队队长顾墨有很多红粉佳人，只是没想到，她也会喜欢他。

那是在某节公共课上。他曾偷偷侵入学校的网络后台，查到了她的课程安排，刻意跟她选择了相同的课。

那时候，顾墨在讲台上念课件，而她坐在窗台边，双手撑着下巴，眼睛注视着顾墨，脸蛋上有淡淡的红晕。

他认识那种眼神，就好像看到喜欢的人一样。

他从前因为紧张而说不出口，现在却是因为她已经有了喜欢的人。

她会经常去篮球社的训练场地找陈薇，她不知道那时候他在隔壁的足球场，看着她。

他知道顾墨选的那门公共课她从来都不会缺席，因为他也从来不会缺席。

他知道她会在学校论坛上傻傻地帮顾墨顶帖，而他一直注意着她，知道她的ID，知道她喜欢哪几个版块。

他知道她曾经傻傻地站在男生寝室楼下，看着顾墨所在的楼层，而他只是定定地看着她，连衣服已经脱了都忘了。

玩“逍遥”那款游戏只是消遣，学校论坛里顾墨吹得太厉害，所以他的本意只是上去捣捣乱而已，没承想会遇到她。

更让人心慌意乱的是，他并没有认出她，而且杀了她很多次。

直到那天，他看到官方论坛上自己发的帖子有了一个回复，那个回复的ID他很熟悉，开头那两个字母就刻在他心里。

SX2012：“李梦曜爱着梦姬，他一直爱着她。”

只是一个ID，或许是巧合，从那天开始，他开始观察游戏里的她，就像观察现实里的她一样。

他不是一个偷窥狂，他只是深深地爱着她。

“苏笑，我一直爱着你。而我一直以为，你深爱着顾墨。你因为顾墨而玩游戏，还在游戏里向他表白，你因为他而玩小号做武器，你因为他结婚而难过酗酒，因为他……

“我以为我只能一直默默地看着你。我知道我情商很低，每次遇到你都会手脚僵硬，心跳加速，甚至会口齿不清，我怕我说错话，所以尽量不说话，我也曾想过像陈文沁他们一样表白，可是我怕被拒绝之后，不能再像以前一样看着你。因为那时候，我肯定不敢再看你……苏笑。谢谢你回头看我。”

番外2 花语情

苏笑这几天在忙着挖矿，因为夫妻跨服比赛，她想给播音员做个极品武器，提高战斗力。这天上线，她正蹲在长安等矿石成熟，突然收到了来自师傅的私聊。

花无情："许许，我跟你说个秘密。"

你对花无情说："啥？"

花无情："我觉得默默无语是女人。"

苏笑扑哧一声笑了。

你对花无情说："虽然你们两个纯爷们儿结婚了，因为朝夕相处可能会发生忽略性别的伟大感情，但不管从身体还是心理上来说，我都觉得你应该是像女人的那个。"

你对花无情说："默默无语很明显是攻。"

花无情："放屁！"

花无情："你看啊，她歪歪上从来不说话对吧？她说她没麦啊，我说那怎么行啊，打夫妻对抗赛的时候不能说话怎么行？没麦老子买给你啊！结果她还是支支吾吾的。这是其一，其二是我觉得吧，她每个月都有几天脾气很差啊。"

你对花无情说："……"

花无情："而且都是月初，我估摸着，就是你们传说中的大姨妈吧！"

你对花无请说："……"

花无情："还有还有，你记得不，上次比武招亲，她说她婉拒的，怎么说的来着，我不喜欢女人。现在联系起来，我觉得她就是女人！"

这么说起来，苏笑也觉得或许有这个可能。

花无情："许许啊，这事还得靠你！为师的终身幸福就指望你了！"

你对花无情说："我要做什么？"

花无情："默默那丫头平时话少，跟势力里的人接触其实不算多，就跟你熟一些。"

看到这里苏笑都快喷血了，花无情莫非是爱上默默无语了，但因为性别的原因正处于挣扎阶段，所以妄想默默无语是女人，还称呼默默无语为丫头？真是让人唏嘘……

花无情："所以你去跟她表白吧！"

你对花无情说："啊？"

花无情："你就说你很喜欢她啊，非常喜欢啊，真诚一点儿，默默是善良的丫头，她要拒绝你肯定只能说真相，到时候不就知道了？"

你对花无情说："她不是说过不喜欢女人吗，肯定会直接说不喜欢我的啊！"

花无情："不会的，我感觉默默挺喜欢你的。"

苏笑喝的茶水险些喷了出去。

花无情："当然，是同性之间很纯洁的喜欢！"

你对花无情说："要是他真是男人呢？"

花无情："不会的！"

你对花无情说："万一呢？"

对方犹豫了很久，最后回了八个血红的大字。

花无情："人生苦短，何妨一试！"

苏笑无语了。

你对花无情说："可是我跟不念情深都结婚啦！"

花无情："你傻啊，就说是因为跨服比赛才结婚的嘛，再说你们结婚多低调啊，又没表白又没什么的，用这个理由最好不过了……"

你对花无情说："好吧，我试试。"

在答应帮忙之后，苏笑继续挖矿，然后时不时瞄一眼势力频道，关注着默默无语的上线消息，当然还得抽空跟播音员发短信，他下午有课，此时正在教室。

两小时之后，默默无语上线了。

同一时间，花无情的私聊也蹦了过来，无非是提醒苏笑别忘记了，主角已经登场了。

苏笑忸怩了数分钟，然后打开好友列表，开始给默默无语发私信。

你对默默无语说："我要跟你说个事。"

默默无语："说。"

你对默默无语说："我说不出口。"

默默无语："……"

默默无语："等你能说的时候再说。"

苏笑飙泪了。

你对默默无语说："你，你曾经不是说免费帮我抓刺客的吗？"

默默无语："嗯，不收费。"

她真不知道该怎么说了啊！

你对默默无语说："自从上次你这么说之后，我就一直惦记着。"

默默无语："在哪儿？"

你对默默无语说："啊？"

默默无语："组队，帮你抓。"

扯远了！苏笑猛地拍了一下头，然后异常揪心地打字，"其实，我很喜欢你。"

恰在这时，一条系统提示差点儿把苏笑吓个半死。

系统：你的夫君不念情深上线了！

默默无语沉寂了片刻，苏笑趁此工夫做贼心虚地对着不念情深嘘寒问暖，大概是太过热情，让不念情深招架不住，他发了一串省略号过来。

这时候，默默无语也回信息了，也是一串省略号。

你对默默无语说："真的真的，你装备好操作好又热情，以前我被不念情深追杀的时候就你主动来帮忙，那时候我就默默喜欢你了。想跟你一起下战场又觉得自己装备太差，怕拖你后腿，就求我师傅去保护你来着，夫妻跨服比赛本来想跟你表白的，没承想你跟我师傅跑去结婚了……"

苏笑打了一大段话，看起来很真挚很有诚意，正准备截图发给花无情邀功的时候，就听到耳麦里有人对她说话。

“苏笑！”

苏笑大惊，然后看到她挂的歪歪频道里，播音员出现了。

“苏笑你在做什么？”

平时，播音员的声音很温柔，怎么今天听起来很奇怪，有种咬牙切齿的感觉。

苏笑虽然迷惑，但还是先看了看游戏界面，然后，她呆了。

因为先前混乱的对话，再加上默默无语和不念情深都回的一串省略号，结果，她没注意到两个人的名字前面都有个绿色的小勾，也就是说，她发给默默无语的消息，一起发给不念情深了。

秉着坦白从宽，抗拒从严的原则，苏笑把她跟花无情的所有对话都截图发给了播音员，然后打滚撒娇卖萌。

“嗯，默默无语怎么回的？”播音员看完之后，开始关注事态发展。

苏笑这才有精力去看默默无语的回话。

默默无语对你说：“是花无情叫你这么做的吧？”

你对默默无语说：“……你怎么知道的？”

默默无语：“刚刚路过长安，看到你和蹲在你旁边的刺客。花无情跟我一队，魂不守舍，说话也奇怪，我就随便诈了你一下。”

苏笑打量了一下许艾以深的周围，没看到任何异样，然后她邀请不念情深组队，队伍建立之后，就看到不念情深蹲在旁边，他头顶上的称谓是——许艾以深的夫君，而许艾以深的头上顶着的称谓是——不念情深的娘子。

如果只是为了跨服对战，万万没有必要顶着夫妻称谓招摇过市，因为这个称谓不加任何属性，仅彰显幸福。

苏笑眯着眼睛笑了笑，正在思考该如何跟默默无语说这件事的时候，就看到播音员说话了。

<队伍>不念情深：默默无语是女的。

<队伍领袖>许艾以深：哎？你怎么知道的？

<队伍>不念情深：问的。

<队伍领袖>许艾以深：问谁？怎么问的？

<队伍>不念情深：问默默无语，你是女的吗？

然后她就回答是？要不要这么简单啊！

就在这时，苏笑收到了默默无语的信息。

默默无语对你说："是啊，我是女生，我操作不错，装备又一直属于顶级，以前玩网游老被说人妖，后来说话了，都有人怀疑是用的变声器，终于有人信了，又开始对我大献殷勤。不想在游戏里谈感情，所以就一直玩男号了。"

默默无语对你说："现在吗……人生苦短，何妨一试。"

你对默默无语说："你今天说这么多话，我好不习惯。"

默默无语对你说："……"

【势力元老】花无情：哈哈哈哈哈哈！

【势力】默默无语：安静。

【势力元老】花无情：是是是，你不让我说话，我绝对不开口。

【势力主】乱弹琵琶：靠！

【势力】青成雪：别说脏话。

【势力主】乱弹琵琶：老婆大人教训得是。

"哇，大家好和谐。"苏笑笑着道。

"好了，我们谈正事了。"播音员语气严肃。

"哎？"

"你今天当着我的面跟别人表白。"

"我是帮忙啊，再说她还是女人。"

"你当着我的面跟别人表白是事实。"

换句话行不行？苏笑翻了个白眼，"那你想怎么样？"

"明天早上再惩罚你。"

苏笑脸瞬间一红，对方大约也觉得这话颇有些诡异，而后咳嗽两声，飞快地转移了话题。

明天早上他们都没课，播音员说要拖着她去晨跑，冬天天亮得晚，黑灯瞎火的，莫非他要做什么什么事？

苏笑双手捧着脸颊，"哎哟，好期待啊！"

番外3 居安思薇

苏笑和陈薇都谈恋爱了。

每天早上7点30，秦濯钧会提着早餐站在苏笑的寝室楼下，然后他给苏笑打电话，让她下来拿，遇上苏笑精神不错的时候，两人会绕着学校的操场慢跑两圈，最后坐在操场旁边的椅子上聊天。

生活美满又幸福。然而某天，陈薇发怒了。

那时候苏笑也在寝室，她听到陈薇大骂："都谈恋爱，你看那秦濯钧，每天早上给苏笑送早餐，每天拉着她锻炼身体，跟她一起上自习，你呢，你都干吗去了？"

"放屁，我起不来，你怎么知道我起不来？睡得晚多休息一会儿？我看你就是在找借口！"

安乐说的话苏笑听不清楚，她只听到陈薇的嗓音在不断拔高，怒气值将要达到临界点。

"你就是不够诚心！锻炼身体……靠，那也叫锻炼身体啊，你怎么不去死！"苏笑注意到陈薇语气顿了一下，然后神情有些微妙，她摸着下巴思考，莫非这个锻炼身体有什么猫腻？

话说，自从陈薇谈恋爱之后，她是有几天夜不归寝的！

电话吵架事件之后，陈薇一天都没有再接安乐的电话。

下午，苏笑和秦濯钧一起去公园晒太阳，苏笑随口说起这事，秦濯钧听完就笑了，"今天安乐来找过我，他跟我哭诉，让我不要做得太过分了。"

苏笑喷了，“那你怎么说？”

冬日的阳光干净又温暖，洒在他身上，与他脸上的笑意相融，暖人心扉。

秦濯钧牵着苏笑的手，轻声道：“我说我做得还不够。”

……

第二天，苏笑下楼，发现安乐也提着早餐站在寝室楼下，他正在打电话，见到苏笑下楼一脸苦样，“陈薇关机。”

苏笑点了点头，“她肯定要睡到11点。”

安乐原地跺脚，“苏笑，你可要跟她说，我早上7点就来等着了，比他还早！”安乐指着秦濯钧。

秦濯钧将手里的东西微微一抬，那里面有热豆浆和小笼包，此时还冒着热气，反观安乐的那袋，没有一点儿热气，肯定是凉透了。

安乐万般沮丧地把冷煎饺给吃掉了，然后一边走一边叹气，“老秦啊，都是你不厚道啊！”

第三天，安乐来了，陈薇依然睡觉。

第四天，第五天……

第六天，安乐手里提着两袋早餐，秦濯钧不在。

苏笑知道秦濯钧有点儿感冒，就告诉他别送了。本来秦濯钧是不干的，结果苏笑说，你让安乐给我也一样啊，你多睡会儿，等会儿我来看你，于是，就安乐一个人在寝室楼下等着。

陈薇依然在睡觉。

苏笑上楼后，发现今天陈薇并不是在被子里，她站在窗户边，脸上有淡淡的笑意。

“他还不知道我是微笑向暖。”陈薇忽然道。

“那你要不要告诉他？”苏笑啃了一口包子，含糊不清地问。

“看他表现。”陈薇笑了笑，大约是安乐已经走远了，她才从窗户边离开。

“最近你这么冷淡他，他会不会觉得你不够爱他？”想到这里，苏笑突然出声。

陈薇微微一愣，“那我就告诉他，我是微笑向暖。”

第十天，苏笑和陈薇一起下楼。

他们四人走在学校的操场上。

苏笑突发奇想，“哎，你以前不是说能背着我绕操场跑5圈的吗？让我检查下你感冒好了没？”

“嗯！”闻言，秦濯钧半蹲了下来。

“站好了，我直接跳。”

秦濯钧无奈地笑了一下，然后又站直了身体。

陈薇在旁边摇头，“你别把人家腰杆儿给闪断了，到时候吃亏的可是你自己。”

苏笑顿时翻了个白眼，她后退了几米远，然后小跑加速，纵身一跃，蹦到了秦濯钧的背上，牢牢地挂在了他的身上，双手扣着他的脖子。

秦濯钧的手则抱着她的大腿，这让她心跳犹如擂鼓，正在她面红耳赤之时，忽然听到后面有响动。

“喂，你站好啊！”陈薇吼。

苏笑身高不过1米63，体重94斤。陈薇虽然也很瘦，但由于身材很高，比苏笑还是要重十几斤。安乐大概是178，他的脚伤才刚好没多久，陈薇这一蹦，安乐惨了。

秦濯钧转过身子，苏笑也就不用再扭着脖子观看了。这时候，她看到陈薇往后退了好远，助跑，起跳……她把自己当国际跳高运动员了。

安乐的身子一个踉跄，苏笑捂住眼睛不忍心看了，不过幸好，他挺住了。

秦濯钧淡淡地说：“你不是说要测试吗？我背着你跑5圈吧！”

“好啊好啊！”苏笑鼓掌，然后她与秦濯钧相视一笑。

陈薇叫道：“那一起啊，你们比赛！”

安乐的一张脸皱成了一团。

番外4

夫妻跨服比赛I

夫妻跨服比赛是在元旦举行，那时候明星玩家选拔也将会进入高潮，官方透露进入总决赛的10对夫妻必须在C市参加比赛，届时明星玩家会到场担当司仪的工作。

苏笑他们去C市需要坐动车4个小时，秦濯钧表示如果进入决赛，他们可以一起去C市旅游。所以，比赛得好好打。

秦濯钧是学校游戏版版主，他搞到了两张电脑部的身份牌，然后，可以打着修电脑的名义自由进入女生寝室。

秦濯钧利用职务之便，把笔记本带到了苏笑的寝室，然后他们一起打游戏。

陈薇已经跟安乐坦白了她是微笑向暖，安乐受宠若惊，认为陈薇喜欢他所以才到游戏里去找他，当时就乐得找不到北了。不过陈薇很难得的没有否认，只是掐了安乐几把，掐得他嗷嗷乱叫。

过了几天，安乐又觉得陈薇是专门考验他的，他当即很严肃认真地对待了这个问题，并且给陈薇下了保证，这些陈薇只是简单地提了一下。苏笑问她她也不说，只不过看到她眼睛里的笑意，苏笑觉得安乐肯定是做足了工夫。

经过前几天的努力挖矿，苏笑送给不念情深一把极品的【牙·诛心】。不知道是不是系统故意作祟，她以前做武器都是极品，这回做的武器竟然出了个垃圾，难道是系统考验她的真心？反正苏笑头昏眼花地挖了好几天的矿，然后用矿石卖钱买稀有材料，累得半死才做出了这把极品【牙·诛心】。

因为是夫妻跨服比赛，不念情深那号攻击高但是皮脆，就需要苏笑走强力奶妈路线，所以她最终还是没有穿上战场套装。

硬件上的改变让她强大了不少，但在这个游戏中装备并不代表一切，操作牛才是真的牛。所以，为了在比赛中表现好一点儿，苏笑被秦濯钧现场指导了几天。

现在，苏笑她们寝室就坐了四个人，仿佛开了一个小型的网吧，还是情侣座的。

苏笑和秦濯钧第一场对的是秋水伊人服的一对夫妻——职业是医生和剑客。

不念情深对医生的杀伤力令人发指，所以这场比赛赢得没有任何悬念。

旁边陈薇和安乐，一个是火力输出职业并且还能控制，一个是抗本职业，皮厚不说还能加强队友属性，于是他们这组暴力队伍解决战斗更快，结果两边还较上了劲儿。

“我们看谁先打完啊！”

“不比。”

“来嘛……”

“不来！”

第一天的10轮比赛，苏笑和陈薇都有幸走到了最后。势力里的好几对也过了，比较悲剧的是乱弹琵琶和青城雪，两个战士，没有攻击力，在某场被人给活活耗死了。

不过那两人还是很开心，在势力里刷屏诅咒还在参加战斗的夫妻，遇上被淘汰的，两人幸灾乐祸，并发动他们一起诅咒，简直是让人哭笑不得。

第二天，比赛第一场，苏笑他们就遇到了蓝调和倾城一笑。

比赛场地的风景并不是固定的，昨天还是隆冬白雪，今天就变成了西山红叶。

跨服战场里不能聊天，不过苏笑也没有跟他们打招呼的意思，只是在双方开打前的几秒钟，苏笑收到了蓝调的私聊。

【陌生人】蓝调对你说：好巧。

苏笑微微一愣，正琢磨着要不要回的时候，战场已经开了。不念情深早已经潜行到医生的背后，一记背刺。但苏笑发现，倾城一笑的血条下降并不多，看来她的装备已经在游戏里达到顶级水平，难不成她已经穿上了隐藏地图里的那套高品质金色套装？

苏笑他们这段时间没有关心其他，不知道鸳鸯织锦里的套装已经被刷出来了……

“加血！”看到苏笑走神，秦濯钧沉声道。

“哦！哦！”她反应很快，立即凑了上去，只可惜被倾城一笑把几个加血技能给封住。而刺客极脆，刚刚背刺已经显出身形，这会儿正被蓝调追杀，不念情深瞬间只剩下小半管的血了。

千钧一发之际，苏笑的宠物烟罗放了个加血的大招，情势瞬间逆转。

他们最终取得了胜利，将蓝调和倾城一笑淘汰出局。

只不过比赛结束之后，苏笑接受了秦濯钧的审判。

他面无表情，也看不出是不是生气，只是用一种很冷静的语气道：“对手是蓝调，就忘记下手了？”

旁边，陈薇帮腔：“才不是呢，她是看到蓝调就会犹如打了鸡血般扑上去。”

本来是说的玩笑话，岂料现场没人笑，陈薇眼珠转了转，看到这两人情绪不对，跟安乐对视一眼之后，不再出声。

“没有……”苏笑小声辩解，当时她愣了一下，是因为没想到战场里顾墨还会私聊她，根本不是忘记下手了！

苏笑忽然觉得，秦濯钧似乎对蓝调有点儿成见？

晚上出去吃饭，秦濯钧依然替她拉开凳子，给她夹菜，可是不知道是不是她的错觉，她总觉得他闷闷的，不太高兴的样子，可他看起来又挺正常。苏笑觉得头大，她觉得秦濯钧假正经，有什么事情都喜欢憋着，早晚得便秘……

吃完饭，苏笑和播音员在校园里漫步。她的手被他握在手心，两人一路无话。

最终，苏笑打破了沉寂，“你今天到底怎么了啊？”

等了很久，播音员才轻声说道：“你在看着别人的时候，我在看着你。”

苏笑呆住了。她停下来，歪着头看秦濯钧，那里没有路灯，光线很暗，他的脸看起来很朦胧，但睫毛却格外清晰，微微颤动的睫毛似乎在告诉苏笑，他很紧张。

“你知道？”苏笑捏了捏他的手心，“你知道我喜欢过他？”

秦濯钧没有吭声。

苏笑瞬间明白了，她转过身，轻轻地环住了他的腰，“闷葫芦，我爱你。”

秦濯钧依然没吭声，苏笑不满地抬头，恰好看见他犹如黑曜石一般闪亮的双眼。她看到那双眼睛离她越来越近，她感觉到他僵硬的身体，而她自己似乎在发抖。

终于……他的唇印上了她的唇。苏笑觉得脸发烫，她僵在那里不知道该怎么做才好，偏偏秦濯钧也是个木头，于是两人就嘴唇贴着嘴唇，像两根木雕……

什么柔软啊，淡淡的香气啊，那都是骗人的啊！

很久以后，苏笑回忆起来，总是一脸苦相地说：“我的初吻，给了一块木头……”

番外5

夫妻跨服比赛2

两人配合默契，加上宠物犀利得让对手震惊，于是第二天的比赛苏笑和播音员也早早结束了。本来两人准备出去看场电影，结果因为陈薇他们还没打完，陈薇要求播音员时刻观战，关键时刻代打，免得他们被淘汰出局。

没有办法，两人只能窝在寝室。

既然不能出去看电影，那咱就在寝室里看呗！

苏笑跑到校园网上随便下了两部新的，然后打开E盘，选中了电影的文件夹。点开之后里面是一溜的电影，最前面的赫然是当年他们这些学生自己拍的创业设计大赛。

看到这个，苏笑顿时就乐了。

“喂，这里面有你，我看了那么多遍一直都没发现。”想到播音员那小平头黑框眼镜特别傻的造型，苏笑就乐不可支。

只是她笑着笑着，发现播音员脸有点儿黑。

她瞬间噤声，只想抽自己耳刮子。真是猪脑子啊，哪壶不开提哪壶，说看了这电影很多遍，不就说明了为了看顾墨抱着电影发傻么，还说什么没认出他，呃……

他该气死了。

苏笑小心翼翼地赔着笑，她用手扯了扯播音员的袖子，“哈，先看哪部？”

播音员眼睛一眨不眨地盯着她，让她心头直发虚。不过这时候么，还有别人在，她觉得自己不能在陈薇这种女王面前表现得太懦弱，于是指着那电影死鸭子嘴硬道：“我觉得你演得很好耶，暗恋女辅导员，珍藏照片，太真实了，演技不错哟！^_^”

播音员本来面无表情，此时却突然笑了一下，他很沉稳地点头，“嗯，发自肺腑！”

苏笑顿时揪心了，什么叫发自肺腑？难道他在喜欢她之前还暗恋了什么学姐？看着他脸带笑意的样子，她都恨不得扑上去咬他一口。

好吧，她有点儿理解播音员的心情了。

往事休要再提，冷静，沉稳，苏笑吐了口气，然后伸手去拿鼠标。

播音员抿着唇，略有些委屈地道：“当初话剧社讨论的时候说会找你演辅导员。”

哎？

苏笑一怔，手都僵在了那里。

她仔细一想，确实有那么回事，只不过她很直接地拒绝了。

苏笑转过头，“所以……”

播音员不自然地将视线移开，苏笑看到他的脸又红了。

结果，她心头一热，扑过去吧唧一下亲了一口，没承想恰好陈薇他们打完一局，正扭过头来看他们，于是就正好撞上了。

“哎哟！”陈薇语气极为淫荡，“烈火焚身啊！”

苏笑的本意是偷偷来那么一下，哪里晓得那两个专心打游戏的会突然转头看见，她羞得面红耳赤都不敢抬头，悄悄瞄一眼播音员，发现他还算镇定，当下也就鼓足勇气，准备怒视陈薇一眼。

陈薇正在幸灾乐祸，没承想安乐也突然凑过去吻了一下她的脸颊，结果她亦回头瞪了安乐一眼，安乐呵呵直笑。

这下，半斤八两，谁也别说谁了……

只是等到他们下一场开始，播音员仿佛才回过神来，他俯身过来，在苏笑的脸边轻轻落下一吻又迅速离开，之后一本正经目不斜视，仿佛刚刚那如羽毛滑过的触感是苏笑的错觉。

看到播音员那表情，苏笑“噗”的一下笑出了声。

她顺手捞起了播音员的手掌，“哟，出汗了嘛！”

播音员：“……”

“嗯，被你揭穿了。”

医生和刺客的职业搭配，一个输出一个治疗，表面上看起来还是很不错，但真正遇到强力对手的时候，他们的发挥很有局限性。

在最后一天的淘汰赛里，苏笑和秦濯钧遇到了宿命中的敌人。

对方是琉璃岛人气最旺的人民币战士。而且职业搭配是弓箭手和天仙，弓箭手专克刺客，天仙的控制技能也让苏笑无从下手。这时候她想起以前玩的网游，3V3全国竞技赛进入前10的队伍几乎也都没有医生这个职业，在团队作战里，医生必不可少，但是在人少的时候，暴力输出决定一切。

进场之后，对方的弓箭手盯着不念情深，而天仙则直接控制苏笑，职业压制，装备压制，除了他们的宠物稍胜一筹，苏笑觉得己方没有什么拿得出手的。这时候，不管不念情深走位如何精妙、预判如何准确、手速如何快，也不能扭转局势。

他们被淘汰了。

苏笑长吁一口气，“输了。这比赛太不科学了！”苏笑捏着拳头道。

“夫妻比赛，增进感情而已。真正的夫妻不会在乎输赢。”播音员揉了揉苏笑的头说。

“我们还没输呢！”陈薇咋呼，“千万别让我们遇到变态队啊！”

她一边祷告，一边站起来，“还没开，秦濯钧，你来帮我打啊！”

苏笑嗤笑她：“哟，你还有胆怯的时候！”

陈薇不理她，“进决赛了咱一起去C市旅游啊，反正是寒假的时间比赛。来啊来啊，要是进了我把你们路费也包了！”

苏笑还没回答，播音员已经起身过去，苏笑翻了个白眼，也跟着过去站到了他们身后。

陈薇他们的运气不错，到最后也没有遇到那种逆天的强队，在他们两个的配合下，竟然真的进入了决赛，苏笑和陈薇拥抱相庆，结果还没抱热乎，俩人就被扯开，安乐呵呵笑着说：“换人了换人了。”

然后苏笑就一头黑线地看着安乐把陈薇抱住，而播音员则是牵了她的手，“出去吃饭了。”

番外6 遇到你是我这辈子最大的幸福

决赛的日子是2月1号。

苏笑他们1月30号过去的，在周边的古镇玩了一圈，晚上到市区比赛地点附近找了个宾馆。

本来，苏笑想的是她和陈薇住一间，安乐和秦濯钧住一间，没承想陈薇翻了个白眼之后低着头脸蛋泛红，安乐一脸愁苦，在房间门口站了一会儿，把陈薇一把拖过去，推进了房间里，然后他紧跟着进去，并“啪”地一下关上了房门。

苏笑张大嘴巴愣在那里。

紧接着她看到秦濯钧提着她的行李进了旁边的房间，他放下东西之后回头，“进来。”

苏笑艰难地挪动步子，看清房间内部，她松了口气，“是标准间，两张床。”

晚上一直过得心惊胆战，倒不是她怕被播音员扑了，而是怕自己把持不住，洗完澡之后穿得严严实实地出来，衣服也不脱直接钻到了被子里，等躺下了才慢慢地脱衣服，脸蛋烧得滚烫，她心道，完了，这怎么睡得着。

夜深人静的时候，她清晰地听到了两人的呼吸声。

她将头埋在被子里，结果因为缺氧，她的呼吸越来越急促，等到受不了钻出被子，她连续喘了几口气之后猛地一呆，偷偷扭头瞄了一眼对面，心想他会不会觉得自己欲求不满，所以呼吸都这么……

天啊！要不要人活了！

就在她欲哭无泪的时候，播音员说话了。

“苏笑。”他的声音很轻，像是一片羽毛滑过她的心湖，带起一圈一圈的小小涟漪，让她忍不住跟着荡漾起来。

“嗯。”苏笑咬着下唇答应了一声。

“睡不着么？”

“嗯。”

“我也是。”播音员轻叹了一声，“这些日子就像做梦一样。”

怎么能是做梦呢？苏笑心中不满，偷偷瞄着对方，思索着若是他说，我来验证一下是不是做梦，然后她到底是反抗到底呢，还是欲拒还迎呢？

就在她胡思乱想面红耳赤之时，苏笑听到播音员继续说话了：“晚安，苏笑。”

靠，你个没志气的家伙。

过了许久，苏笑迷迷糊糊地睡着了。半夜想上厕所，睁开眼睛的时候，发现一个人影坐在自己旁边，吓得她差点儿就大叫有鬼，等到反应过来，才有些迷糊地问："你在干吗？"

这时，她才看到播音员的手在她脸侧，还没来得及拿开。

他似乎有些呆滞，片刻之后才喃喃道："试试看是不是在做梦。"

苏笑愣了。播音员似乎深吸了口气，然后在她额头上印了个吻，"真好，是真的。"

苏笑心里暖暖的，正欲回吻过去，就发现他已经回到了那边的床上，"晚安。"

晚安你妹啊！

苏笑泪流满面……

第二天出门，正好陈薇他们也刚出来，苏笑伸头去瞄了一下里面的床，看到一个凌乱一个整齐，顿时抽了两下眼角。

"看什么看！"陈薇拍了她一巴掌，然后附耳道："欲求不满啊？"

苏笑回望四周，两个男的都在拿行李，她压低声音道："你们，发生了？"

陈薇扬了扬眉，"你猜。"

苏笑努嘴，看那床铺，她什么都知道了好吧！

陈薇倒是哼了一声，"好吧，除了最后一层，什么都做了。"

亲也亲了？摸也摸了？抱也抱了？

所以欲求不满的是安乐吧……

陈薇，你还在报复他么？苏笑望着安乐，总觉得这家伙一脸苦相，真是太凄惨了。

早上9点的时候，他们赶到了比赛场地。正巧遇到参赛队伍里有两个正在跟身份认证处的工作人员争执。

"同性结婚都已经提交法案了，我们怎么不能是夫妻了？"

"谁是枪手谁是代打了，我们是正儿八经的夫妻！"

那两个年轻男人争得面红耳赤，陈薇戳了戳安乐的胳膊，“要不我不上场了，就你跟他一起去，没准儿还能得第一。”

安乐和秦濯钧对望一眼，两人瞬时将脸别到一旁。

“哎呀，拿第一做什么，反正是来玩的，不是参加比赛的。”苏笑来打圆场，陈薇嘟了下嘴，“说着玩呗。”

“谁信啊，你肯定不是说着玩！”苏笑翻了个白眼。

陈薇和安乐跑去登记，工作人员一直很惊讶，连连追问：“你真的不是明星玩家？”

“不是不是，我是来参加比赛的！”陈薇不耐烦了，把身份证拿给安乐自己走了。服务台旁边是几个展台，其中有一个大幅的海报，上面是这次评选出来的十个明星玩家，陈薇在里面看到了蓬莱服秋小小的名字，她招呼苏笑过去，指着秋小小说：“游戏里三了我的那徒弟，长得还人模狗样的。”

“三得好。”苏笑接嘴。

陈薇一愣，随后反应过来，“对，三得好。”俩人正在这里讨论哪个漂亮，就看到明星玩家的真人已经出场了。

展厅中央的舞台上，明星玩家穿着各门派的新手弟子服，在那里摆着姿势和玩家合影。大约是要突出明星玩家的靓丽外表，她们的妆并不浓，可以分辨出谁是谁，舞台底下人头攒动，有的人在喊台上人的名字，苏笑视力很好，自然就看到了传说中的秋小小，她转头告诉陈薇：“真人还没照片好看。”

就在这个时候，她发现先前那个登记的工作人员正在跟陈薇说话，苏笑凑过去听了一下，就发现那工作人员在说服陈薇COS刺客。

“因为刺客的服装要求较高，明星玩家都不愿意穿那套服装，你看台上医生都有俩，还有穿时装的，就是没刺客，这职业不平衡，有玩家抗议呢。”

苏笑听了一下，果然听到有人吼：“怎么没刺客呢，怎么没战士呢，歧视我们是吧！”

明星玩家都选了飘飘欲仙的软甲职业，这刺客和战士，倒没人扮了，工

作人员说个不停，陈薇死活不松口，最后来句："我等下要打比赛，别影响我发挥啊。"

工作人员一时语塞，结果视线转移到了苏笑身上。

苏笑像兔子一样跑开了，她还站到了播音员的身后，那工作人员叹着气离开，苏笑问陈薇怎么不答应，陈薇挑了下眉，"那么傻缺地站在那里，吃饱撑了没事干呢！"

得，这姑娘把一溜的明星玩家全鄙视了。

夫妻比赛的时候，陈薇和安乐撑过了一轮，在第二轮的时候被淘汰出局。只不过这个比赛是实况转播，摄像头像是出了错，一直在陈薇身上打转，大屏幕上陈薇的脸和游戏界面相互替换，引来阵阵惊呼。

苏笑和播音员在旁边免费的电脑上上网，他们刷新论坛看到了一句话。

"微笑向暖，这才是真正的明星玩家。大隐隐于市啊。"

"陈薇红了。"

"安乐更苦了。"

"是不是我让你很有安全感啊？"苏笑心里发了点儿酸。

播音员忽然垂下了眼睑，轻声道："你不知道，我有多爱你。"

他朝着苏笑的唇吻了下去。

下一瞬间，整个会场发出一片惊叫。

苏笑抬头，看到那实况转播的大屏幕上，竟然出现了他们接吻的动作。而那个动作已经定格，主持人在台上热情而又急促地说："看，这就是逍遥为我们带来的爱情。愿天下有情人终成眷属。"

噗……

这广告打得也太适宜了吧！

秦濯钧扣住了苏笑的手，"既然如此，就多亲两下好了。"

苏笑："……"

遇到你，是我这辈子最大的幸福。